回首乱山横

张白波 著

山东画报出版社
济南

图书在版编目（CIP）数据

张白波散文集.一，回首乱山横/张白波著.－－济南：山东画报出版社，2022.12
ISBN 978-7-5474-4341-5

Ⅰ.①张… Ⅱ.①张… Ⅲ.①散文集－中国－当代 Ⅳ.①I267

中国版本图书馆 CIP 数据核字 (2022) 第 159069 号

ZHANGBAIBO SANWENJI.YI,HUISHOU LUANSHAN HENG

张白波散文集.一，回首乱山横

张白波 著

策划编辑	冯克力
责任编辑	赵祥斌　王伟辰
装帧设计	赵　辉
主管单位	山东出版传媒股份有限公司
出版发行	山东画报出版社
社　　址	济南市市中区舜耕路 517 号 邮编 250003
电　　话	总编室（0531）82098472
	市场部（0531）82098479 82098476（传真）
网　　址	http://www.hbcbs.com.cn
电子信箱	hbcb@sdpress.com.cn
印　　刷	青岛名扬数码印刷有限责任公司
规　　格	188 毫米 ×215 毫米　1/24
	14.25 印张　257 幅图　280 千字
版　　次	2022 年 12 月第 1 版
印　　次	2022 年 12 月第 1 次印刷
书　　号	ISBN 978-7-5474-4341-5
定　　价	128.00 元

如有印装质量问题，请与出版社总编室联系更换。

自序

这个册子是从我的散文集中选出来的几篇相关个人回忆的文章集结而成的,权作简单的历史专辑。

我是一个小人物,充其量是个画家,个人的那点经历本不足与人道,但是我写的那些往事大都牵扯着一些历史看点,所以实际上都是在借我个人的经历叙述历史,具有公共阅读价值。

比如所写的"学生时代",那是说我在一所中国百年名校度过的学习时光。我的忆写除了会唤起同时代人的记忆,今天年轻人读后或许会感受到 20 世纪 50 年代末 60 年代初那个时代的学校生态和一去不复返的时代气氛。

我写"青岛六中",写青岛六中的前身青岛民办新华中学如何创立,如何变为六中,如何变成全国知名的美术学校,培养了万千艺术学子。这段历史与从青岛走出的无数画家相关,当他们回望自己成长的经历,会有迹可寻,我写的这些东西就是他们寻宗的唯一资料。

我写"青岛版画研究会",以我的亲身参与见证了青岛半个多世纪的版画发展过程,填补了一段青岛美术史,所以这篇文字已远远不是个人经历的回顾,而多有史料价值。

我的这些文字是以自己个人的经历为线索串写往事,文章是以散文的笔法自由书写,显然不会是面面俱到的完整的历史论著,会有些事情不宜尽述或相关人物的缺席,但是里面肯定没有毫无根据的妄言和编造,由于当初这些文章都是在特定的媒体和刊物上单独发表过,收集在一起难免在部分内容文字上会显得略有重复,不过这也是从不同的角度在佐证历史。

在这里面会有我心声的坦陈和情感抒发,那是我愿与阅读的朋友共同享受回忆往事的温馨和百般滋味。

阅历和记忆是老年人的精神财富,当把这一切记录下来可能就是史料。尽管小人物的资源或许微不足道,然而延绵的历史长河不正是这些涓涓细流和浪花汇成的吗?

我不奢望这本册子有多大的阅读量,倘若朋友和身后的学生能阅后掩卷略有所思,感念这一辈人尚且残存的那点文化情怀,我就算不妄此举了罢。

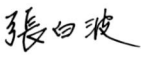

2022 年 4 月

目录

001　学生时代——世纪沧桑忆九中

039　美术摇篮——从新华中学到青岛六中

127　艺史留痕——我和青岛版画研究会

161　心路——回首乱山横

219　个展琐记

231　梦断画廊

241　琴缘新韵

267　夕阳观象山

277　艺术年表

291　版画作品

学生时代
——世纪沧桑忆九中

放下那些杂乱的回忆，想想六年的中学时代，也还是有着很多美好愉快的学习时光。

2020 年，母校青岛九中已经 120 岁了。

青岛九中（前身是礼贤书院），见证着青岛市开埠建置的百年沧桑，见证着这个城市的教育历史。百年名校，成全了多少代莘莘学子渴求知识的愿望，又培养造就了多少堪称国家栋梁的精英人才，我们庆幸曾经就读这所名校，也为母校的百廿荣光备感骄傲。

2017 年，由于位于上海路的原老校区难以扩容发展，遂迁入青岛西海岸黄岛区新校址。新校区地域开阔，建筑巍峨，设备齐全现代，校容倍增，百年名校犹如脱胎换骨，焕发着雄健的青春活力。新校我去过几次，作为老校友我不禁感慨万千，既为母校的新生喜悦，又为往昔的母校叹惋。当我敲击键盘写这篇文字时，感觉就像突然打开了记忆的闸门，半个多世纪前就读青岛九中时的许多美好的记忆碎片，在脑际飘荡，渐渐勾连成一幅幅美丽的图画，温馨而甜蜜。母校，牵动着一个沧桑老者的眷恋情怀。

60 多年前，1956—1962 年就读青岛九中，这是我一生最终的学历，印象特别深刻。在那个不平静的年代，学习生活纷乱而又多彩，我不仅长知识还滋养了自己的气质情怀，埋下了从艺的种子，以至于最后走上了教师和画家的道路。述说我的学生时代，对于今天年轻的学子来说，已经是遥远的传说，他们未必感兴趣，但对于我的同龄或年龄相近的学友来说，一定会唤起记忆，会乐于一起重温母校那些美好的过去。

于是，我愿多花一点篇幅，让我，也许是这篇文集里的老学兄了，多叨叨几句。我觉得，我不来述说，怕不会再有人去翻检青岛九中 20 世纪五六十年代那段历史了。我愿透过对自己那段学历的追忆，来让当今的学子一窥那个时代的校园生态，感受一段不可复制的历史沧桑。

一、美丽校园

　　由德国人尉礼贤建于 1900 年的礼贤书院，1903 年落址于上海路，1952 年改为山东省青岛第九中学，是青岛市建校最早的名校。可能是源于西方的文化基因吧，学校拥有一片很大的花园，这在全市的学校里是极为罕见的。我上学的时候，花园还在。早在礼贤时代，校门开在上海路，紧挨着上海路小学（前尚德小学）的校门，进门要登上高高的 40 多级台阶，直接进入白果树院。1956 年我上初中的时候，校门已改在城阳路上，紧挨着当时的市立中医院门口。九中校门正冲着一间由汽车屋改建的早点铺，两个潍坊老乡打火烧、炸油条、卖甜沫。上初一的时候，我常常在那里每次花不到 1 毛钱吃早点。

　　老校门不宽，一进校门左边一间下沉的小屋是传达室，向前走 10 多米右边是一间存放自行车的简易车棚，再向前走 20 多米就是我们大家熟悉的，直到现在还保留着的"礼贤楼"了（外观已经改造）。礼贤楼由德国校长尉礼贤建于 1902 年，木结构加砖砌，前面两排楼梯，走廊的两端上下是木架玻璃大窗通透的房间，楼内加阁楼是三层，外墙蓝白相间（裸露的木架为蓝绿色，墙为白色），很漂亮，很有德国建筑的风味。

　　在礼贤楼前面，东南从校园城阳路墙根算起，西北拐到上海路木栅栏墙内，沿着上海路一直向北，直通到临近上海路小学处，这一大片地方（现在的运动场位置及进门路面以北），就是当年学校的花园区。

　　多么大的一片花园，多么美丽的校园啊！

　　起初，这个花园是校长的私家花园，学生是不能进去的。我上学的时候，学校早就改天换地了，但花园基本还是原来的风貌。礼贤楼前路边直到鲁迅礼堂后面这一大片仍然是圈着的，里面满是花木，特别记得里面有当年从德国引进的一种月季花，据说是全国独一无二的品种。这个花园名称叫"米丘林植物园",显然是当年追崇苏联的结果。生物老师和花匠曲本荣师傅有钥匙,可以开门带学生进去。靠上海路小学那一段花园有玻璃温室,还有莲花水池,学校的花园全由花匠曲师傅管理。初中我们班几个同学参加了学校生物小组,不但经常可以进花园,而且还在花园里为生物老师养着兔子。秋天,曲师傅侍弄的千头菊非常漂亮,会让我们用地排车拉到市场三路去卖,好像那算勤工俭学活动。

1958年前青岛九中城阳路校门,门左为传达室。

记得是1958年,全国"大跃进""大炼钢铁",可能觉得校门狭窄吧,就把城阳路校门封死,在上海路开了一个新校门。那年代,兴"自力更生""自己动手、丰衣足食",学校领导发动全校学生出去捡砖头,由学校的工友动手拆了一段墙,垒起了门垛。进门后的那段上坡路也是用捡回来的砖头铺就的,同时还在校门旁边盖了一间房子做传达室(现在传达室的对面处,已拆除)。新校门位置在原上海路校门的南边,侧对着夏津路,也就是现在校门的位置。

于是,新门、新路把原来的校园结构改变了,花园被分割成了南北两部分。传达室后面到鲁迅礼堂前,依然是一片疏朗的树林地带,记得有紫藤、柏树、紫荆、紫薇(痒痒树)、胡桃,还有一棵山楂树。最起眼的是那棵高大的杨树,每到春天,树下落满了像毛毛虫一样的残花。从礼贤楼前面校园下来有两条纵横的小路,其中一条要穿过有藤萝的平台,才能转折着通到林地。我存有一张我们初三五班获"红旗班"称号时,在藤萝平台前台阶上拍照的全班合影,可以看出当年这里的风貌。这片树林是学生看书复习功课的好去处,从来没有同学在这里打闹。

新校门开通后,我上高一的时候,比我们高两届的学生(1960届)在毕业前夕,给母校献上了一份大礼。那一届毕业班的同学特别优秀,能工巧匠多,竟然自己收集材料,自己动手,白手起家地在校园建造了一座很像样的中式亭子，起名叫"五一亭"，高三一班的班长林寅之特请时任校长赵熙信题写了亭名。五一亭位置就在一进校门上坡路左侧的那两棵银杏树下。亭子的顶部是采用树皮做瓦铺成的，很雅致，给学校平添了一道风景。我知道，亭子的设计者之一就是我们画画的学兄刘冀德，还有精通木工的张百寿（张峰，后在九中任教）、张延寿兄弟等。那时候，我们这些学弟对他们简直佩服得不行了。

"米丘林植物园"依然不能随便进。我奇怪，当年那么矮矮的护栏竟然能挡住学生不敢进，那年头的学生真守规矩，真够老实听话的。

1962年我高中毕业，离开学校的四年后，随着那场史无前例的革命运动到来，学校的这片花园被认为与培养无产阶级革命接班人的教育环境不协调，就被铲除，原先的花木荡然无存，把这里变成了一个干巴巴的大操场了。同时，那座精巧的"五一亭"也被拆除了。

花园变成了操场，原来位于德平路另一侧的大操场后来就被青岛市教育局建成了职工宿舍。再后来，学校后院有篮球场的小操场上盖起了实验楼，又改造成了教工住房。几十年过去，原先母校的那座花园，那片疏朗的林地，只能留在我们这些老校友的记忆里了。

我对九中花园这么熟悉，还由于上小学时（上海路小学），同班的王士能同学的妈妈窦织云是青岛九中的音乐老师，家就住在礼贤楼的阁楼里（后来的校史陈列室）。我们是好朋友，我常到他家去玩，也和同龄同级的花匠曲师傅的儿子、九中副校长蔡嘉禾的儿子一块玩，所以对50年代九中的环境是特别熟悉的，校园环境的一切都历历在目。到现在，我相信我还能把学校的各个院落的格局平面图默画下来。

几经沧桑，上海路老礼贤—九中的校容变化何止花园。三年前我专程回到那里看了看，除了那座"礼贤楼"还有点老九中的痕迹外（其实该楼一层的两端玻璃房已被改造了），校院格局全部改变，完全颠覆了半个世纪前的印象，可以说根本就不是九中了。六二院没有了，五一院没有了，鲁迅礼堂没有了，白果树院没有了，那两棵高大的老白果树在新楼角落，凋敝不堪……所有的老房子全都没有了，代之而起的是全新的教学大楼。一座百年老校传承的最重要的标志就是建筑（当然还有教育理念等），应当保留；而老校的容量格局不敷使用，需要重建，也是社会发展的必然，孰对孰错，说不清楚。面对这座我完全陌生的旧址母校，喜哉，悲哉，除了感慨岁月无情，世事沧桑，我不知道该说什么。

1959届初三五班荣获"红旗班"称号的合影。1958年摄于九中花园。背景建筑为礼贤楼，前第二排居中者为班主任郭树华老师，后排左三为作者。

二、峥嵘岁月

我在校的那段年月，伴随着社会的动荡波澜，真是经历了不少事。

初中入学第二年，就赶上"反右"运动。懵懂之中看到礼贤楼屋里屋外贴满了大字报，点名批判一些老师。有几位给我们上过课的老师，像声音洪亮的教历史的果泽生老师，非常潇洒的教物理的刘宝树老师，特别是在市里很有名气的教我们图画的陈起惠老师等，一夜之间就被铺天盖地的大字报打倒了，并从此在讲台消失了。这场运动好像学生没有参与，我们只是好奇地旁观，不过也朦胧地知道了一点什么是政治运动。据我班一位李姓女生回忆，当年她看到果老师打扫厕所，回来和同学说了一句同情的话，就被班上的团支部书记批评并被要求写检查。当时同学们之间很少提及这个话题，甚至回避这一话题。后来临初中毕业时我才知道，我周边不少同学的家长也是"右派分子"，还有不少同学"家庭出身"不好，所以才讳言这些事情。

随后，就迎来了"三面红旗"——总路线、"大跃进"和人民公社。这是全社会的运动，我们作为学生除了在政治课上接受相关教育外，也积极地参与了一些活动，并留有深深地记忆。

先是"除四害"。1958年春，上级传达了《关于除四害讲卫生的指示》，即要消灭包括苍蝇、蚊子、老鼠、麻雀在内的"四害"。其中消灭苍蝇、蚊子、老鼠好说，麻雀会飞，怎么办？于是全市各单位组织职工、居民上街对着天空各显其能地"消灭"麻雀。有一天我们停了课，带着饭，全校学生列队走到汇泉的太平山下，分散开来敲着脸盆，呼喊着轰赶麻雀，要把麻雀累死。

1958年夏，"大炼钢铁"开始。初三上半学期刚开学，在校院靠德平路的后操场上，各班划分了地块，每班用地排车从浮山所拉来砖头垒起几个一米多高的小高炉，状如倒置的细水缸，顶部开口插一截烟筒。学校发动同学们出去收集了"废铁",其实也就是拆些公共设施上的铁件、铁丝网之类,还有就是一些同学从家里拿的火钩子、煤铲子之类的铁器。开炼了,先在炉子里点上火,把煤、废铁都扔进去,拉着风箱咕哒咕哒地烧。为了连续作战,同学们分成几班倒着干,干完了的在教室里把课桌对起来,在上面盖着报纸睡觉。炼呀炼,直到感觉"炼"得差不多了,就一脚将"高炉"踹倒,把里面那块煤和铁烧结在一团的像炉渣似的"硫钢"取出来,再垒起来炼下一炉。由此,这种"高炉"就有了一个雅号叫"一脚蹬"。等到炼的"钢"攒多了,学校就把这些"钢"扎上大红绸子花,敲锣打鼓地到区委去报喜,炼得多,就号称"放卫星"了。

那段时间,为了配合"大跃进",学校经常停课搞运输,或是到码头卸货,或是到工厂扛包倒库。记得有一天在华阳路段给面粉厂搬运面粉,各班同学人与人拉开距离,流水作业式扛着成袋的面粉传送,干了大半夜。

这个时期,各中学都要开展"勤工俭学",倡导"半工半读",于是就有了校办工厂。为了培养又红又专的革命接班人,学生每学期都要轮流参加校内校外的工厂劳动。记得当时九中的"机械车间"有几台车床生产螺丝帽;有个"纱包线车间"专门加工缠绕电机的铜线;特别记得还有一个"玩具车间",由曾教我们几何课的王练百老师负责,专门生产玩具娃娃。以木粉和粘合剂为原料,用模具压制出了个洋娃娃脸,喷上色漆后,画出眉眼。因为我画画好,干的就是画脸蛋的工序。

上高一的时候,我们班有个同学叫王齐祥,他永远是学习成绩名列全级第一的学霸。因为他家曾开电料行,所以他精通无线电电器方面的知识,就提出要仿制生产"钟声810录音机"。这种电子管的钢丝录音带的录音机在当年可是国内的通用产品,于是我们班就在班主任老师的支持下成立了科研小组,因为我学习成绩好,也是小组成员,每晚加班试制。经过苦战,王齐祥从家里拿来一些电子管、变压器等,基本安装成功了,只是因为录音磁头须人工缠绕,质量总不过关,最后只好放弃了。不过这也体现了当年倡导的"敢想敢干"的"大跃进"精神。

在礼贤楼前拍摄的初中 1959 届毕业照。
老师：第二排左起依次为：王显秀（美术）、窦织云（音乐）、梁允石（语文）、朱子赤（数学）、王广文（语文）、郭淑华（历史）、徐杰（地理）、王练百（几何）、李绍广（物理）、李澍恩（化学）、曲师傅（花匠）、王垫（体育），第三排右一张以忠（汉语）。
学生：前排坐地学生右一为作者。

三、名师荟萃

放下那些杂乱的回忆，想想6年的中学时代，也还是有着很多美好愉快的学习时光。

首先想到的是教过我们的老师。当年九中的名师太多了，而且很多都是上了年纪的老教师。初中教我们"动物"课的是马德益老师（那年代生物课分为"植物"和"动物"两门）已经70岁了还没退休，据说能背德语字典。他讲鸡（鸟类）肢体结构时的生动诙谐，我至今难忘。能有这样资深的老先生给我们上课，想到还能从马老师这里感受到几十年前老礼贤中学的历史气息，同学们都感到十分幸运和骄傲。

教我们世界地理的是"地理王"王德隆老师，也快60岁了，据说王老师留德出身，也精通德语。王老师夏天穿短裤和长筒白袜、皮凉鞋，洋气得很，每次一上课什么话都不说，先用装粉笔的小瓶敲一下教桌，回身在黑板上画出几条经纬线，十分精确地默画出所讲国家的地图，回过头来，再用小瓶敲两下教桌，遂开始讲课。王老师眼色不好，不注视学生，也从来不看书本讲义，只管洋洋洒洒倒背如流地讲课。

还有全市有名的"化学王"刘宗谔老师，讲课细声细气，表情十分丰富。他编的化学反应顺口溜——"锌加稀硫酸，定有氢气往外钻，如要用火点，必有大危险。""火烧氯酸钾，就有氧气往外爬，如要收集它，就用排水取气法。"到现在忘不了。后来他调到青岛教师进修学院任教了。

教外语的于兰亭老师戴着金丝眼镜极具绅士风度，他原来是英语老师，学校不设英语课，只好改行教俄语。高一入学第一周俄语课上，于老师看我写的俄语花体大写字母漂亮，当场就任命我为俄语课代表，这一来，我在高中就当了3年的俄语课代表，其实我并不喜欢俄语，俄语学习成绩也一般。

礼贤书院校长和教师合影。约摄于20世纪二三十年代。（晏文正先生收藏）
前排左四为校长刘铨法，后排左一为美术教师牟贡夫，左四为尉礼贤，左五为教师马德益（即文中所述教过我动物课的老师）。

教我们体育课的是牛洪生老师，牛老师的体育长项是体操，是体操运动员出身。他知道我姐姐是张白露（张白露是山东省第一位健将级体操运动员），于是有几次体育课的跳箱、鞍马的项目动作教完后，点名叫我作示范。牛老师大约觉得"有其姐必有其弟"，我也有体育天赋吧，殊不知我四肢从来不灵活，弄得我好尴尬，牛老师就不再指望我了。

高二教我们语文课的是位女老师黄哲渊先生，有浓重的湖北口音，讲起古典文学津津乐道，讲解李白《蜀道难》诗句"扪参历井仰胁息，以手抚膺坐长叹"时的表情现在我还记得。她女儿和我姐是同班好友，儿子芮少麟我也认识，后来知道黄老师在民国时期是有名的作家,著有《离乱十年》等多部著作。

化学老师付万青讲课地方口音很重,"氢氧化钠"总念成"敬仰哇啦";物理老师李绍广个子矮矮的,上课动作卖力,一节课下来竟然满头大汗;高三教语文的陈可新老师讲课轻松诙谐如同说单口相声;高二教数学的李馥娜老师上课总是用那南方口音轻声提醒我"张白波你又睡觉了"……还有教过我们的王广文、张以忠、王练百、王汉阁、梁允石、宋石如、朱子赤、李澍恩、王堃、牛钟衡、李扬真、朱文、丁守一、郭锦慧、郭树华、张同焕、孟亮思、孙书升、赵汝泌、赵禄俨、谷琴如、安光霞、王时纬、王常安、王一安、万述恩、尹如姗、刘凤鸣、华荷影、张振西、刘灏、谭桂馨、窦织云、丁瑞珠、祁朝阳、杨树德等许多老师上课都各具特色,都有许多故事。时隔多年,他们的音容笑貌依然能在脑海浮现。这些老师大都已经作古,我在这里白纸黑字地写下他们的名字,会唤起那年代同学的回忆,也算是聊寄对远去的恩师们的怀念。但愿这些老师的在天之灵,看到还有学生记得他们,能让他们得到一丝安慰。

当年,六二院前面的一排小屋拆掉后,独留头上一间小屋作为"教师准备室",室内没有座椅,只有一个大的立镜。每当打上课的2分钟预备铃时,有些老师会先在这里稍候,对镜以整衣容,取了粉笔,再去上课。那年代,还是很讲究师道尊严的。而每当上午第2节下课铃响后课间操前,打铃的马大爷立马就会在学校大喇叭上播放印度电影《流浪者》歌曲——"阿巴拉古……"天天放,让老师无法拖堂。

在诸位老师的教导下,我的学业成绩尚好。高一期末开始全市统考,我在全级部6个班300多个同学中成绩排在第4名(前4名中我班占3名,我班学习成绩最好)。到上高三我虽已对高考无望了(原因后述),但在一次期中考试中学习成绩还是全班第2名。毕业后,老师们对我未能读大学甚为奇怪和惋惜。在我就职于民办新华中学后,刘宗谔老师在路上遇到我,还说九中的老师议论过并向领导提过,为什么不把张白波留在九中。我知道,进九中那是完全不可能的,但老师的厚爱,我永远铭记心中。

在 1958 年建的新校门前拍的 1962 届高三六班毕业照。

老师：前排左起依次为谷琴如（数学）、孙书升（语文）、王时纬（地理）、郭锦慧（历史）、陈可新（语文）、于兰亭（外语）、吕振光（校长）、蔡嘉禾（副校长）、徐文茂（团委书记）、刘灏（语文）、王汉阁（生物）、王一安（生物）、王常安（俄语）、丁守一（俄语）、李志英（历史）；

第二排左一丁瑞珠（政治）、右一朱启君（办公室）、右二尹如姗（数学）、右三梁永秀（卫生室）、右四华荷影（几何）；

后排左一牛洪生（体育）、左九祁朝阳（体育、毕业班主任）。

学生：最后排左七为作者。

四、下乡劳动

1958年9月,党中央、国务院提出了新的教育方针,转过年来学校就开始有下乡劳动的事了。

1959年春,学校除了初一、初二因为同学年龄小没安排下乡外,我们初三年级和高中的同学都被安排了下乡一周的劳动。这是有史以来,青岛市的在校中学生第一次有组织的下乡劳动。

起初,老师怕我和班上几个年龄小的同学体力不行,不让去。那还行!对于我们这些从未离开过城市的学生来说,毕业之前这次"下乡劳动"具有极大的诱惑力,于是我找班主任郭淑华老师苦苦要求,最后终于被批准同意去了。

那时人民公社刚风行全国,以村为单位叫"大队",下面分为几个"小队",故有"大队干部""小队干部"之称。我们下乡各班被分配在不同的"生产小队"干活,都是干农田里的活,好像主要是麦收和翻地吧。那时村里全体农民社员都以小队为单位到集体食堂吃大锅饭,我们同学也随各自的小队在大食堂吃饭。记得当时每人午饭发一个苞米饼子,不够就配地瓜干,还能吃饱。这次下乡劳动白天虽然很累,但晚上同学们坐在场院的草垛旁,跟着带队的年轻老师(一位被北大开除的右派学生任代课老师)一起学唱俄罗斯歌曲《伏尔加船夫曲》和苏联歌曲《海港之夜》,歌声在夜空中回荡,倒也甚感浪漫快乐,以至于终生难忘。

也就是从这年开始,开创了中学生每年夏秋两季都要下乡劳动的惯例,初夏参加"麦收",秋季参加"三秋劳动",这个惯例一直持续了很多年,直到"文革"期间。

从1959年下半年我上高中到1962年毕业,算来我上高中三年,一共至少下乡劳动过六次。后来农村大食堂垮了,都是学生自己开伙。下乡一周的话,每人交十斤粮票，要交多少钱记不清了，班上出两三个同学负责做饭。在半饥饿的状态下干农活可就没有初次下去那么浪漫了。

每次下去，同学们大都分小组住在农户家，农民腾出一间屋，一个大炕睡四个人。肚子饿，晚上已不再唱歌，有时把白天在地里捡的豆子用瓶盖盛着，放在油灯上烤着吃，随后晚上就轮流放屁，搞得小屋臭烘烘的。有一次到即墨七级公社参加"三秋劳动"，劳动期限一再延期，在农村连着干了四十五天。天气渐冷，这期间学校安排各班派代表回青岛为同学捎衣服。时逢八月十五，母亲趁机在棉背心里夹了两块月饼。我把月饼和同屋的三个同学分吃了，结果胃已承受不了半块月饼的油腻，第二天拉肚子了。

我们每天早上都是由小队长分配活。有一次我们几个人被分配"车水"浇地，即用人力推着水车把井水从井里提上来，顺着水沟浇地。水车上面有三根杠子由三个人一组来围着井转圈推，哦，也就是说本来是一头驴或骡子干的活，现在由三个同学干了。不巧一次浇地灌了一个老鼠洞，一只老鼠跑了出来。这只老鼠被带班的那位农民抓住，从它鼓鼓的两腮中抠出一小堆黄豆，农民老伯高兴坏了，立刻提着老鼠和那把豆子回家去了。从此我也长了见识，原来老鼠搬运粮食是这种方式。

许多故事记不得了，但我记得有次下乡我得了疟疾，没地方看病，腹泻了几天差点要了命。获准提前回家，从大港火车站走回家，背着行李，当中不知坐在马路边歇了多少回，家人见我惨状，大惊。

高中期间，学习秩序不再正常，班委会设立生产救灾委员（简称"生救委"），我们班的"生救委"是团小组副书记王宝平同学担任。除了下乡劳动，同学们经常要有组织地去参加五花八门的"生产救灾"活动，也是随时待命，有时不管上不上课，学校一吹哨，我们级部的各班就在白果树院集合出发。那时候班上的女同学上学都备有一根带铁钩的绳子，身体比较强壮的男同学拉车（当年运输用的人力地排车）驾辕，女同学就拉边绳（当年也叫"拉沿"）。记得搞过"十五养"，还到观象山晒过粪；大冬天学校组织到四方湖岛、台西团岛海里捞过海带、海菜，不过我怕水凉，一次也没敢赤脚下海。王宝平同学住校，他告诉我有时饿得在宿舍用茶缸子煮海藻吃。

　　当年演绎着许多现在匪夷所思的故事。饥饿，在摧残人的生理肌体的同时，也在磨砺着人的理性和意志。班上有些同学退学了，我在家庭生活极端困难中坚持到高中毕业。那年代，对社会现象的观察思考，让我们的精神视野早已突破校园，具有了朦胧的忧国忧民意识，随着年龄的增长，我和我们班几个要好的同学会经常私下议论社会问题。特殊的年代，特殊的社会环境，无疑会使我们这些高中毕业生早熟，对此，我深有感触。

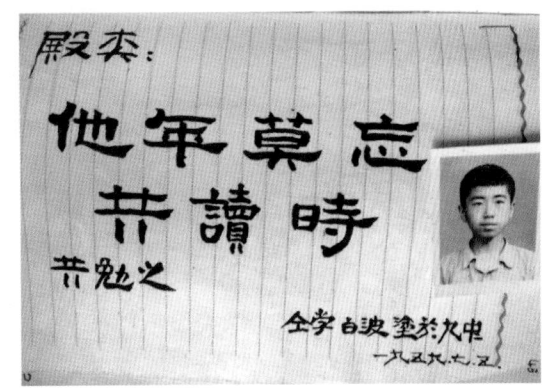

作者1959年初中毕业时，在同学纪念册上的留言。

1985年九中八十五年校庆时，1956级初中初三五班部分校友到校合影。
右一立者为作者。

五、难忘图书馆

　　初中入学不久，有一天学校图书馆的女老师在校园里见着我，可能看着我老实吧，问我愿不愿意去图书馆帮忙干活，我当场表示愿意。

　　九中的图书馆很有名，可当时我一点也不知道。直到工作多年后才从史料上得知德国传教士尉礼贤不仅创立了礼贤中学，还是一位著名的汉学家，对向西方介绍中国文化饶有贡献。他在1913年开办了尊孔文社，1914年建成了礼贤藏书楼。据记载，该藏书楼藏有中外书籍1万多册。这个藏书楼在20世纪30年代与青岛市图书馆、山东大学图书馆并称为青岛三大图书馆。到我上学的时候，礼贤藏书楼早就叫鲁迅礼堂了。

　　图书馆在鲁迅礼堂的左侧（北头），连着礼堂，就是一间大屋子，屋子里排满了书架，书架上都是新中国成立后出版的书，而且多是小说之类的读物。屋子紧靠礼堂那面墙有一道小楼梯可上阁楼，屋子靠侧门墙有一个面向院子的窗户。进图书馆就走礼堂的侧门，进门的小过道里摆几个不高的柜子，几排小抽屉里放着图书卡片。学生借书的时候，要先在小屋里查出想借阅的书籍卡片，然后出门到院子里的那个窗口前，站在窗外石条搭起的台阶上，与图书馆的老师办借阅手续。

　　当时图书馆只有两位年纪挺大的老师管理。男老师姓毕，后来知道叫毕玉堂，女老师名字是胡清智，年纪大了，同学们都称她"胡老妈妈"。两位老人慢条斯理的，和蔼可亲，对我这个"小朋友"很关爱很信任。每到下午课外活动时，只要班上没事，我就跑去图书馆帮忙。

　　图书馆是每天课外活动时间面向全校学生开放的。可能是当年的学生大多忙于功课吧，记得当时来借书的同学真的不多，从来也没出现过拥挤的时候，而且借书的多是高中同学，大多是面孔熟悉的那些人借阅。我的任务是替两位老师"跑腿"。两位老师分坐在窗前的桌子两边,接过学生还回来的书,我就把书插回到原来的书架上。学生凭学生证和书卡向老师提出借书,我就跑到书架那里把要借的书取来递给老师。这样两位上年纪的老师就无需走动了。

顺便说一下当时借书的程序。图书馆的每本书的封底里面都贴有一个牛皮纸的纸袋,里面装有一张书名的编号卡片,学生要借这本书,就由老师抽出卡片,填上时间、借阅人(凭学生证),留作凭证,等学生把书还回来,再把卡片插回原书的纸袋,书归原位。学生若长期不还书,则可依据登记卡片追索。

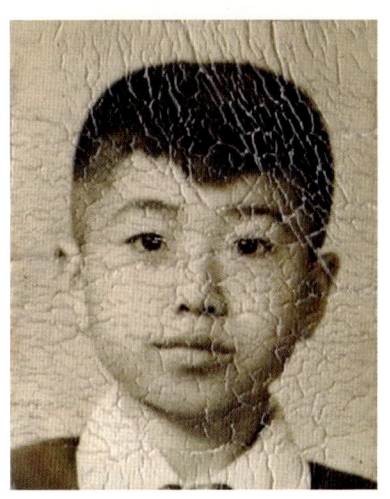

1956年作者入学九中时的照片,取自当年学生证。

在图书馆帮忙的时候,并没有感觉它有多么特殊多么神秘,也没有藏书楼的概念,我可以随便走动、翻书,老师也不管。阁楼我上去过几次,那里空间很狭窄,就是礼堂顶层两侧不大的斜顶房间,虽然放着许多旧书、旧刊物之类,但绝没看到像记载中说的那么多像样的中国典籍和外国书。当然也可能我没有走到阁楼的另一侧,那里有没有库存我就不知道了。实际上鲁迅礼堂建筑原本体量就不大(见下页图),从建筑结构来看,可能当初就是做礼拜的场所,因为礼贤就是教会办学嘛。我们上学时,并不宽敞的礼堂放着许多排长条椅,有时开大会、听大课以及小型演出就在这里进行。至于20世纪初,是否在礼堂里也存放书籍,我们不得而知,我觉得,所谓当初的藏书楼,其实就是指在现图书馆房间和小阁楼上存书的地方而已。对作为青岛建埠初期那个年代,带有文人雅兴意味的"藏书楼",如果以现代大城市图书馆的眼光去考量,肯定会有很大落差的。那时我小,对楼上那些东西也就是胡乱翻了翻,看了看、毫无兴趣,印象中只是看到有些册子封面上印有尉礼贤的相片,对竟然有个洋人叫"礼贤"感到好奇,由此第一次得知礼贤中学和这个外国人有关系。当年的同学虽然知道九中前身叫礼贤中学,却都无从了解"礼贤书院"历史,更不知道有尉礼贤其人,因为学校从不提及那段历史。由于楼上的这些书不在外借之列,也没有我感兴趣的书,所以当年我很少上阁楼。

现在我想,礼贤藏书楼的那些旧藏很可能在1949年以后被青岛图书馆或相关单位调走了,因为学校都归公了,有价值的藏书也归公是顺理成章的事。我认识青岛市图书馆老馆长文史专家鲁海先生,他在20世纪40年代毕业于礼贤中学,应当最熟悉礼贤藏书楼的情况,可惜老人家去年(2019年)去世了,享年87岁,我为没能及时向他采访询问这段历史后悔不已。据比我高两级的同学张百寿讲,他1954年上初一时,借书的图书馆是在白果树院的二楼,也就是说,九中的图书馆曾经搬迁过。管理图书馆的老师早已换了不知多少代人,我曾试图打听和验证我的猜测,也无结果,礼贤藏书楼似乎成了一个谜。

在图书馆帮忙的两三年里,对我来说最大的收获是看了很多书。两位老师对我借书毫无约束,任我借书回家看。出于那个年龄段的兴趣所致,我几乎把馆里存有的中国古典小说读遍了,《三国演义》《水浒传》《西游记》不用说,什么《说唐》《说岳全传》《三侠五义》《隋唐演义》《封神演义》"三言二拍"《官场现形记》《二十年目睹之怪现状》《儒林外史》《镜花缘》,等等,除了《红楼梦》外全看了(当时觉得"红楼"没意思);当然还有一些当代中国小说,比如抗日的、打仗的如《吕梁英雄传》《铁道游击队》等;以及一些外国小说,比如馆里所有儒勒·凡尔纳的科幻小说,所有柯南·道尔的福尔摩斯侦探小说,以及一些苏联反间谍的小说,等等;都是随借随还,假期则抱一大摞书回家,享受到了阅读的特别待遇。

我在图书馆的义务劳动,不是学校安排的,也与我的班主任老师无关,纯粹是毕老师、胡老师喜欢我,是我自愿的个人行为,所以非常自由、非常愉快。在我待在图书馆的这些年,从未见有别的同学也和我一样在这里帮忙,也没见有另外的同学和毕老师、胡老师这样亲密。我觉得,能以这种方式在九中图书馆长期服务的学生,前后可能只我一人。我多么幸运,也算与礼贤藏书楼有过一段缘分。

到读高中时，一是如前所述，三年困难时期学校事多，活动多；二是我个人的事也多，比如担任学校黑板报写画工作，参加学校的民乐队活动，又自学美术，也就顾不上图书馆的事了。再说，好像那两年毕老师、胡老师也相继退休了。我就更不去图书馆了。至于再过几年"文革"袭来，大破"四旧"，据说图书馆的书被堆在六二院焚烧，新旧藏书都荡然无存了。

九中鲁迅礼堂，即前礼贤藏书楼，面对礼堂左端为九中图书馆。

六、结缘民乐队

　　九中是名校，招收的学生不但学习成绩好，各个方面的素质也高，当然学生里面不乏优秀的艺术人才。

　　那个年代青岛市区的中学，每年都要举办一次全市性的中学生文艺汇演，这对各个学校来说，是展示校园文艺才华和名声的大事。九中，这方面当年在全市中学里可是享有很高声誉的。且不说舞台节目精彩，就说乐队，也是全市中学里最优秀的之一。当年3所中学乐队厉害——一中的管乐好，二中的西洋器乐好，再就是九中的民乐（当时亦称"雅乐"）出名。

　　一个中学的学生乐队，基本是把凡是能有些器乐演奏基础的同学都吸收进来组成的。他们或是在校外拜师学的艺，或是入校后同学相互影响学的技能，所以往往中西各色乐器都有。学校的学生是流动的，乐队老队员毕业了，会有新手不断补充进来，一拨一拨的，薪火相传，形成传统，不过九中乐队总是以民乐见长。

记得我在校时比我高两届的那拨乐队成员实力很强,高三一班的班长林寅之同学不仅二胡演奏水平相当高,而且组织能力很强,因而由他担任乐队的队长和指挥。那时乐队主要成员除了有高一和我同级的同学外,高年级的有刘大杰、毛明武、宫傅晓、张百寿、张延寿、申介宗、费日喧、王之赢、孙成芳(初中同级)、牟海澄、张象复、李志芳、王鸣岐、王延悌、戚道明等。林寅之后来长期担任青岛李沧区文化馆馆长,学术著作甚多,是一位很有成就的音乐理论家。乐队其他同学也有的后来走上音乐专业道路,各有成就。

再说我和乐队的缘分。

1959年夏天,我初中毕业在自行车棚里和一位高三的大同学一起复习功课应考时,每天都听到高年级的林寅之学兄在老传达室里练习演奏二胡,记得拉的是刘天华的曲子《病中吟》《良宵》《烛影摇红》《光明行》,有人用扬琴给他伴奏,好听极了,美极了。于是我对扬琴有了极大的兴趣。

等我考上高中,得知学校有一架扬琴,把它弄到手后就开始自学。

其实在我上初中的时候,就有一点器乐的兴趣和基础。家里有一把日本弦子(三味线),能弹些简单的小曲,但没参加学校的乐队。自从得到那个扬琴后,就一心练习扬琴了。记得高一下乡劳动时,除背着行李外,还不辞辛苦地提着琴,就是为了干活之余可以练习。那次下乡原本还带着本雨果的《悲惨世界》准备阅读,结果休息时间都练琴了,小说没翻几页就带回来了。那时九中对面的工人文化宫里,晚上常有职工业余乐队的排练,乐队里就有扬琴演奏。于是一到人家排练的日子,我就不上晚自习了,去看人家演奏。

大约到了高二,我们这届的同学就成了乐队的主力,我也以扬琴手的身份参加了乐队。这时我已稍具演奏能力,竟然能给二胡伴奏了。

和我同届不同班的同学毕元和(他父亲就是校图书馆的毕老师),二胡拉得相当好,早就是乐队的主力。他每天放学都路过我家,于是经常带着二胡在我家与我合练。他有带扬琴伴奏的二胡曲谱,我们就按谱子练合,所练过的曲子中印象最深的有《怀乡行》《在草原上》和《牧羊姑娘》等。毕元和二胡拉得很好,极有韵致,我的扬琴水平肯定大不相配,然而他每每很耐心地屈就和我同练。一路练下来,虽然我始终没有达到能完整伴奏的水平,但似乎触摸到了一年前听到"仙乐"的那种感觉,为能亲自弹奏而甚感惬意舒畅。

高中期间,我们这一届同学很有一些民乐高手。拉二胡的有毕元和、曹永寿、高培礼、张元泰等,弹拨乐的有黄佳厚、苏奇白等,还有笛子高手尹家训等,加上别年级的同学组成了一支在全市中学圈里很有些名气的民乐队。

这时窦织云老师已调离九中,音乐课由张以忠老师担任。张以忠老师1956年进校,原来是教汉语和文学课的老师,喜欢音乐,唱得也好,其时被青岛市广播电台邀请担任"每周一歌"的教唱老师。我们这届乐队在他带领下十分活跃,排练过许多中外乐曲,能记得的有《旱天雷》《喜洋洋》《瑶族舞曲》《达姆达姆》等。鼎盛时,我们排演的大型组曲洪湖赤卫队名声在外不说,毕元和的二胡独奏《光明行》、尹家训的笛子独奏《我是一个兵》《卡尔达什》等,在全市业余演出中也是一流。因为当年市北区别的中学都没有像样的乐队,我们的乐队还常常应邀为其他中学的节目伴奏,九中的乐队真是风光!

在那个物资匮乏的年代,社会文化生活也十分枯燥,唯机关单位风行交谊舞。当年张以忠老师年轻,对跳舞甚感兴趣,九中经常和周边的青岛八中等学校联合举办舞会。那年代,音响设施还十分原始简陋,就是唱片加扩音器,无法携带伴舞,舞会的音乐全得靠乐队现场演奏,于是我们九中的乐队就经常在周末被张老师带着出去为舞会伴奏。印象最深的是在上海路小学礼堂、上海路人民银行礼堂和第二体育场灯光篮球场的舞会伴奏。每次舞者兴致勃勃,可把我们乐队同学都累得不轻,记得有时最后我们竟恶作剧地加快演奏速度,好把舞者累得早散场。

九中的乐队人才辈出,我们毕业后,又有很多高手在青岛文艺舞

左张白涛(二胡)、中张惠先(扬琴)、右张白珊(1964—1967年就读九中初中,琵琶)在合练乐曲。

台上叱咤风云。到"文革"时,"红旗"演出队、"东方红"演出队各展风采。"红旗"演出队在张进发、陈祖锦他们带领下不仅到处演出,宣传毛泽东思想,还参与了市里的大型歌舞《东海怒涛》的排练演出,我妹妹张白珊(1964—1967年就读九中初中)就是其中骨干之一。而张以忠老师则调动全校文艺力量与姚青、李立平他们竟然排演了当红舞剧《红色娘子军》。这些都是后话,该由众学弟学妹去说,不过也都与我们这代学子承袭的九中文艺传统有关。

九中和上海路小学紧邻,那些年上海路小学音乐老师李嘉评带领的红领巾艺术团培养了许多少年文艺人才。1962年,九中竟然把这些同龄的小学毕业生招进来编成一个班,这大概也是九中文艺景象长盛不衰的原因之一。像我妹妹张惠先(1962—1968年就读初、高中)擅长扬琴演奏,曾任九中学生会文艺部部长,同班的韩惠燕擅长朗诵表演,后来上海路小学毕业的我弟弟张白涛也来到九中(1969—1970年就读初中),他擅长二胡并能上台独奏,他们都是李嘉评输送的人才。我和李嘉评关系甚密,有许多故事值得回忆。

在九中乐队里我弹过三弦。很清楚地记得,有一次上海路小学的红领巾艺术团要到青岛市广播电台录音,李嘉评老师请我去帮忙伴奏。那次我就是弹三弦为我妹妹张惠先的童声独唱《积肥》做的伴奏。当年的节目质量要求不高,连我这种水平竟然也能对付,好像这是我最体面的一次三弦表演。

后来我主要负责扬琴演奏。每次排练和演出,都是我双臂一抬,作为乐曲演奏开始的信号。想想当年位居舞台乐队中央的感觉,恍如昨日,也是人生的一段景致吧!

在九中我与音乐的这段缘分,日后也曾有所发酵。几年后的"文革"时期,我又迷恋琵琶学习,并自制了一个精致的琵琶。随后又学弹吉他,借以自娱。在度过漫长的美术创作生涯后,直到我年逾古稀,2019年春又与音乐界的朋友成功策划了以版画和民乐相融的跨界音乐会《乐汇·版画——张白波与八骏国乐的对话》。独特的版画展示配以原创的高水平的民族器乐演奏,演出效果甚佳,在学术研讨会上专家给予了很高评价。细想,这都与母校九中有关。

七、美术苗圃

  如此美丽的校园环境，如此深厚的历史积淀，礼贤—九中一百多年来培养了无数才俊人杰，其中美术人才就可以开列出一串长长的名单。我的艺术人生，就起始于九中，起始于九中美术组。不过，还是从我的一些美术前辈和学兄说起吧！

  历史太久远的学者型文人书画家，像王献唐（1896—1960）等不去追述了。我所知道的现在年龄最大的九中校友画家，是现已90多岁高龄的晏文正老先生。晏文正先生20世纪40年代初就读于礼贤中学初中部，美术受教于牟贡夫老师。晏老师主攻水彩画，后为青岛教育学院教授、艺术系主任，曾任青岛市美术家协会名誉主席、青岛画院名誉院长、山东水彩画会名誉会长等职，是我们尊敬的水彩画泰斗级的老前辈。

  著名画家李峻1946年毕业于礼贤初中，后就读北师大工艺美术系并留校任教，50年代赴苏联留学深造后为中央美术学院教授。

  著名油画家张重庆1950年毕业于礼贤高中，后毕业于中央美术学院，任教于中央戏剧学院，教授、研究生导师，中国老教授协会艺委会委员。由于特殊的渊源，我与张先生关系密切，前年专程赴北京参加了他向中国美术馆捐赠作品的活动。

  1956年初中毕业的李全淼当年考入中央美术学院附中，后来毕业于中央美术学院版画系，任教于厦门大学，教授、硕士生导师，是著名的版画家和油画家，现在依然活跃在画坛。可惜因为年龄关系，他向我婉拒了参加这次"百廿礼贤"校庆画展活动。

  当然可能还有些身在外地的、饶有成就的画家我不知道。

  和我同时在校的最年长的美术学兄是尚友松。我上初三时，尚友松读高三

（1959 届高中毕业），记得当年在礼贤楼前路对面立有一排带玻璃的展窗，展示过尚友松的中国人物画作品，这些画非常专业，让我敬佩不已。后来他在市北中学（青岛艺术学校前身）任教，我在新华中学任教，来往甚密。"文革"后他到青岛美术设计公司任职，我们在创作上多有合作。尚友松善于教学，启蒙、培养了不少很有成就的画家，他的代表作有连环画《小鲷鱼求医记》（山东人民出版社1963年版）等。2010年2月尚友松患癌症去世，享年74岁。

在我上高一的时候，比我高两届的比较熟悉的有两位画画学兄叫刘冀德、赵理（1960届高中毕业），就是他们设计建造了"五一亭"。刘冀德同学后来在铁路机务段工作，于2009年去世，辞世前决定把遗体捐给医学研究，令人感念。赵理同学毕业后进大学学了建筑专业，曾在东营和青岛从事建筑设计工作，并担任领导职务，我们已多年没有见面。

九中比我高一届的画画学兄还有1958年初中毕业离校的曲学霭，他在校时就曾在《青岛日报》上发表作品了。后来在青海工作了20年，1986年调回青岛，在市群众艺术馆任美术干部。他在艺术创作上很有成就，作品获得过第七届全国美展铜奖，曾是青岛专业技术拔尖人才。2014年7月曲学霭辞世。另外在读高中时比我高一级的还有一位学兄叫郭殿芳。郭殿芳在学校时不露声色，大家不知道还有这么一位会画画的同学，直到高三临毕业时，展窗里突然

晏文正作品

张重庆作品

展示出了他的素描习作，让我大吃一惊。后来他上了青岛美校，毕业后在青岛美术设计公司工作。20世纪80年代我和他也多有交往，参与过市里的一些创作活动。

我所知道和记得的，并有往来的高年级的九中画画的学友就是这些了。他们有的离开了人世，有的湮没在人海里不知音信，我在这里提及他们，写下他们的名字，是感念曾经有过的校友情谊，感念曾经有过的共同的美术理想。我知道，我不写，恐怕后来的九中校友们没有人会知道他们的。

九中和我同年级的画画学友主要有姜宝林、牛锡珠、陈季富（后改名为陈向东）、杨良钰、崔寅。

姜宝林是我高中的同班同学，毕业后考入当时的浙江美院，后考为中央美术学院李可染先生的研究生，现为中国艺术研究院博士生导师，是国内赫赫有名的中国画大家。

牛锡珠和我同届不同班，高中毕业后就读青岛工艺美术学校，后为青岛画院专职画家，国家一级美术师，青岛市美术家协会国画艺委会主任，是获国家"中国画杰出人才"称号的著名画家。牛锡珠上高中时我们教室门挨门，后来他到画院和我同事，画室也是门挨门，真是缘分。

陈向东（陈季富）和我初中同班（初三五班），高中与牛锡珠、杨良钰同班（高三二班），他们三人高中毕业后都考入青岛工艺美术学校就读，后都分配到青岛贝雕厂工作，再后来陈向东、杨良钰都调到青岛工艺美术学校任教。崔寅好像只是在九中读的初中，

尚友松作品

曲学霭作品

后来也就读过青岛工艺美术学校，在贝雕厂工作。

再说九中的美术老师。

我上初一时，教我们美术课的是陈起惠老师，他擅长工笔花卉，是一位有一定名气的画家，教我们一年，1957年离开了学校。随后由王显秀老师教我们美术课。王显秀老师英语好，考大学时报考的是南京大学英语系，但刚解放那些年，有些大学英语系被取消了，大兴苏联老大哥的俄语，无奈之下王显秀老师就转系到了美术系学美术。王老师告诉我，她当年师从的是我国著名工艺美术大师陈之佛先生。

由于我的美术课作业成绩好，王老师就经常叫我去帮忙做些给学校写写画画的事，特别在我升入高中后，更经常帮王老师画些课堂范画什么的，王老师对我很好。在学校时师生关系好不说，她退休多年后，家里遇到一个牵扯市领导亲属的很大麻烦，还曾托我找市里的大领导解决，感念师恩，我帮她办了。这是题外话。

我在校期间，九中只有这两位美术老师。

该说说我自己了。

我自认为我没有特殊的绘画天才，更说不上"自幼酷爱艺术"，小孩不知艺术为何物，谈何"酷爱"。小学、初中美术课图画作业经常受到老师表扬，画画有些兴趣就是了。读高中时，有一件事注定了我一生的命运。

1959年秋天读高一的时候，时任中国人民解放军空政话剧团团长的我的二叔，带团来到青岛，在当时的北海舰队俱乐部演出话剧《钢铁运输线》。二叔和北海舰队文工团团长相熟，对他提到我喜欢画画，将来能不能去文工团做舞美工作。当时还让我回家拿了一张画的东西给他们看过，虽然我的画肯定很幼稚，就是那种既非儿童画又无专业训练的东西，但他们说行，团长似乎答应我将来可以到团里去搞舞台美术。

这是一个似是而非的承诺，但对于我来说，在由家庭背景带来的对个人前途的迷茫中，犹如看到了一抹美妙的彼岸，点燃了我对戏剧舞台的极大憧憬和学习美术的热忱。画画，对我是很重要的事了。

正好，我们班上有个叫姜宝林的同学，也就是前面提到的现在是全国著名的画家、国家画院博士生导师姜宝林。他当时是奔着他哥哥从平度来到青岛上学的，他哥哥叫姜宝星，是青岛市工人文化宫的美术干部，油画家。哥哥是画家，看出姜宝林一入学就是立志要学美术的。我要学画画，自然就和姜宝林关系特别密切，也就认识他哥哥姜宝星老师了。那时姜老师刚从中央美术学院吴作人工作室进修回来，带回不少习作，在他那里我看到了真正的绘画艺术作品，这对我影响很大，特别是对我工作后的艺术创作影响很大，这是后话。

当时姜宝林是立志学习中国画的，记得他和临清路小学的美术老师刘栋伦一起拜陈寿荣老师、赫保真老师为师，他们都是在校外或在家里画画。而我需要学的是"西画"，自然不能和他们在一起，那时也没有条件专门拜师，于是只能在学校里利用课余自学。王显秀老师对我非常关爱，但她没有能力辅导我绘画，就以搞学校宣传的名义，在学校找了一间小屋做美术小组的活动场所，成全我画画，这大约是我上高中二年级的事。

我记忆中，在这之前，九中没有什么"美术小组"。上面提到的学兄们大都是在校外拜师学画，我和他们从来也没有在一起专门画过习作，王老师没有指导过，也没有开展过有组织的美术活动。在我整个初中阶段，不同班级的喜欢画画的同学都相互不认识。这时有了一间房子，学校几个爱好美术的同学可以正儿八经地画画了，就算有了个"美术小组"。

不过，这个所谓的"美术小组"并不正式，没有在全校正规地选拔吸收过成员，所以上述同年级的其他画画的同学都不曾参加美术小组活动。王显秀老师对我完全放任不管，就是有几个低年级的同学跟着我一起画画而已，美术小组里我是大学兄，画画又特别主动认真，见识也高一点，自然我就是头了，或者叫"组长"，掌管着画室的钥匙。

记得当时一起画画的有比我低一年级的闫卫平，有就读初中的曲仁宗、李云国，还有任锡海。闫卫平小学师从姜世钰老师学过画；李云国是青岛青年画家李云德的弟弟，有一定绘画基础；任锡海是临清路小学美术老师刘栋伦钟爱的学生，我和刘栋伦相熟，他特别推荐，所以任锡海初中一入学就进了美术组。

当年我画画几乎完全是自学，同时潜移默化地受着姜宝星老师的影响。

那年代中国的美术教育主流完全是学习苏联的模式，流行苏联契斯恰科夫素描教学体系，我就是完全按照那一套自学素描的。记得当年有一本名叫《给初学画者的信》的书（苏联赫拉帕科夫斯基著，1959年翻译出版）对我影响极大，里面许多章节我都作了抄录，指导我循序渐进地认识绘画、理解素描、学习素描。我还千方百计借来了译自苏联的《素描教学》《苏联高等美术学校素描》等，也把一些重要的章节抄录下来以指导我的习作。我从石膏几何模型画起，然后画大卫的石膏五官，画"哭娃""伏尔泰""亚历山大""米开朗基罗"等石膏像，也画静物写生。我清楚地记得，给石膏像打灯光的立式聚光灯是我从工人文化宫姜宝星老师那里借的。我的素描习作有时拿给姜宝星老师看，常常得到指导和肯定。我相信自己学习的路子是正确的，这也为我将来的创作和教学（后任教六中美术班）打下了良好的基础。

同时，我也自学水彩画，画静物，画风景，也练习人物头像写生。那时候经常看市里的"大人"们的画，常临摹画册。没有钱买画册，就到中山路的"祥记行"古旧书店花低价买旧画册，临完了，再拿回去卖了，添点钱再买别的画册。记得当时从画册上临过张充仁、潘思同、汤由础的画以及英国水彩画集里的画。每到周日、假期也经常背个破夹子到公园、街头写生。想想当年的学习何其认真执着，又何其艰难清苦，今犹不胜唏嘘。

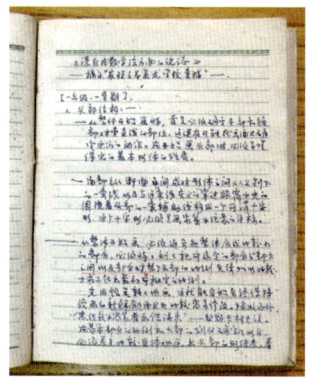
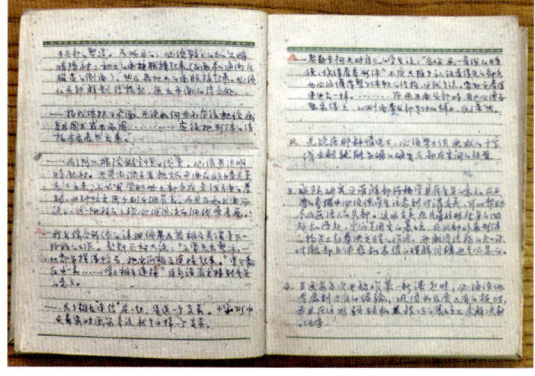

作者1961年自学素描的笔记。

当年美术小组的同学都非常用功，常和我一起画画的主要是闫卫平，我们常常相互探讨切磋。闫卫平很虚心好学，素描也画得很严谨，后来考到青岛美校深造，成为很出色的画家。李云国、任锡海那时上初中，我毕业后，美术小组就是闫卫平和任锡海他们的天下了，后来怎么发展，我就不清楚了。任锡海天分极高，虽然在绘画、雕塑方面壮志未酬，但终于成为一位国际摄影大师。听说曲仁宗后来上了青海建设兵团，早早地就去世了。

由于有"舞台美术"那份职业的期待，在高中阶段我一直非常关注戏剧。为了提升戏剧素养，我阅读了全套的朱生豪翻译的《莎士比亚戏剧集》（多卷本，九中图书馆存有近20本）等许多与戏剧相关的书，不仅留意学习舞台美术知识，还关注像表演上的"体验派""表现派"等凡是与戏剧有关的多方面知识。九中学校门口对面就是工人文化宫的阅览室，摆放着全国的杂志任由读者自由阅览。那时我经常下午放学后去阅览室，除了广泛阅读外，特别关注《戏剧报》。《戏剧报》是当时国内水准最高的业内学术刊物，我从这里窥知了当时国内的戏剧舞台信息，像对北京人艺那年代演出的剧目、导演、主要演员、舞美设计等都甚是了解，而且我对当时的戏剧学术动态、戏剧理论也多有关注。

但是临近毕业，这个原本子虚乌有的"舞台美术梦"就破灭了。我在绘画上下了很多功夫，完全就是为了那份期待的职业，因为我知道，我不可能考美院走上做画家的路。高考，对我来说不仅是"政审"那一关断然过不了（虽然我的文化

九中美术组合影。摄于1962年夏。
前排左任锡海，右张白波；后排左闫卫平，右曲仁宗。

课成绩一直是班上的前几名），就算我能考上大学，我也断然不会去上大学的。我家太穷，上不起大学，作为长子我需要帮我父母挣钱养家。

"舞台美术"的梦粉碎了，但有一个"版画家"的梦在冥冥中向我呼唤，不过，这已经是离开九中后的事情了。

虽然艺术院校的科班学业与我终生无缘，但在中学时代心里埋下的艺术种子却压抑不住地萌发。我的命运之舟，已经在九中美术组启航，我不会忘记这个美术小组。

我记得，美术小组就坐落在六二院前路对面的那个一圈平房的小院里，房间不大，前后两个窗，后窗冲着六二院，窗外有一高一矮两副双杠。房门前下几登台阶后，院子对面是音乐教室，美术小组旁边是学校总务处。

我记得，由于我家住在上海路4号，离上海路7号的学校很近（不足200米），我经常早早到校，上课前，先到美术小组去画一阵素描。平时一有空就钻到美术小组，反正我有钥匙，我在这间小屋子里不知道消磨了多少时间。

我记得，有一次学兄尚友松到美术小组与我们聊天，讲了列宾把自己关在屋子里画画的故事，还有苏里科夫的《近卫军临刑的早晨》《女贵族莫洛卓娃》……我听后崇拜不已，备受激励。

我记得，在我高中毕业前夕，就要离开美术小组的时候，任锡海从他大哥那里拿来一个120相机，支在美术小组的门前，按下自拍快门，留下了一张美术小组唯一的照片。

还记起，在美术小组所在的那个小院里，九中的赵熙信校长家就暂住在音乐教室的隔壁屋子里，校长的一男一女两个小孩经常在院子里跑来跑去。现在他们早已长大了，也快变老了。那个男孩，就是今天我们这个九中校友"礼贤百廿"画展和画集的总策划之一、青岛市政协原副秘书长、民进青岛市委驻会副主委——赵高潮先生。

时光荏苒，岁月如梭，半个多世纪前的九中美术小组如梦似幻地浮现在眼前，牵动我无限情思。

1962年，我高中毕业后不久，王显秀老师终于转行去教她喜欢的英语了，美术课教师换了由青岛八中调入的韩湘浦老师担任。1963年我开始在民办新华中学执教美术课，当年中学美术老师按学校所在区划分，各校每周一次集体备课，所以我和韩老师相熟。不管韩湘浦任教时还是后来又换了几任美术老师，好像九中美术小组活动的传统一直被保留了下来，许多美术小组的同学还和我这个大师兄有种种联系。20世纪60年代在九中任教美术课的韩湘浦老师和后来的李凤九老师以极大的热情开展美术教育，用美术小组的形式培养了一大批热爱美术，后来成为杰出画家的学生。像闫卫平、李允国、任锡海、徐修伍、邵泽寰、石芃、于国强、赵高潮、王学东、李见闻、聂轰、周杰、刘宏、刘青砚、林建业、戴淑娟、刘青林、吴钢、孙钧铭、王秀霞、胡永刚、管非、尤良诚、王音，还有当下在国内饶有声誉的著名当代艺术策展人梁克刚等，这些艺术家不仅在艺术创作上成绩斐然，而且很多人都担任着教授、院长、博导等高级社会职务。九中艺术教育的蔚然气象，为百年老校平添了斑斓耀眼的色彩。

　　离开九中10年后，70年代初的"文革"后期，忘记是什么机缘，可能是韩湘浦老师相邀吧，我又回到九中带着美术小组的一帮小学弟学妹画了一段时间的石膏像素描和人物头像素描，很清楚地记得石膏像画过"马赛"和

2020年7月《百廿礼贤校友画集》校友编委会在审编作品。
左起依次为：李见闻、刘青砚、张白波、赵高潮、林建业、赵华军。

中国"青年头像"等,这期间也还画过水彩人物头像写生。这是我与九中美术组缘分的一次继续。

  1980年,青岛市教育局因我而在青岛六中设置了美术职业班,由我在那里负责了8年美术教育。美术班的成立发展,40年来培养了万千美术学子进入高校,使一所升学率极低的中学一跃成为挂牌"青岛美术学校"的A类学校和全国知名的美术学校。追根溯源,似乎也能看到九中美术小组的影子。

  文脉流转,竟至于此,堪称传奇。

  2015年为纪念礼贤—九中建校115周年,从九中走出来的美术学子们感念母校的培养教育之恩,联合举办了一次规模隆重的校友画展,并出版了一本画文集,我有幸为之作序。2020年,时逢"百廿礼贤"校庆,我们又举办画展和出版画集,为母校的荣光喝彩,念此,我不胜感慨。

2010年青岛九中110年校庆时,校友登台赠送作品留影。
左起依次为:任锡海、张白波、校长张玉慧、郑胜琨、孔健。

八、尾声

似水流年,不尽沧桑。

忆及上述往事,除了我与母校九中有诸多缘分外,我们家还与九中多有缘分。我的亲舅舅韩永祥曾在九中任教过语文课,是优秀班主任;我3个妹妹张同华、张惠先、张白珊,弟弟张白涛,还有我的妻子佟天翔以及我的儿子、外甥女、外甥媳妇都毕业于九中。细数下来,一家三代有10人与九中有关,连绵半个多世纪,这是多么厚重的一份缘情。

人生是一本厚书。我追述上面的这段历史,就是翻检我这本书的开头几页。借母校出版《百廿礼贤文集》的机缘,撰文述旧,也是了却一种心愿罢。

2020年5月

张白涛创作的雕塑《琴女》坐落在青岛小青岛公园,是为青岛标志性城雕。

附：

今年，母校青岛九中已经115岁了。

从礼贤书院到青岛九中，见证着青岛市开埠建置的百年沧桑，见证着这个城市的全部教育历史。百年名校，成全了多少代莘莘学子渴求知识的愿望，又培养造就了多少堪称国家栋梁的精英人才。我们作为从九中走出的校友，既庆幸曾经就读这所名校，也为母校的百年荣光倍感骄傲。

在从母校走出的历届学子中，总有一些同学携带着艺术的抱负，走出校门，一路流光溢彩，成为画家、艺术家。这些同学在为国家、为时代的文化艺术事业做出贡献的同时，也为我们的百年母校增添了斑斓的色彩。今天，这些画家艺术家第一次聚集一堂，可谓空前盛举。

我们这些同学，在九中就读时，心中那颗孱弱的艺术种子，在老师细心地呵护下，在母校这座苗圃里，开始发芽生长。也许老师的一次作业表扬，点燃了你的兴趣；也许一次画展的入选，让你获得了自信；也许同学的相互激励，使你立下了要当艺术家的宏愿。懵懂少年，对艺术满怀憧憬，对古今中外的艺术大师无限景仰，对自己的人生前途充满幻想和渴望。于是，一茬一茬的学子怀着艺术的梦想离开学校，走向了广阔的人生天地。

艺术，何其美妙，何其艰难。一旦选择了艺术，就是一脚踏上天堂之路，一脚迈进地狱之门。我们谁没有梦寐以求、孜孜不倦，谁不曾呕心沥血、浴火重生。生活的磨难，我们没有屈服；事业的挫折，没有让我们气馁。我们不忍割舍追求美的初衷，从不甘心半途而废，我们一直义无反顾，勇往前行，这是艺术家的宿命。一幅幅佳作诞生了，一件件作品入选了，有的作品还获奖了或者成为艺术经典了；更有的艺术家后面子弟如云，桃李满天下，创作授业双成就。每一个人成功的背后，是不为人知的巨大付出，是年复一年的倾心坚守，是终身殉道。

今天,我们吹响集结号。无论是本乡本土的画家,还是扎根在大江南北,或者漂泊在异域海外的画家,也不管画家的辈分高低和年龄长幼,我们从礼贤—九中走出的画家聚集在一起举办画展,出刊画集文集,这是多么难得和令人欣慰的盛事啊!

在这里,我们各具风格的画作相映生辉,我们拳拳深情的文章灵犀相通。不管我们每个人当下的际遇如何,身份如何,我们身上都曾染有墨迹、油彩,或者手指沾有泥巴、木屑,我们都曾有共同的梦想,共同的奋斗,共同的眷恋。我们相视一笑,就能唤醒当时同学少年的纯情,我们的相互问候,已然蕴含着终生友谊的慰藉。校友之情把我们从天南地北连在一起,我们的相聚不易,我们倍加珍惜。

似水流年,不尽沧桑,愿母校事业更加辉煌,也愿我们学友大家的友谊永存,艺术长青。

承蒙校友们委托,为文是序。

张白波

2015 年 10 月 21 日

本文为《九生万象 艺术沧桑》画集所写序言

美术摇篮
——从新华中学到青岛六中

寻根,是人的一种文化愿望。当人的精神达到一定的境界,会有这种要知道自己来历的精神需求。

缘起

两年前，在青岛九中（礼贤中学）开展120周年校庆纪念活动时，我参与了母校筹备画展和编辑画集的工作，同时撰写了一篇回忆60多年前上学时的长文《世纪沧桑忆九中》，折射了那个时代的学校生态。文章在"青岛城市档案论坛""世说文丛""搜狐网"等网络平台转发，在丛书《老照片》上摘刊，反响良好，并被收录到相关的青岛市史志中。

由此我想到，我所工作过的青岛六中建校已近60年。青岛六中由一所民办学校发展成为一所专业美术学校，在近40年来为高校输送了万余名艺术学子，在全国美术教育界享有很高声誉，堪称传奇。青岛六中的存在是在特殊时代背景下的不可复制的教育现象，我作为这所学校从诞生到转换的直接参与者，是不是应当写点什么呢？

我知道，几十年前的民办中学和青岛六中的那些历史没有留下多少可以查阅的史料痕迹，现在的年轻人对当年的那段历史已无从寻觅。

寻根，是人的一种文化愿望。当人的精神达到一定的境界，会有这种要知道自己来历的精神需求。青岛六中40年来，启蒙培养了那么多美术学子，有许多人成长为优秀的艺术家，他们会逐渐关注自己的成长历史。当他们将来回望母校，探寻自己的艺术摇篮时，发现母校的历史是一片空白，茫然而不知其来历时，会多么失望。由是，我想到，老一代的当事人对自己的历史漠然失语会是多大的失误，这种失误不仅是我们这一代人的人文遗憾，同时也是对后人的亏欠，尽管这种亏欠有时是出于时代的局限。

我是六中创始的参与者，见证了六中的前身青岛新华中学的创立发展，操办并见证了六中转向美术学校初期的蜕变过程。青岛六中的前半段校史我最清楚，我知道，如果我不来追忆书写，没有第二个人会真实完整地呈现这段历史，六中的来历将会成为众说纷纭的一个谜。

于是，我感觉到似乎有一种责任在向我呼唤，我会尽力追忆和梳理那段历史，为了后人，也为了自己的良知。当然，依附在历史主线上有许多故事残片，我不可能一一道来，不过有些细节我会多说两句或表露感怀。真实的历史往往不像后来人想得那么光鲜，但它也许会让人触摸到生活的温度。我不想把历史陈述得干瘪乏味，更不会去化妆历史。

60年了，那个年代已经远去，由于当年历史环境的局限，几乎没有档案资料可查；而那个时期的同事和当事人也大都离世，无可佐证，联系几位在世的老人，他们也大都语焉不详，所以追述早期的事情只能靠我的记忆，这就难免在时间节点和人名上会有些差误和遗漏（当然对一些个人信息会有所回避），不过不会有歪曲和编造。

前三章是写新华中学那一段历史。我比较详细地写新华中学这一段，主要是考虑其史料价值，以便后人查阅。毕竟，有它才会完整地呈现青岛六中的前世今生。

一、前期的新华中学
（1962—1965 年）

（一）学校来历

党中央在1961年1月召开的八届九中全会上正式决定实行"调整、巩固、充实、提高"的"八字方针"，开始全面恢复与发展国民经济。在调整的过程中，有些部门、单位被调整下马了，而有些部门则被充实了，这种变化体现在青岛市教育事业上，青岛新华中学应运而生就是一例。

1962年，时任青岛市人民政协委员会常务副主席的廖弼臣同志发起主持了青岛新华中学的建立。

廖弼臣同志是1929年参加革命并经过长征的红军老干部，他不仅曾经带兵打仗，做过党的革命地下工作，还参与筹建过抗大四分校和淮南半塔军政干校并担任校长，所以他有着在革命战争年代酿就的办学情结和看重教育事业的情怀。

廖弼臣同志（1910—1996）

廖弼臣同志在得知上海荣毅仁捐资成立民办中学后，就也想在青岛办一所民办中学。他的想法得到了中共青岛市委和市政府的赞同，即于当年6月在政协常委会上决定成立民办新华中学并由市各民主党派和工商联的领导成员组成了筹备委员会（董事会）。

在筹委会上大家一致推选廖弼臣同志为主任委员。

时为副主任的是：徐文园（青岛市工商联）、周棣轩（青岛市民建）、陈志藻（青岛市民革主委）、陆光廷（青岛市九三学社秘书长）、张永耀（青岛市民盟)、邹升三(社会人士)、周志俊(青岛市工商联)等七位人士。

筹备委员则有:陈孟元、杨赞周、张晦庵、邵文舟、李有箴、周世英、范竟周、刘伟林、展德生等,共十七位人士组成了筹委会。

筹委会开会决定将下马的原青岛市重工局机械学校接收过来,修整为新华中学的校舍,力争当年9月1日落成并开学,并委派了两位干部进驻学校,具体负责学校的筹办,他们一位是市政协派出的吕柏生同志,一位是市工商联派出的刘咨同志。

吕柏生是位老同志,已接近退休的年龄,具体在市政协担任什么工作不详,来到学校后大家都称他"吕秘书"。吕秘书主持学校的全面工作,从选聘教师到学校运转都管,相当于不是校长的校长。

刘咨年龄不到四十岁,他主要负责校舍物资筹备和经济管理方面的事物,所以他一到任就坐镇总务处,管着花钱,兼着会计。

当时,青岛市各区也有同类性质的民办学校,它们的校名都是"某某区民办中学",例如有"市北区民办中学""四方民办群力中学"等,而新华中学虽然位于青岛市市北区热河路29号,却不以区属冠名,而冠以堂堂带有半官方色彩的"新华"名头,这足以显示新华中学特殊的社会背景。新华中学的办学资金都是青岛市工商联属下的原工商业者捐助的。

左起依次为:刘咨、王连祥、张白波。
合影于20世纪60年代末。

是年6月底,吕秘书和刘咨来到热河路29号,面对空荡杂乱的重工局机械学校校舍,第一步要做的事就是清理现场、打扫卫生,这需要人来做。经商量,他们为了照顾工商联生活困难的职工,给他们的子女一个临时就业的机会，就招来了两个临时工。

这两个临时工一个叫王连祥，一个叫张白波。我们两个人可以说是新华中学（青岛六中）最早的一批员工。

（二）校院环境

热河路29号，从外观看，完全不像一所学校。

临街的是一座二层楼，下面一个门洞通到里面的是一个小院。里面联通着三个院落，基本是青岛特有的那种"里院"建筑结构和布局。

前院，由一圈二层楼围成。一层有两间大屋可做教室；三间小屋后来分别用作总务处、后勤仓库和小伙房，门洞侧面的小屋则为传达室。二楼共有四间大屋子，可做教室；两间小屋后来作为教工宿舍。

由前院小门洞穿过去，顺着西侧与邻相隔的墙根即可通往中院。中院由三面的二层楼房围成，也是典型的"里院"样式。楼下楼上共有八间大屋分别做教室、化学实验室、教导处和教师备课室；有十二间小屋，分别是校长室、办公室、图书室和教师备课室及男厕等（其中有两间住着原重工技校的校长和一位叫刘鹤峰的老人）。这个由三面楼房围成的小小的院子，当中的墙头上装有一个篮球网圈，靠楼梯旁安一副双杠，勉强可以用来上课间操和体育课。由于院子狭窄，学生的体育课主要还是由体育老师带领学生跑步到离这里不远的观象山篮球场上。

后院已没有院子，就是一栋有内楼梯的二层小楼，共有四个房间可做教室。从二楼门口向南望去，就是无棣一路了。

以上就是老新华中学校址的校容格局，就这么十几个小房间和十八间并不规范的较大房间。校内没有一棵树。可惜那个年头照相机是稀缺物件，没有留下影像，现今我竟找不到一张当年的校院照片。

（三）学校领导班子和教师队伍

先说领导班子。

前面说过，筹建学校是有吕柏生和刘咨具体负责。吕柏生不懂教育，只是选聘组织教师队伍，在教学业务上主要靠教导处，好在聘用的教师大多是有教学经历的老师，无须在业务上多操心。刘咨在总务处管财务，管校舍及后勤事务，管给老师发工资。

新华中学虽然是民办学校，但也是归青岛市教育局管辖的，在青岛市政协和青岛市工商联对学校的筹建基本完善后，筹委会就解散了，1964年吕秘书也就回青岛市政协了。学校移交给了教育局。同年青岛市教育局派中教科一位干部李彦同志任学校副校长，同期派了张绳美同志到校管人事档案（就职办公室），1966年初又从其他学校调来李建林同志任副校长，名列李彦校长前。

学校的领导中层是由政治课教师李明亮负责教导处工作，刘咨负责总务处工作。

再说教师队伍。

建校之初的教师基本来源于两个方面。一部分来源于其他"下马"的学校，如从原青岛市商业学校转来五六位老教师，从青岛海洋大学附中转来的两位教师等，这些都是体制内的人员，即所谓公职教师。另一部分则是由政协和工商联推荐选聘过来的老师，他们大都是政协和工商联有相当身份人的亲属或相关人员，也有的是别的民办中学转来的教师。这些教师不属于体制内，没有公职身份，经过工作考察，不合格的教师随时可以辞退。开学之初，最早的教职员工全校只有二十几个人，后来随着进退调整和年级班次的增加，教师人员也在变化和流动，但公职教师不能动，流动的只是那些"民办教师"，有的教师任教一两年就离开了，或者称为"代课教师"亦可。从学校开办到"文革"前这段时间，学校比较稳定的教工总数不到四十人。

1965年青岛新华中学初三二班毕业照。其中教工如下,

前第二排左起依次为:李广禄(体育)、盛存华(数学)、武作育(语文)、刘鹤峰(传达室)、缪嬴洲(外语)、许义德(体育)、刘咨(总务处)、李彦(校长)、魏君珍(生物)、于守治(总务处)、陈凤洲(语文)、李书堂(化学)、戴学诗(语文)。

前第三排左起依次为:王敏(数学)、曹光烈(校办工厂)、宋懋钰(外语)、李明亮(政治)、李崇秀(地理)、张惠林(化学)、刘桂琴(语文)、王艾莉(外语)、丁慕昭(语文)、张绳美(人事干事)、张健华(物理)、杜之奎(外语)、刘万春(语文)。

前第四排左起依次为:王连祥(总务处)、张白波(语文)、王唯恕(数学)。

历数上面这幅毕业照中出现的教工，基本就是当时新华中学的全体员工。其中缺席的在职教工有：刘爱德（数学）、李多翠（数学）、马永祯（语文）、曹洪明（校办工厂）。还有后来调入的李建林（校长）、王永长（外语）、李永忠（语文）、郑少东（体育）、王凌浩（数学）等。以上所有这些人就是后来参加过学校"文革"的教师队伍。

在这几年或长或短来到学校任教的教师还有刘宝树（物理）、曲显敏（英语）、张郁芬（俄语）、梁星若（地理）、方洲一（音乐）、程建华等，他们应当算是代课老师，"文革"前就离校了。

学校那些上了年纪的老师都有1949年以前的人生经历，其中数位还是当年很有些身份的"民革"成员（老国民党党员），还有的是"摘帽右派"。像有一位老教师曾为蒋介石来青岛时做过他与外国人对话的英语翻译，有位老师曾在二战时期为飞虎队陈纳德将军做过生活副官，有位老师曾在中华民国时期某县任过短期官职等。这些人历史包袱比较重，又经历过新中国成立后十几年的历次政治运动，所以与同事交往和言谈都比较谨慎平和。而年轻一些的老师如前所述，有的是名门之后，有的是筹委会推荐，大都有种种复杂的家庭背景和社会关系，在处事上也都小心谨慎、文质彬彬，所以这个时期学校有着良好的平静的人际关系和教学气氛。当我忆及上述老同事名字时，当年他们的音容笑貌、举止神情犹历历在目。

建校初期，学校与政协关系比较密切，教职工一些活动都随从政协，记得听政治报告时，在会场内都是与道士、和尚坐在一起的。

当然，学校不是一湾死水，总会有些波澜。李彦校长到任后，可能因为他不是教师出身，没当过老师吧，所以和教师关系不密切，缺少交流。1965年11月11日我正带着学生在北京路青岛糖果厂劳动，被急急地叫回学校开会。会上暴露了学校教学管理和人际关系上的一些问题和矛盾，李彦校长作了"官僚主义"和"偏听偏信"的自我批评。这是一个不大不小的事件，但对后来"文革"中教工的派系斗争却有着潜在的影响，我们称其为"双11会议"，所以我留有深刻印象。

（四）学校班级

学校筹备基本完善。1962年秋季开始招生。

初中一年级招了六个班，因为当年有外语学科的区别，其中三个班学俄语，三个班学英语。高中一年级也招了六个班，也是三个班学俄语，三个班学英语。1962年入学的这一届高、初中学生于1965年毕业离校。

1963年，出于教室使用饱和，没有招收新生。再说根据市教育局的规定，所有民办中学被取消了高中的招生资格，这样新华中学这一年的高中部就由上届二十几个留级生和插班生组成了一个新高一班（即1966年的毕业班）。

到1964年，由于高年级人数变化而拼班，腾出了一些教室，就招收了初中一年级四个班，半年后并为三个班。1965年，第一届的高、初中毕业生离校，就新招了初中八个班，他们分别是1967届、1968届初中毕业生。

上述1966届那个高中班和1967届、1968届初中班都赶上了"文革"，成为所谓的"老三届"。

那个年代报考中学是不分学区的，考学可根据考生填写的第一、第二志愿分层录取。低于录取线的落榜生怎么办？就会被分配或自愿选择进入民办中学，由此，各民办学校就落得一个雅号，被称为"大补丁学校"。

虽然当年入学的学生文化课基础比较差，但老师们教学授课还是非常认真的。民办学校在教学业务上一直都是归教育局管理，教师参加市里的相关教研活动，一切都与其他正规中学同步。1965年高中毕业生中有八位同学考上大学，这在当时，证明教学质量还是很不错的。

1966年我与教导处李明亮老师合影。

（五）校办工厂

既然是民办学校，国家不提供办学经费，学校要持续办下去，靠最初那点启动集资是不行的，后面的所有开支，包括教师的工资，一切都得自筹（或许还有其他资金来源，我不知道）。按当年社会经济状况，学生缴纳的学费也不多，怎么办？根据当时的国家政策，公立学校都鼓励兴办校办工厂以增加学校收入，那民办学校就更得依靠校办工厂、勤工俭学来自给自足了。

办学第二年，学校请了曹光烈师傅来学校办厂，他开发了"研磨砂""焊锡膏"这两种产品。这些产品研磨砂生产工艺简单，占用空间又少（仅占用一间地下室），属于边沿产品，瓶贴包装是我设计的，产品销路甚好，大约给学校增加了不少收入。后来又请来了一位曹洪明师傅，搞了机械加工之类的什么生产项目，记不清了。再后来到"文革"后期学校又成立了裱画组，也有收入，不过那已是青岛六中的事了，办学经费已由国家财政拨款，学校不存在经费问题了。

我曾在刘咨老师去世前两年问过他，新华中学当年开办的集资费是多少，他已不再保密，告诉我是六万元。六万元——今天看来不起眼，可在那个年代却是一笔巨资。

（六）我的处境

入职新华中学

1962年6月，我刚刚从青岛九中高中毕业，无缘高考深造，恰逢青岛新华中学筹建，需要人手。我父亲是青岛市工商联的职工，家庭生活非常困难，就被工商联父亲的同事、时任新华中学的负责人之一刘咨同志叫了去干活，说不上是不是就业，先干着清理房间卫生的工作。

干了没有几天，恰好青岛市工人文化宫的美术干部姜宝星老师通知我说，文化宫有个宣传劳模的展览，约我去帮忙。那个阶段，我把画画的事看得很重，实在不愿放弃这次机会，就去了，就离开了新华中学。大约在那里干了不到两个月吧，毕竟是临时帮忙，展览筹备结束，我就回家了。

父亲知道我离开新华中学，非常恼火——好好的一份工作，就这么轻易地放弃了！是啊，那个年代能就业、有份工作多么不容易。且不说事业单位没有人事局分配不可能进去，也不说进工厂当一个工人要有劳动局的安排，就说能找个地方当临时工都算很幸运。更何况我们这种家庭，要不是工商联筹备新华中学需要临时工，哪里会有这个机会？父亲生气是有道理的。

无奈，母亲去学校找到了刘咨，刘咨一口答应，说叫白波回来吧。

刘咨的这一句允诺，是我人生的重要路标，注定了我半辈子的职业。后来无论是在六中与他同事，还是我调离六中，以及他退休，我们都保持极密切的关系，直到前些年他在家病故，他的子女是第一时间通知我，我是唯一到他家里看着处理他后事的外人。这是后话。

我第二次进校后清楚地记得，我在小黑板上写所在辖区选人民代表的选民通知时，抄写了十几位具有资格学生的名字，而我却还不是选民，因为我还没过生日（生日10月份），还没满18周岁，在全校教职员工中我年龄最小。

勤杂工

1962年9月我再度上班，依旧是归总务处管，被安排在传达室做勤杂工。

当时我的工作是在学校传达室负责看门、收发报纸信件、传达电话，拿着个铜铃从前院到后院地为学生上下课摇铃，同时还烧着一座大茶炉，为全校师生供应开水。学校没有食堂，许多家远的学生都自带午饭，每天早晨各班生活委员用大网兜装着学生的饭盒，送到传达室旁的一间小屋里，午前我来装屉，生火，冒着浓烟烧着大锅为他们热饭。老师们下班后，学校只剩下我一个人，要继续留在传达室看门，晚上把大门一锁，封上茶炉的火（以免第二天生火），睡在传达室守夜值班。只有等到第二天早上摇过上课铃后，8点到9点这一个小时由总务处别人替班，我才可以离校支配自己，所以我实际每天需在校工作二十三个小时。吃饭怎么办？午饭、晚饭都是家里妹妹给我送饭，好在家离学校很近，只有两三百米的路程。

学校没有美术老师，吕秘书知道我能画画，第二年秋季开学就让我兼着给初中班上美术课。其间传达室的工作依旧，也就是当我上课时，别人替我摇上下课铃铛，我下了课还是干传达室打杂那些活儿。

这样的门卫勤杂工工作持续了两年。我没有怨言，因为我每月能挣三十块零五毛的工资，这几乎是全家收入的一半，能帮父母维持家里七口人的生活，就很欣慰。再者，我和那些同样家庭出身不好而下乡插队、去兵团支边的同学比起来，不还是很幸运吗！

正式执教

到1964年秋季开学，不知什么原因，是学校缺人呢？还是觉得张白波算个人才？学校决定让我全职教学了，教初中一年级新生的语文课并担任一个班的班主任，同时还教着美术课。传达室的工作则由住在校内的那位刘鹤峰老人来打理。

这一年我二十岁，是我人生命运的重要转折。

初执教鞭，我非常投入。教语文，我并不为难，认真备课就是了。初次上课，借了我舅舅一块英纳格手表放在教桌上，以掌控讲课时间。但我毕竟没有经过专业培训，心里没底。开学不久，语文组的老教师戴学诗老师到我班上听课，我十分紧张，整堂课上我竟感觉好像不知所云。下课后，戴老师只是向我点了点头，什么也没说。我为老前辈的宽容心存感激。后来，毕竟由于我多年来关注文艺和研究美术创作，积累的文学修养对语文教学会有裨益。记得一次我在讲杨朔散文《荔枝蜜》那篇课文前，备课时我没照抄教学参考书，而是以画家的视角分析了文章的结构、层次、节奏，在备课本上写了一大段独立见解。这段文字被坐对桌的资深老教师马永桢老师看到了，他大加赞赏。

民办学校招收的学生都是公办学校的落榜生，学习成绩差，又调皮，难管理。我整天不是备课、上课，就是处理班务，找学生谈话，走访家长。我办事责任心太强，以至于几乎全部精力都搭在工作上了。当时年轻，有激情，记得有段时间我约着学生清晨早早到校，带着他们到观象山小

1964年作者在青岛观象山留影。作者时任初一班主任，经常带领学生到山上晨练跑步。

篮球场跑步。由于和学生年龄相近，所以工作效果还不错。大约二年级的时候，我曾做过一次测试，因为我要帮别的老师带学生下乡劳动，故意对同学说我要离开大家了，结果全班许多同学都哭了，为此我曾颇感欣慰。

其间我还兼教初中的美术课，每周五上午都参加市北区中学美术老师的集体备课活动。当时一起备课的老师有：赵洁（四中）、李文才（八中）、韩湘浦（九中）、鲁星五、夏君英（十中）、陈老师（十一中）、王古（十三中）、晏文正（二十八中）等。每每大家相聚聊天，十分愉快。

当年学校支持教师到青岛教师进修学院进修业务，我选修的课目是中国画和毛主席诗词两项。教授中国画的是赫保真先生，教我们花鸟画。当年没有合适的教材，都是赫先生亲自刻蜡版手工油印白描画稿，用订书钉装订起来，名曰《见山楼画稿》，学了两年，到"文革"就停了。教毛主席诗词的是张挺先生。

自学版画

我在《学生时代——世纪沧桑忆九中》一文中说过，我读高中阶段，曾为了能从事舞台美术工作，刻苦自学过美术。毕业后无缘舞台美术，来到新华中学做勤杂工，我对美术的热情不仅没有熄灭，反而在这种日复一日琐碎无聊的

劳作中，在环境狭小精神压抑的苦闷中，越发向往美术了。我不甘心在这间小小的传达室耗尽自己的青春年华，觉得唯一出路就是业余美术创作，只有在创作中寻找美，亲近美，才能安抚自己的心灵，求得自我的精神寄托。

我选择了版画自学和创作。

在各类画种中，我觉得自学版画比较容易，特别是黑白木刻。我没有机会去专业学校学习，但可以从发表的版画作品中学习，学习道路比较简捷，成功率比较高，这是其一。其二，学习、刻制木刻的物质成本比较低，不像画国画、油画动辄须花很多钱买材料，省钱，对我来说很重要。其三，也是最重要的一点是，我认为版画便于最直接地进入创作状态。那时候，我对艺术创作充满激情，绝不满足画一般的"习作"，而是那么热切地渴望能创作出自己的作品。我觉得，油画、水彩、国画完成创作比较难，没有相当的造型能力、色彩基础根本不能进入创作状态，而我业余自学又几乎不可能达到那种技术层面的要求。再说就算我非常用功，不停地画下去，哪年才能成功？而木刻创作，似乎可以最大限度地绕过那些绘画基本要素，直接进入创作。最好的例子就是 40 年代延安时期的木刻创作，那么艰苦困难的条件下，能出现那么丰富的艺术作品，无疑对我是极大的诱惑和鼓励。我对木刻创作充满向往和自信。

那个年代，艺术生活并不普及，社会上几乎没有职业画家和艺术创作机构，在青岛，版画又是冷门，版画家极少，几乎找不到专业老师，因此，自学就是纯粹的自学。我的启蒙老师就是李平凡的《怎样刻木刻》那本小册子。我很快就进入边自学边创作的状态，艺术来源于生活，那时期我创作了一些校园学生生活题材的木刻小品。边教课边刻版画，艺术创作抚慰着我孤寂的心境。

1965 年假期我还被青岛市文联借调过去搞过一段展览创作。

《有趣的故事》木刻版画。作于 1965 年。

二、动荡中的新华中学
（1966—1970年）

1966年，在中国是一个多么特殊的年份，早在1965年我就感觉到了一种浓浓的政治气氛。我所在的语文备课组，除我以外都是四五十岁的老先生，我们之间都是客客气气的，从不深谈。可能出于无聊吧，我没事就看书读报。组里订有《人民日报》和《光明日报》，我发现1965年报纸的内容十分丰富，特别是《光明日报》，那段时间有许多我非常感兴趣的学术争论文章。对这些文章我都留有深刻印象。

1966年5月中旬，学生全部被安排到工厂"学工"，我们班学生是到青岛针织二厂跟着工人三班倒参加劳动。这个时候，青岛市中学教师的"四清运动"就开始了。当时新华中学和青岛市北区民办中学（即后来的山东省青岛第五十二中学，亦即现在的青岛艺术学校）、青岛市市北区机关干部业余学校（简称"市北干校"）三所学校的教职员工合为一个集训大组，统一由中共青岛市市北区委派遣的"四清工作组"领导开展"四清运动"。

这是一场不同寻常的、非常严肃的政治运动。学校停课

1966年初三三班学生肖继民、张日东、任义轩、耿仁祥在贴满大字报的新华中学校院合影。作者曾是他们的班主任。（肖继民提供）

后，全体教职工一律集中住校，与社会隔离，不得回家。学校领导一律解除权力，即所谓统统"靠边站"。三校合一的这个集训组都是一起到港务局海员俱乐部听报告、开大会，再回各校按计划深入进行学习文件、对照检查，等等。可能因为在全校教职工中我最年轻吧，运动一开始，工作组就分派给我一项兼职——伙食管理员。因为全校教职工都住校，学校又没有食堂，吃饭问题就需要解决。我联系了离我校较近的胶东路大众食堂（位于胶东路、无棣一路、苏州路交会的三角地旁），由他们送餐，我在学校负责卖给老师饭票，老师们凭票打饭。这样每天大众食堂都会有一两个人挑个担子按时到校送饭，担子一头是一桶菜，另一头是一筐馒头，几乎天天如此。那时候"低标准"时期刚刚过去，大家对吃饭的要求并不高，吃饱就行。由此，全校教职工中，我是唯一可以公开外出的人，不仅去大众食堂，还常去市北民办中学与那里的总务处联系工作，所以在那个特殊的时间段，我对社会动态还算比较了解。

记不清什么时候校园开始有大字报了，矛头直指"走资派"，亦即学校领导，包括教导处、总务处的校中层领导。接着那些有历史问题的老教师作为"牛鬼蛇神"也被"揪"出来批判了。在那种"无限上纲"的语境中，教师课堂上的一些话语也被揭发出来痛批。有一天，造反的学生把全校的教职工和"四清"工作组集合到学校中院训话，并点名工作组成员上前自报家庭出身。当工作组副组长宋某报出家庭出身"富农"时，学生当场高呼口号押下。从此工作组撤离，学校的"四清"运动无疾而终。

随着运动的延展，学校临近的一些街道办事处纷纷到学校来邀请"革命小将"去他们的辖区帮忙。新华中学在校的学生除一个1966届高三班的二十多个年龄大的学生外，其余都是初中的小孩，碰到这些"革命行动"当然都乐于参加。记得他们参与"破四旧"，将查抄回来的一些字画古董等，都堆放在校中院楼梯下的小屋子里。后来不知什么时候都上缴到某处了。我所担任班主任的1967届班里的学生到现在一直和我保持来往，日前谈起那段往事，他们大都留有记忆。

在那动荡的年代，青岛新华中学上演着与其他学校同样的革命剧情。

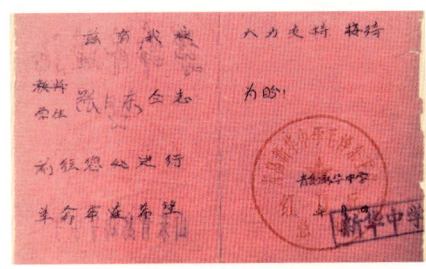
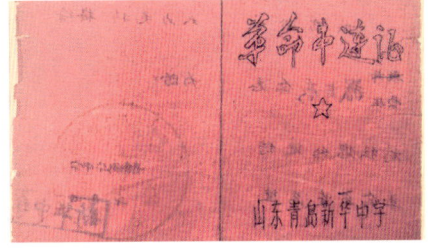
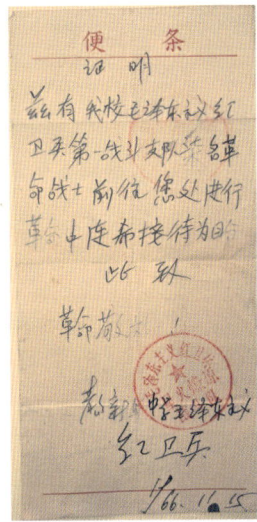
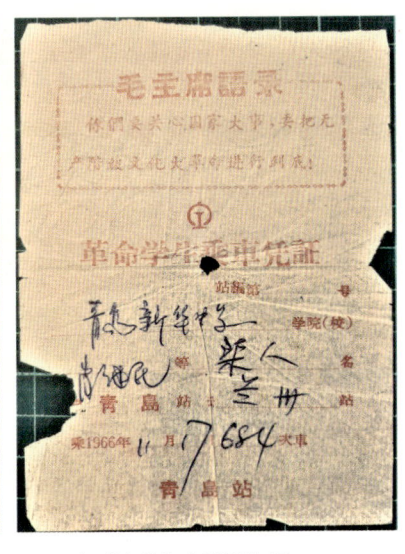

1966年"文革"串联证的反、正面，此证系本文作者为学生刻印。
尺寸：9 cm×12 cm
（张日东提供）

1966年11月新华中学红卫兵的外出串联证明。
（张日东提供）

1966年"文革"串联乘车证。
尺寸：12 cm×9 cm
（张日东提供）

由于学校在校生少，且除了一个不到30人的高中班，其余400余人全是初中部小孩，所以学校"文革"期间没有出现大的恶性事件。

到了9、10月份，随着全国革命大串联的兴起，新华中学的各个红卫兵组织也开始了外出串联。

那时学生外出串联很简单，只需要红卫兵为自己开一个证明信，盖一个图章就行。我帮我班的同学用蜡版刻印了一张串联证明，他们去刻字店刻了一枚红卫兵组织的印章盖上（那时红卫兵的"革命行动"任何人都会支持），无须买票，直接凭证登上火车就可以到全国任何地方革命串联。而当时全国各地许多部门都自发地设立"接待站"，为串联的革命小将安排吃住，支持革命运动。

看到串联这么容易，无需任何领导批准（当时已无所谓领导），也无须单位（官方）出具证明，可以不用花钱买票就外出周游，所到之处还有人免费接待，这真是千载难逢的大好事，于是学校也有"造反"的老师趁机外出串联了。

11月初，我就约了同事盛老师南下开始了串联。我们先到南京、苏州、上海，后到广州、梧州、桂林、武汉、北京再回青岛，历时近两个月。这是我生平第一次出远门，一切新鲜，每到一市，除到当地一处大专院校转转，以示革命行动外，大多时间是饱览当地风光和参观景点（包括红色革命历史景点）。沿途我曾写有日记，其中在南京、上海的日记散失，在广州和梧州停留十三天的日记部分（11月13日—25日）完整保留下来了，有一万多字。限于篇幅，现将前三天日记的原文抄录于后，虽然是个人记录，却或可管窥当年的串联行为之一斑。

11月13日　晴　星期日

南下车上。

昨天晚上，我们等不得了，终于决定不要票了，采用不得已而为之的"办法"离开上海。七点多闯入车站。说了许多的话，登上了去广州的车，准备到杭州去。

车上挤得很，我们没有座，根据当时的情况，我们决定随机应变——先到广州去。

路经杭州，上车人极多，于是只有站的可能，而无蹲坐之地了，一时间，我只好坐在厕所里。不过这样的委屈我是可以受得了的。能登上这车到广州这不就已经是万幸了吗！

今天一天都是在车上度过的。从窗口望去，目不暇接的是江南秋色了。这时北方，大约已是万木凋零，寒风刺骨了罢，然而这里却显得秋色正浓。田野上，有着未收割的金黄的水稻，有时还能见得一大片一大片的绿色。这里给人印象深的是枫树。田野上，地边村头，有许多枫树，火红火红的枫叶给大地增添了浓郁的秋意。看那枫叶，有的红得耀眼，一簇簇的，像一团团跳动的火焰。走到树多的地方，真有穿行在公园之感。

房子是白墙黑瓦，很好看。记得清晨起来，看那晨曦中的青山，也是极美的。

坐车累、烦，但一想到广州，于是坦然了。

11月14日　星期一

　　依然南下车上。

　　精神很好，晚上几乎也没睡觉，挤坐在车厢头的洗脸间地上。

　　昨天是走在浙江、江西地上，今天火车却已飞奔在湖南、广东的土地上了。

　　到了湖南、广东，外面是下小雨的，天是阴的。看那车外，自然又是一片风光。我发现从浙江开始，地是红的，到了湖南则更红得可爱。特别是有些山、山坡，土红土红的，有的上面山头竟红得成了紫红色。山上有树，但不多，松树特别多。那一簇簇的、矮小的青翠欲滴的松树，散布在那红山赤岭上，宛如一颗颗透明的翠绿宝石镶饰在红色的大地毯上，红绿相衬之间，真是美不胜收的奇景。

　　今天看到的枫树就少了，越向南，青山绿树越多，竟然没有多少秋意，而仿佛有盛夏的郁郁葱葱的感觉了。再看那山水风景和昨天也不相同了。狭窄的田埂划开了充水的像镜面似的水稻田，细雨过后，青瓦白墙，树木葱郁，再衬上那远处的隐约在沉沉雾霭之中的青山，真是一幅幅江南山水画。饱览这景致之余，我不禁赞叹我们中国画的写意传神之妙起来。其实现在看到的这一切，以前不是早在中国的山水画上，胡佩衡的江南画稿上领略过了吗？是那样的惟妙惟肖，怪不得我看这江南风光是似曾相识呢！

　　路经坪石，才进广东界。坪石有奇峰，我画了一张速写。

作者日记原件图片。

车上有一个广东女学生,黑眉大眼,典型的广东脸型。她给讲了不少广东的事,还唱了几段粤剧曲子。在那绿水青山之间,透过列车单调的隆隆声,而侧耳细听她轻声唱得婉转动人的调子,真有一种说不出的南国风味。

11月15日　　星期二

昨天晚上十一点多进广州,于流化桥下车。

一下车,就不自觉有一种南国的感觉了。看那树木房屋,别致得很。我们被汽车运到接待站,先在一个小学(将军东小学),后带到了另一个不远的奇怪的地方。一进门,就感到别致,院里有些假山花木,前面又有些庙堂似的东西,夜里又看不清。在这里,我们等了很长时间,又困又饿。后来老盛指点我看,我抬头一看,在我旁边的竟是一座塔。在深不可测的夜空中,突然发现一座森然而立的古塔就在头顶上,不禁吃了一惊,突然有一种阴森之感。后来去看住处,竟是睡在一座大庙堂里的。

今晨起床后,决定先到街上去走走。

这里确有许多特色。看那马路边的楼房,人行道一边总是突出一块,由大柱支着。开始奇怪,后来才领悟到,这是因为南国多雨,这是用来为行人避雨的。我们到饭店去,这里是先吃饭后算账的,这使我们大为惊讶,和北方真不相同。从中山五路走到中山六路,一路店铺甚多,食品尤其多。商店里琳琅满目,或大肉香肠累累,或水果点心满柜。来到这香蕉的家乡,我们就自然要多欣赏香蕉了。

下午睡觉,晚上出去看了看,中山路上灯火辉煌,行人摩肩接踵,熙熙攘攘,是热闹的。

这里饭食极好,是很令人满意的。

我给家中去了电报。

(11月16日以后——略)

版画《忆广州三元里》。作于1967年。

三、新生的青岛六中
（1971—1980 年）

（一）更换校名

到 20 世纪 70 年代初，随着各级领导班子的健全，青岛市教育革命委员会（即原市教育局）也强化了对全市中小学的领导管理，虽然"文革"还在深入进行，但基层那种轰轰烈烈的斗争的混乱局面已经结束了，全市学校经过"复课闹革命"，基本已恢复了正常的教学秩序。当然还有许多问题面临整顿，整顿的举措之一就是取消民办学校这一体制。

青岛市原有一所"山东省青岛第六中学"位于青岛辖区的边远处，由于位于青岛市市北区的中学已有四中、八中、九中、十中、十一中、十三中、二十八中的排名，把那块"山东省青岛第六中学"的牌子放在该区似乎顺理成章。1971 年 7 月 16 日经市教育革命委员会批准，青岛新华中学正式更名为山东省青岛第六中学。

更名后，表面看起来好像与其他公立中学一样了，但教师的编制并没有同时变更。1976 年青岛市总工会想调我去主持市工人文化宫的职工美术活动工作，在办理调动手续的最后一关，就因为我的身份仍然属"大集体制"不能进入"公职"而未能成功。至于后来我们这批民办教师是什么时候专为"公办"的，我就不知道了。

当年新华中学和后来青岛六中的门口宋体字校牌，都是我用油漆写的。

（二）教学秩序正常化

学校转为公立，首先要办的事就是调整领导班子。是年，原先的副校长李彦、李建林陆续调离，调入宋文忠、赵清渠分别担任校革命委员会主任（兼党支部书记）和副主任。

再说教师队伍。

当时，各个学校的师资都严重不足。1970年市教育革命委员会就从全市中学的"复课"后的应届毕业生中，挑选了一千人经过短期培训，于1971年作为师资分配到了各个中学。青岛六中被分配进了闫玲、刘跃峰等九位新教师。同期由于运动滞留在大学里的"老五届"的学生，这时经过在农场劳动锻炼后，也有一些被分配到了学校当老师，青岛六中就接纳了孙秀华、武桂馥等四位大学生教师。过了几年，市教育革命委员会又从小学中选拔了一些优秀教师充实到各个中学，青岛六中就调入了数位。

这些年里学校教师的调动频繁是普遍现象，一是因为有许多老教师退休离校，需正常补充；二是经过多年运动的折腾，许多教师在原单位或因被批斗伤害尊严，或因政治运动与领导或同事结怨；或因派性斗争情感对立难以解脱，已不便留在原单位工作，于是在运动结束前后教师的校际相互调动就比较多。

20世纪70年代初，作者带学生学军时练习打靶。

20世纪70年代初，作者带学生到农村学农时，在炊事班留影。

这段时间，原新华中学和六中的早期教师就有多位调离了，也使多位教师有机会补充调入六中。

更换校名，对学校的教学秩序没有影响，照常每年都招收新生，每年都有毕业生。1974年青岛六中恢复高中部招生，当时的高中学制是两年，这个学制一直持续到1981年才恢复为高中三年制。学生除了正常的文化课学习，每年还要学工、学农、学军，对学生的政治思想教育依然抓得很紧。学校依然常年驻有"工宣队"。在1978年恢复高考前，初中、高中毕业生除了少数人能参军、就业，上山下乡依然是重要的去向。

（三）迁移新校址

1975年宋文忠调离，由赵熙信同志接任他的职务，担任青岛六中的革委会主任和党支部书记。

赵熙信是位参加过解放战争的老同志，20世纪50年代我就读青岛九中时，他时任校长，后调青岛市师范学校担任校长。运动后期，老干部获得"解放"后，上级领导为了照顾老干部的生活方便，离家近一些，想把赵校长安排在市北区的学校，但当时除了青岛六中有职位空缺，其他学校均无法安排。经征求赵校长的意见，赵校长表示不在意青岛六中的名声和现状，就来这里担任了一把手。

赵熙信书记任过青岛九中、青岛师范学校校长，是见过大世面的，看到这座由民办学校转化的青岛六中校园狭窄局促，教师学生拥挤不堪，实在没有发展前途，遂向上级领导反映，建议选择新校址。青岛市市北区是老城区，很难找到较大的新校区，最后经过协调，在市教育革命委员会的支持下，选定在观象山的北麓划拨一块空地建新校舍。

划定的新校区占地13.7亩，这里原本是观象山两个山坡之间的谷地，要建教学楼和开辟操场，既要挖山又要填沟，为了尽快建成新校舍，那段时间（大约是在 1975—1977 年间）学校经常发动全校师生上山参加义务劳动。新校舍建成，有一座教学大楼，楼前是操场，操场侧面有一座带地下室的三层小楼，为木工房、幼儿园、伙房及办公使用，一层连着传达室，靠着校门。由于校门开了一段山路通向市南区观象二路，新校址就定于青岛市观象二路 17 号。

赵熙信书记喜爱书画，他在任时成立了一个裱画组，请回来了当年他任青岛九中校长时，反右期间被开除返乡的美术教师陈起惠参与裱画工作，裱画组专为中国书画的外贸出口和市内书画家服务。虽然赵熙信书记只在学校工作两年多（1975 年 3 月—1977 年 8 月），时间短暂，未及搬迁新校址就退休了，但他对青岛六中的发展贡献功不可没。

青岛六中迁址观象山后，热河路 29 号老校的房子除了保留校办工厂，就作为宿舍分给了住房困难的教工居住了。

青岛六中有了新的正规的教学大楼，班级增加了，教师队伍也更壮大了，但是办学质量并没有多大变化，升学率依然不高，在当初民办学校的历史阴影下，学校的美誉度显然也不高。不过回望历史，学校的迁址注定是青岛六中走向未来辉煌的一次重要蜕变。没有这次迁址，恐怕六中早就与其他学校合并，不复存在了。

赵熙信书记（右三）与书画界友人在青岛六中裱画组合影。右一为作者。

（四）蹉跎岁月

写一写这十几年以来我的工作处境。因为后面重点要说青岛六中办美术班的事，而美术班又是因我而创办，所以拿出一些篇幅来写我自己很有必要。

1966年面临复杂混乱的形势，校长李彦甚感迷茫，私下找我，出于信任，让我帮他起草一份"大字报"表态。我当即以他的身份语气为他撰写了一份长稿，阐明对当前革命大好形势的认识以及自己对运动的态度、决心云云，并帮他抄写出来，以渡难关。这期间经常有各种政治集会，我时常会受托为"工宣队""军代表""革委会"等人以其不同身份的角度撰写大会发言稿，这无疑证明我对革命运动形势有一定的认识和分寸把握。

1966年停课后，我被安排在教导处处理教务杂事。"复课闹革命"时，我和热河路派出所的户籍民警及市教革委的人一起划片招收新生。"上山下乡"运动期间，由班主任负责动员"老三届"毕业生，我则去安排具体事宜。1970年12月我和工宣队队长郭师傅、"红代会"的刘同学一起代表学校到知青点看望慰问插队的同学。我在益都（今青州）桃源公社河圈大队见到郝福利、戴顺民、苗化明等，在潍坊高里公社南王大队看到王胜安、陈东平、郭培儒、马冬华等我先前班里的那些学生，看到这些孩子男生在浓烟滚滚的小屋里拉风箱给老师做饭，女生不胜烟呛站在院子里瑟瑟挨冻，心情十分沉重，其情景至今难忘。

新华中学改为青岛六中后，我除了在教导处做杂务及教美术课，还时有替补兼课。像分别上过两年物理课及农业常识课等，我读高中时物理课的基础甚好，故教学亦不费力，还受到学生好评。

十年"文革"尚未结束，自然大小政治运动连绵不断，青岛六中新领导来了之后，更是要整训原先新华中学的人员。运动后期有一场不大不小的"说清楚"运动，让每个人说清楚自己在这近十年中的错误言行，其实质就是整肃批判所谓的造反派。这时原校长李建林、李彦调离后，教导处负责人李明亮和总务处负责人刘咨就成了被批判斗争的主要对象，我也被牵连在内。

　　回顾在那个年代，我除了不是见风使舵、善于投靠新领导的所谓"积极分子"，没有任何错误言行和政治问题。这次"说清楚"就是因为我和上述两位同事关系甚好，大家都知道我和他们一直来往十分密切，而我又对他们始终没有半句的揭发批判和"反戈一击"，于是在这场运动中我也就被当作"站错队"的人遭到批判了。在组里众人对我的那些无聊批判内容我已完全忘记，只记得后来有一李姓同事曾向领导抱怨，说批了张某某也不给他定个处分（即戴顶政治帽子或下一政治结论），我们这不是白批判了吗！在最难堪时刘咨老师一度称病在家，我仍不避嫌，每月都为其代领工资，我根本不在乎别人的闲话。当然这场对李、刘的批判最后也是无疾而终。

　　在那个讲究路线斗争的时代，政治上的"站队"选择，是不是紧跟本单位的领导，对于一个人来说是非常重要的事，甚至决定一个人的前途命运。由于我的这种处事态度，遭受领导嫌弃是必然的。学校迁址后增加班级学生扩招，我本应是专职美术老师，却还有时在教导处打杂，有时挤在外语组备课。缺教师时我依然是"补丁"老师，其间有一次让我兼教生理卫生课。开始我拒绝，教导处的王主任就嬉笑着说：老张啊，又快评工资了。明显是在要挟我。其实那么多年在学校教工的福利分配方面，我总是排在最后。全校第一次提工资，有百分之七十的人都涨了工资，没我的份。热河路老新华中学旧校区分房子，明明我是一家三口无房户，又是老员工，连那些新来的老师都分配了，就是不分给我。最后实在说不过去，把一位老师倒出来的一间大杂院靠着公厕的小黑屋分给了我住，这真是明摆着欺负人。在新华中学改为青岛六中这近十年中，我在工作上无懈可击，和同事相处得也不错，唯不受领导待见而已。

　　但是，对于这些年来在青岛六中备受冷落的局面和不公正的待遇，我完全不在意，既无怨言，也从来没找领导计较过，我一直坦然面对。

　　为什么？是性格软弱吗？是胆小怕事吗？不是，完全不是。

　　这是因为我内心有着坚实的精神支柱。

那些年来我在版画艺术上的创作成就,我在社会上获得的评价和认可度,我在精神层面所追求和达到的审美境界以及自我价值的实现,使我获得一种极为充实的人生自信。这一切足以抵消学校方面对我的那些政治偏见和世俗冷落,抵消那些待遇不公带来的人格羞辱,我不屑在他们面前争小利,我因内心强大而情绪平静如水。我觉得青岛六中只是我现实生活的一块落脚地,既然不平坦也就罢了,我的心灵能在广阔的艺术天地里翱翔无人阻挡,这就足矣。

下面我会追述那些年我的版画创作轨迹和取得的成果。与此相比,在青岛六中所受到的那些歧视和委屈,真是微不足道。

(五)我的版画创作

我的版画创作一直没有间断。

从1962年自学版画开始,我创作了一些校园题材的作品。1966年开始,配合运动我创作了几件毛主席和红卫兵在一起的大幅的木刻作品,由我们班的红卫兵帮着拓印并到街头张贴。1967年,随着"一月风暴"的兴起,青岛市成立了"青岛市革命委员会"。为了庆祝这一胜利,青岛市总工会成立了一个美术创作班子来创作相关美术作品。我亦被调来,与他人一起创作了一套题目为《122战歌》的木刻组画,我完成的是第一幅《破四旧》。

作者于1979年留影。

在这十年中,为政治服务的艺术创作活动备受重视。当年青岛市美术创作的中心就是青岛市总工会下属的青岛市工人文化宫。那里常常会抽调基层单位的美术工作者组成创作班子,完成一些创作任务。当时我作为青岛市美术创作的重点作者,几乎每次活动我都会被借调参加。当年由于是上级相关部门派人持官方的文件或介绍信来调人,学校方面也不能不支持,这就成全了我热爱艺术创作的愿望。长年不断地艺术创作,不仅提升了我的创作能力和艺术修养,而且一直置身于青岛市美术创作的官方主流队伍之中,成为市里的美术创作重点作者。

1970—1971年的一次由市委宣传部组织的创作中,我接受了表现青岛市港务局先进事迹的创作任务。经过短时间的采访素材,创作了一套六幅的套色木刻组画《海港赞歌》。这套组画获得山东省美展的好评,并拟选送北京。

1973—1974年青岛黄岛开发建设油库,市里组织画家深入生活,我创作了《移山填海》《勇锁蛟龙》等数幅作品。

这期间,还经常参与到工厂基层单位辅导职工业余创作的活动。1974年我就作为辅导老师参加了在青岛市国棉二厂举办的青岛纺织系统的美术创作班的辅导工作。

1976年文化部拟举办一次全国版画展览,各省都积极准备。当时山东省的主管部门也高度重视,调集了全省的美术创作骨干作者到省城济南集中创作,我亦在其中。在这次创作班上我除了完成自己的作品外,还被分配与青岛画家姜宝星合作,将他的一幅油画作品《砥柱》刻制成版画作为省里的第一重点作品推出。是年10月,时逢粉碎"四人帮",那个全国版画展也不了了之,但这次省里的创作活动显示了我的创作实力,在山东美术界有一定影响,渐渐被

《海港之晨》(木刻版画)。作于1972年。

《海港赞歌》组画之四《劈浪》(套色木刻)。作于1971年。

认可为省里版画创作的领军作者。

十年"文革"结束后,市里的有组织的创作活动依然活跃,仍然几乎每次活动我都参加。在相关的创作班里,有作品《华罗庚在旅途上》《小花》《新妆》等问世。同时期,我的创作欲望特别强烈,经常自己寻找机会到感兴趣的地方采风,创作出了一批与海有关的主题作品以及多幅青岛风景版画,如《采贝》《春雨》《瀚海情》《崂山行》系列等。这时期作品已更具生活气息了。

20世纪70年代末,整个社会的艺术创作自由气氛浓厚,相关的展览也多起来。1978年我的黑白木刻《华罗庚在旅途上》入选华东六省一市"肖像画展览";1979年作品《新妆》参加"庆祝建国30周年山东省美术展览"并获二等奖。

《华罗庚在旅途上》(木刻版画)。作于1978年。

《雨后青岛》(木刻版画)。作于1979年。

最重要的是1979年我有三件作品——《采贝》《崂山小村》《雨后青岛》参加了由中国美术家协会主办的"第六届全国版画展览",这个展览是两年一度的全国版画展被中断十多年后对版画界创作队伍的一次检阅,其中除版画老前辈每人有三件作品入选外,只有很少几位年轻版画家能入选三件作品。这期间我的作品不仅被选编入多种画集,还被文化部、中国美协等选送到国外展出。显然,到20世纪70年代末,我不仅已成为山东省版画界的主要画家,而且已引起中国版画老前辈的关注,以至于在其后的岁月里我几乎得以参加中国版画界所有的高层相关活动。

1976年负责工人文化宫美术活动的姜宝星同志的工作有所调动,他看重我的创作水平和组织能力,首选我去工人文化宫接替他的相关美术组组长的职位。尽管经过努力后教育局同意放人，但终因我仍属"大集体"的人事编制而未能调成。

1979年在市工人文化宫姜宝星的支持下，我们将青岛的版画作者组织起来，成立了"青岛职工版画研究社"，我任社长。后来国画、油画、水彩画、漫画等各个画种都成立了组织，就统一称为"研究会"了，我即为版画研究会会长。我们版画研究会极具创意，不仅激发起了诸多青岛版画业余作者的创作积极性，有多位作者多幅作品参展并获奖，还定期举办展览，出版画刊，并组织开展了包括全国性的一些展览活动。可谓造就了青岛版画的一个黄金时期。

1980年3月青岛画院成立，我被任命为版画组组长，由于画院尚未建编，我工作仍在原单位。同年山东省版画学会在济南成立，在我未与会的情况下被推选为副会长（会长为版画前辈石可先生）。

随着十年"文革"运动结束，中国文化界的国际交流亦解除封冻状态，这反映在美术界的标志性事件就是1980年决定由中国美术家协会和日本国天明堂合作出版中日文版的《中国现代美术家名鉴》。这部《名鉴》定位是从1949年到1979年间在世的全国艺术家中（包括各画种、雕塑、工艺、理论、建筑、舞美、书装、书法、美编等）遴选出八百名成就卓著的艺术家入编，介绍到日本国。当时山东省被分配到了十六个名额，经过山东省美术家协会两次遴选（第一次选送因有人作弊无效，故有二次严选），以及国家主管部门批复，青岛市有四人入选，他们是马龙青、赫保真、张朋、张白波。这里面前三位都是年龄六十岁以上卓有成就的中国画老画家，青岛市的西画界只有我一人入选。这一部《名鉴》是新中国成立三十年来官方第一次严谨地选编，极具权威性，它和后来一些出版社自行选编的如雨后春笋般出现的各种"名人录"完全不在一个档次上。当年我只有三十六岁，能被官方正规地选进全国八百位艺术家之内，能跻身于齐白石、潘天寿、徐悲鸿、吴作人、李桦等数百位闻名于世的前辈大家之中实属荣幸。该《名鉴》在日本出版发行，国内少见，出于谦恭低调，我也未作宣扬。几年后和我关系甚密的姜宝星才得知此事，他说：白波你真能沉得住气。

我知道，我入选《名鉴》是因为我是山东省版画艺术创作的代表画家，后来我在全国及国际的多次获奖以及屡次担任全国美展山东省总评委及版画的评委组长，都证明了我在美术界的影响力。

我在艺术创作上取得的成绩和在美术界的社会地位，除了市里文化部门和美术圈里的人知道一些，我在学校从不张扬显摆。也许正因为我在青岛六中工作这么多年来的低调，既不与人争斗，也不逢迎媚上，才被学校那些领导不屑一顾，甚至轻蔑欺侮。

当然，我对那些领导也不屑招惹，我知道，青岛画院一旦有了编制，我就会离开青岛六中的。

谁能想到，1980年因为青岛六中办美术职业班使我的境况发生了变化。不，是因为我在青岛六中，青岛市教育局才决定在青岛六中开设美术班，六中也才有了后来脱胎换骨的变化，才由一所再平常不过的普通中学变成赫赫有名的美术学校。

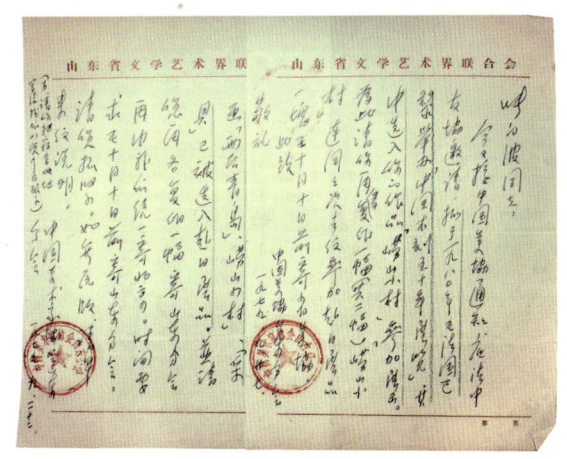

1979年，中国美术家协会选送作者作品出国展览的部分通知信件。

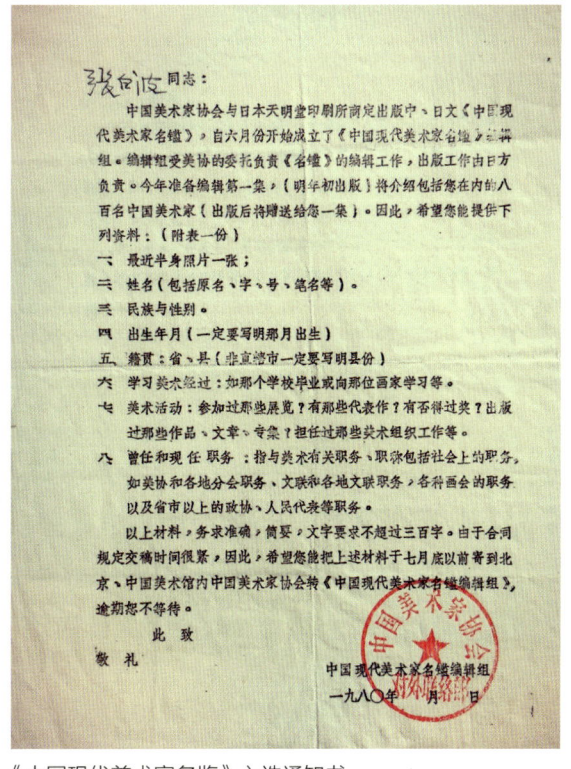

《中国现代美术家名鉴》入选通知书。

四、青岛六中的美术气象
（1980—1988年）

（一）时代催生美术职业班

  1976年秋，延续十年的"文革"结束了，在这场动乱中，中国的教育事业遭受了极大的破坏，对此无须尽述。"文革"后期虽然有"复课闹革命"，中小学已招生上课，有的大学也招收了工农兵学员上课，但毕竟高考没恢复，教育秩序就不正常。只有到了1978年、1979年全国恢复了高考，中国的教育才走上了正轨。不过这时又面临着一些新问题，如当年全国的大学招生人数有限，而全国普及义务教育后的高中毕业生数量很大，这些学生当年唯一的出路就是考大学，于是就形成了当时所谓的"千军万马过独木桥"的现象。怎么办？于是教育部就推出了中学开展职业教育的改革方案，也就是在部分中学设立职业高中班，让部分高中生在校就能学会一定的职业技能，无须参加高考，毕业即可工作，以减轻高考招生的压力，为不能升学的学生开辟就业出路。

  1980年春，青岛市教育局就开始酝酿在一些高考升学率不高的学校设立高中职业班。青岛六中的前身是民办新华中学，底子差，一直高考升学率很低，自然被划在第一批的"职改"学校之列。

  当年的中学职业教育改革是新生事物，各个学校根据自身的条件、优势来选择职业培训方向，同时又要寻找相关部门或单位的合作支持，有的放矢地为毕业生提供对口的就职单位。例如有女子中学历史的青岛八中，就设立了护士职业班，由青岛市卫生局支持就业；青岛二十九中设立了旅游职业班，由青岛市旅游局支持就业等。当然这里也有教育局对全市学校职业教育布局的全面平衡和把控，既要避免同种职业班的重叠，也要避免一些职业门类的空缺。

那么青岛六中有什么优势，办什么职业班好呢？

不知道是青岛六中领导的提议，还是市教育局的布局安排，青岛六中似乎考虑要办美术职业班。青岛六中从建校以来，一直只有我一个美术教师，除此以外没有任何美术教育资源和相匹配的职业出路，要办美术班，肯定就是冲着我来的，就是要唱我的戏。

开始，时任青岛六中校长和党委书记的赵清渠几次找我，有意无意地聊有没有可能在六中办美术职业班的事。

赵清渠校长是物理教师出身，对美术以及美术教育一无所知，也看不出他对艺术有什么兴趣。从一开始接触这个话题，我就看出，他们要办美术班根本就不是出于对美术的喜爱和对学生美术职业训练的考量。他们找我聊美术班的事就是想探听学生学两年美术有没有升学的希望，也就是从升学率的角度来考量是否办班。当然这无可厚非。对于完全中学来说，高考升学率一直是衡量一所学校教学质量、学校领导的能力和业绩的最重要指标。一所学校升学率高，就是好学校，校长就是好校长。所以作为校长念念不忘升学率再正常不过。

后来我想，如果是上级教育局有意让六中办美术职业班，可能是冲着我的业务能力和在全市中学美术教师的排名位置来确定的，真的是为了职业教育服务，以填补美术方面这一职业门类的空缺。可青岛六中接过这个事来，就把原来的职业教育目标扭曲了。领导一开始就在我身上打起升学率的主意，只谈学生高考的事，而从来不打听和探讨学生将来的职业出路问题。如前所述，那个年代，学校领导摆脱不了升学率第一的思维定式，青岛六中多年来升学率不高会是校长的心病，借这次设职业班的机会，他试图提升学校高考的升学率，从而找我摸底，我很理解。

我看出校长的心思，与赵清渠校长的几次交谈，我都表示不能办。我向完全不懂美术的赵校长解释，美术教育多么特殊、多么麻烦、多么难，培养出美术人才要花多大的功夫等，总之说明美术班办不得。我清楚地记得，在这年的全市（或市区）中学生春季运动会上，赵校长和我在场外运动员休息帐篷外作了一次长谈，我特别说明了几个不能办班的理由。一是全国只有那么几所美术学院，各院校每年招生不足百人，而且都设有附中，外人考入很难。省内师范学院所设美术专业的招生也不多，高考难度也极大。二是我们的学生从零基础学美术两年（当时高中是二年制），而且还只能课余学画，要想在这么短时间里既完成高中文化课学业，又能具备相应的美术专业水平去考美院，难度实在太大，差距实在太大，升学简直就是异想天开。三是美术基础学科分类多，对师资的要求也高，不是一般的中学美术老师就能胜任教学任务的，一切不像他想象得那么简单。总之，我给校长做的解释就是，指望办美术班改变学校的升学率几乎不可能，我不支持。

以上我所说的完全是客观实情。四十年前国内的教育生态和现在不可同日而语，那时既没有大学扩招，又没有像现在这样，各类院校皆设艺术专业以及全国高等院校已拥有庞大的艺术生容量，确实艺术生高考甚难。同时我说短时间内难以培养出合格的考生，也是实话，对学生上两年美术班考大学我就没有信心，岂敢在外行领导面前大包大揽，制造幻想。不过从我主观来说，也有我自身利益的考虑。一是那个时候正是我版画创作的高峰期，我在探索着个人风格的拓彩版画，不愿分散精力。我知道自己办事追求完美，一旦办学担子落在自己身上，我就会全力以赴尽心尽责，这必将影响创作。二是青岛市已成立青岛画院，我任版画组组长，一旦画院批准编制，以我的专业资质，肯定会调入做专职画家的（以后果然是首批进入画院的画家，且为创作部主任），所以不愿在学校再多些事端牵扯。另外，我的推辞和拒绝还有些个人情绪的因素，前面说过我的不堪境遇，我岂能领导给个笑脸就忘乎所以，甘愿出力效劳。这么多年的积怨，要一下子尽弃前嫌没那么容易。

尽管如此，终于有一天校长把我找到办公室，正式通知我，说教育局批准青岛六中开办美术职业班（全市唯一的美术职业班），学校决定由你负责筹办。我知道，这是学校对教工的工作安排，已不是征求意见，我身为青岛六中的员工，已无推脱的道理，我必须服从。随即二话不说，当场表示同意，并且当场取笔写了一则招生广告，让校长派人送往青岛贮水山上的青岛电视台在电视上发布。

六中美术职业班呼之欲出。

她的出现既不是青岛六中领导热衷艺术事业的情怀和教育布局，也不是我心血来潮的主动请命和创业壮举，她应运而生，纯粹是时代催生的产物。

这大约是1980年上学期期末的事。

我痛快地答应了筹办美术职业班，没有使领导为难，校长兼书记的赵清渠当然很高兴。由于前面的交谈，他已多少了解了一些美术专业教育的情况，知道办班不易，非内行不行，所以很尊重我的意见。第一次研究工作时，我就明确提出，让我办这个班，相关的一切业务必须由我说了算，比如选聘教师、招生、课程设置、教学管理等，由我全权负责才行，学校其他人包括领导只能支持，不得介入干涉。

我的这个要求，学校领导层完全接受，这让我很欣慰。这是一个双赢的方案。对学校领导来说，他们完全外行，必须依靠我，我能勇于承担责任，他们自然高兴。他们也会想到放手让专家来办班，可以充分调动我的积极性，成功率高，他们还省心，这更是他们求之不得的好事。而对我个人来说，我可以有足够的管理空间体现我的办班意图，不仅会获取最大的绩效，更重要的是这样会排除外行的干扰和瞎指挥，会减少凡事请示领导的麻烦和争执口舌，避免一些工作上的障碍和情绪上的不愉快。我知道，如果让我不愉快的话，我就会消极地应付工作。教育是个良心活，出力不出力外行人是看不出来的，那样一来这个美术班的最终效果可想而知。

后来的办班实践证明，我与学校领导的以上约定，可以说对美术班后来的成功发展起了关键性的作用。

在我刚同意办班时，还有一个小插曲。因为在酝酿办班期间，我屡屡推脱和不支持，时任副校长的王焕佑同志认为其中必有缘由，曾找我谈心。因为他是后来的领导，对青岛六中前期的情况不了解，态度也甚诚恳，我就一切如实相告，其中特别提到我过去在校内受到的不公平对待。如前所述，由于学校内部"文革"的派别矛盾、争斗，我从来也不在政治上跟风站队，更不去靠拢领导，这在1971年到任青岛六中革委会副主任赵清渠的眼里当然是属于"落后分子"

的另类。由此不仅一有运动就是"批判"对象，后来还成为"补丁"老师，随意顶缺安排课程，对我极不尊重。他任校长时，涨工资没我的份，分房子没我的事，备受歧视。现在办美术班找到我了，我当然不情愿、不愿出力担责。我的这个怨气随后王焕佑副校长转达给了赵清渠，事后赵清渠专门约我谈话，对其前事表示了道歉。此事对我后来能全心工作亦有关系。

当然，最后我的尽心工作还是冲着对学生教育的尽责，出于对学生艺术前程的关怀，而校长为着安抚我所做的那种姿态，不过一释前嫌罢了，其实不值一提。

（二）初创——没有先例的探索

办班宗旨的思考

中学职业教育的改革初衷，是让部分高中生针对性的学习一种职业技能，不去参加高考竞争，毕业即可上岗工作。这对大多数职业班教育是可行的，学生的未来前途也是明确的。比如会计班的学生毕业后就做会计工作，护士班的学生毕业后当护士，旅游班的学生出来后当导游等，职业技能针对性很明确，就业也有保障。

那么美术职业班呢？学习美术的学生将来的职业安排该如何考虑呢？

美术是个大概念，美术职业很宽泛且有高有低，高可以成为艺术家、画家、设计师，低可以当一般的美工，从事美化、宣传、设计等工作。从一般意义上来看，学制两年的中学美术职业班，学生的培养指向似乎应当是指向后者。但是不管将来学生的美术职业高低，现阶段都需要学习基础的绘画技能，这样一来，美术职业班的教育宗旨就有了双重性，亦即学生完成学业后，如果绘画基础学得足够扎实，专业成绩很好的话，参加高考，就有可能进入高等院校继续美术专业方面的深造；如果专业成绩较差，不能升学，则可以从事与美术相关的工作，比如绘画宣传、广告制作、环境美化等，于是当下的美术职业教育就显示出两个层面的学生出路，升学和就业互不冲突，它们只是学习成绩递进的两个层面而已，这里的关键是学生的学习成绩。我们若冲着学生高考的应试目标去组织教学，就高不就低，就既能为国家高等院校培养出优秀的新生，为学生打造出美好的前程，也不会耽误就业，可以说是两全其美。这是我当年接办美术职业班时的思考，实际上是把升学率摆在了第一位。

我的这种想法，尤其是把升学率放到办班的首位，当然得到了学校的高度认同，因为学校领导最看重的就是升学率。不过我认为，他们的赞同是死盯着"升学率"那个数字，为的是学校的声誉和领导的工作业绩；而我是从这个班中看到了有可能成全那些热爱艺术的莘莘学子人生理想的机会，是为学生的个人前程着想。学校领导和我思考的着眼点以及境界不同，但最终的逻辑指向是一致的。可以说，在办班的宗旨方向上，我和学校领导取得了高度共识。这个共识十分重要，对于长年处于全市升学率低端的青岛六中的领导来说，举办美术职业班仿佛看到了改变学校升学率的一丝希望，他们把希望寄托在我的身上，所以才会对我的态度有180度的大反转，对我工作上的所有要求满口答应。我很清楚学校领导当时的心思，他们对我的业务信任和支持不是偶然的，不过对我来说，这却是今后工作能得以顺利进展的一大保证。

这样从一开始，我就按培养学生高考的思路来设计安排相关教学的一切。这和那种泛泛的美术基础教育不同，从专业的零基础经过两年的课余训练去接轨大学，何其艰难。对这个美术职业班来说，"职业"二字已经形同虚设，似乎称为高考预备班更恰当。这就使六中美术职业班与全市的其他学校的职业班有了性质上的区别。

招生

1980年秋季开始第一届美术班的招生，只设一个班，只招二十个学生。我的想法是根据教室的大小，正可以分成两个组摆画静物、人物写生等，比较宽松。人数少也便于老师辅导。

20世纪80年代初可没有像现在社会上的艺考热潮。那时候学习艺术还是冷门，一是艺术高等院校少，难考；二是社会艺术职业需求少。那时期"文革"刚结束，社会文化还没有完全复苏，社会还没有形成对艺术家尊崇的风气，没有掀起明星热，也没有艺术市场，所以无论学生还是家长除了少数真对艺术挚爱的以外，很少有会对学习艺术当做职业来追求的。再说那时的招生宣传方式也极其有限，我又不能将教学面向高考的招牌打出来，所以这个美术班虽然只招二十个人，也怕招不到合适的苗子。记得当时我除了在电视上打招生广告，还写了招生简章，让人到附近的中学去张贴。最后经过简单的静物写生和简单的命题创作考试以及面试，新生招齐了。新生中除六中本校我原来带的美术小组几个学生外，有不少是外校美术小组的学生，还有非常热爱绘画，宁可退学降级来投考美术班的。

新生录取满额后，又因特殊情况补录了个别新生，像海军画家周永家得知我办班，而且画家陈辅的女儿已被录取，即要求将其已经考入青岛二中的女儿周晓兰转入，这样美术班人数就成了二十一人。画家好友的子女入学我多有成全。后来在毕业前出于各种原因又吸收了几个插班生。

在新生面试时，我相信自己的直觉判断，选定了班干部，其中班长是降级考入的张玉清，副班长（学习班长）是原六中美术小组的王绍波。

这一届学生高中还是两年制，即学习两年于1982年就毕业高考。

1981年第二届也是招了一个班，但班上人数增加了，约三十六人，也随着市教育局的规定改为三年制。为了能让这一届学生多一次高考的机会，第二年分出了一个十七人的二年制的班，可以提前到1983年参加高考，考不上的学生还可以继续学习，依然三年毕业。

从1982年招收第三届学生（一个班二十七人）开始，以后每年的高中都是三年制了。随着第一届升学率大增的影响，青岛六中美术职业班的生源也越来越不成问题了，每年都是考生爆满，特别是许多画家朋友知道六中美术生的升学率这么高，纷纷携其学龄子女报考，我也每每为他们提供方便。这是后话。

这年暑假期间，我到青岛市工人文化宫姜宝星老师那里借了一套画架画板，让学校的木工房照样制作了三十套,以备新生升学使用。

为了能让我全心全力地办好这个班,学校调入刘美君老师担任初中的美术课的教学,而高中美术职业班的班主任则由我亲自担任。

(三)师资队伍

要想办好这个班,一项最重要的工作就是要组建一支优秀的专业教师队伍。

虽然刚开始只有一个班,我可以上美术专业课,但也不能什么事都由我一个人来做,招生的同时,我也在考虑物色老师。

纵观当时青岛市中学的美术教师队伍现状,大致可以分为两拨老师。一拨是"文革"前,即1966年前就已任职的美术老师,他们当中年纪大的已经退休,余下的都是至少有15年教龄以上的中老年教师,这些老师我大都认识。另一拨是在"文革"中由于"复课闹革命"缺教师,由市教育革命委员会(教育局)临时从1970届的高初中毕业生中选拔出来的一批学生,对他们进行了半年的培训,然后分配到各中学任不同学科的教师,其中就有几十名(大约)是美术教师。这后一拨年轻的美术教师后来赶上1978年、1979年恢复高考,有的就考入山东的一些师范院校深造,他们毕业后有些人又回到了青岛市的教育界任美术教师。

基于我对青岛美术界和美术教师状况的熟知,我在为青岛六中美术班选择教师的时候有这样的思考。既然美术班学生的培养目标是高考,我认为选用上述的第一拨教师不太合适。因为这些老教师常年任教普通中学,大都在业务上比较平庸僵化,既无活跃的艺术创作思维,也不精于严格的绘画基础训练,所以不是首选。可是上述第二拨年轻的教师也根基较浅,怕难当重任,怎么办?我的选择目标投向了恢复高考后入学的那些新生力量。

刚决定办美术班不久,暑假中我把孟国华叫到了学校。孟国华毕业于青岛五十二中,是我九中的学兄又是好友的该校美术老师尚友松的学生,也是 1971 年留校的年轻美术老师。恢复高考后,孟国华考上山东泰安师专,1980 年 1 月毕业分配在青岛三十三中任美术教师。

早年我曾就读青岛九中,是美术组组长。"文革"期间(大约 1974 年)我曾应邀到青岛九中示范辅导九中美术组的学生一段时间,当时参加学习的除了九中的学生还有几位校外已经工作的美术青年,其中就有孟国华。在我带领他们画石膏像素描时,孟国华学习比较刻苦用功,给我留下了不错的印象,所以这次招人通过尚友松我找到了他。

我把孟国华找来,商量调他来六中任教的事。可惜当时教育局对年轻教师分配原则是就远分配,即为优先照顾老教师的工作方便,年轻人一律分配在远离市区的学校。孟国华刚就职半年,难以挪动,只好暂缓。好在他事后转调青岛四十三中,再通过在教育局帮忙的机会,终于在 1983 年 8 月调入青岛六中。这是后话。

孟国华没能调成,我想到了青岛三十中的美术教师于家骧老师。

我很早就认识于家骧老师,但来往不密切。他擅长雕塑,对翻制石膏成型的工艺十分熟练。恰巧 1980 年春我开始探索石膏拓彩版画的新艺术形式,需要翻制石膏板,可我不懂其规范的操作程序,就前往三十中去向于家骧老师请教。当时于老师非常耐心地给我演示了一遍石膏板的翻制过程,他的待人谦和给我留下了很好的印象

就在刚开学不久,我接到市里一项任务,让我和青岛市工人文化宫的美术负责人一起,为青岛市赴四川重庆的一个美术展前往重庆打前站。我已是美术班的班主任,不能耽误上课,怎么办?我就找到了青岛第三十中的于家骧老师。

由于学校只有我一个美术教师,不能缺课,在来不及办理调动手续的情况下,我请于家骧老师先来代课。作为有多年教学经验的老教师,在代课期间他很快得到学校领导的认可,办理了调入六中的手续。于家骧是我办美术班选调来的第一位美术教师。

1981年，市教育局安排了赵培忠老师到校任教。

1982年，韩盈由曲阜师范学院美术系毕业进入青岛六中任教。

1983年，刘丽俐由山东师范大学美术系毕业进入青岛六中任教。

同年，孟国华由青岛四十三中调入青岛六中任教。

1986年，由青岛六中第一届美术班毕业考入山东师范大学美术系的郑敦强大学毕业，进入六中任教。

1987年赵祉平调入青岛六中任教。在这之前，我一直请他在六中兼课。

这期间曾有年轻教师薛涛短期任教。

以上就是截至1988年前我在青岛六中任职管理美术职业班期间的专业教师队伍。这期间随着六中美术班的声名鹊起，还有多人要求来任美术专业教师，出于当时的各种原因被我婉拒了。像1982年刚从山东师范大学毕业的一位叫朱刚的年轻人来找我寻职，他的父亲是我的朋友，也是很优秀的美术教师，他的绘画水平甚高，前途无量，我就直接告诉他，六中不适合他，他应当到大学去任教。后来他果然任职山东师范大学美术学院教授并任油画教研室主任，成为全国名画家。我知道，这种人才区区六中是留不住的，为了教师队伍的稳定，选人还是应当有点远见才好。当年还有一位中央美术学院60年代毕业的有些

1983年，高考录取生和学校领导及教师合影。
前排左起依次为：刘跃峰、于家骥、杜之奎、王焕佑、赵清渠、尹作庭、张白波、许义德、韩盈、孟国华。

名气的油画家找我,也想来六中就职,我亦觉不妥而婉拒。我对六中美术专业教师队伍的组成有较长远的布局考虑,并不急于凑班子。这期间六中一直缺少设计专业教师,如何能圆满地完成这些学科的教学和升学任务,这容后再说。

这个由教师陆续充实的美术教研组,有着良好的工作风气。其中于家骥老师、赵培忠老师和我算是年长的教师,不仅年轻教师对我们都很尊重,我们之间也都相互尊重并和睦相处。组内每位老师都工作积极认真,刻苦好学,且老少团结友爱,从来也没发生过争吵和背后嘀咕他人的事情。由于我推崇艺术创作,并有一定的创作阅历,经常刻意渲染艺术的审美气氛,组内的年轻老师也深受影响,经常下班后几位老师和我总是滞留在办公室海阔天空地谈论一阵艺术和学问,兴尽而归。我总认为,崇尚真善美,提升老师们的人格境界,是办好美术班和教出好学生的根本。

由于我一直坚持版画创作,无形中也带动着组里老师们的创作活动。我认为艺术创作会培养年轻老师树立自己的审美追求,从而激发老师们不断进取的活力。显然这也对美术班的教学有着潜在的影响。

那些年我的社会活动比较多,像被山东省美协组织去海岛体验生活,像赴京参加全国美协创作座谈会,像作为山东代表参加全国美协代表大会,像担任山东省的全国美展总评评委,像每年参加市政协会议等,我不在校期间都会委托于家骥老师照料美术教研组的相关教学的一些工作。多年来,于老师总是任

约1981—1982年六中音美组教师与兼课教师节日聚会。
前排左起依次为:赵培忠、徐立忠、赵祉平、孙增弟、刘美君、王书娟、于家骥;后排左起依次为:杜沛霖、张白波。

劳任怨不辞辛苦地配合我做了许多工作。现在想起来我依然颇有感念。

当年学校每周都要开教务会议，校领导和各科教研组长参加，我在每次会上都是除介绍教学进程外，还大加赞扬汇报每位老师的成绩优点。这样不仅让校领导十分放心美术班的教学工作，还对每位美术老师都有很好的印象。由于我经常强调美术教育的特殊性，也使领导对美术老师特别尊重。比如每学期期末，学校都要将全校教师的备课本收拢上来作内部展示观摩。我就强调美术老师的教学经验主要积累在心里，一生都在备课，连游山玩水也是备课，许多观察和技艺心得无法在备课本上体现，简单的备课笔记公开展示会引起其他学科老师的误解云云。结果，我们美术老师的备课本就从不参加展示。

（四）开门办学名师荟萃

灵活的课程安排

第一届高中美术职业班还是两年制，他们上午要学普通高中的文化课，即政治、语文、数学（后取消）、外语、体育等功课，这样他们的美术专业课只能安排在每天下午来上。两年，只有四个学期的半天美术专业课（毕业前课程有所调整），要从零基础完成那么多种类的课业内容训练，具备考美术学院的水平，真是一大难题。

好在历经多年的美术创作活动，我与山东艺术学院、山东师范学院（后改为山东师范大学）、青岛纺织工学院等学校的许多画家教师相熟，了解一些高考情况，这为我制定美术专业的教学大纲和课程安排提供了一些依据。

我对这届学生的专业课初步做出了一套教学计划，大体安排了素描课的石膏几何体、静物、石膏像、人像以及速写等课程进度；安排了彩画的静物、风景写生以及相关图案设计课、创作课等的时段，一切都是针对高考的内容来安排教学。另外虽然有些课目并不在高考范围内，但为了提高学生的美术素养，也适当安排了一些课时学习，像中国美术史、西方美术史等。我根据整个教学课时的局限、学生的成绩来随时调整安排学习节奏。由于在普通中学设置美术职业班在中国没有先例，也没有其他类似学校的经验可以借鉴，我所拟定的教学计划纯属想当然的原创，是摸索前行。

引进名师

开始的素描课是由我和于家骧老师担任。我和于家骧老师教素描都没有问题，教彩画等也没有问题，都可以亲自上课，但是我不想这么做，我想尽量调动全市最优秀的专业教师资源，以最高的教育效率来完成我的教学设想，以收到最佳效果。恰好这对我来说要做到这点并不困难，凭我在全市美术界的良好人际关系，有能力约请到最优秀的师资来校兼课。当时我请哪位老师，来上什么课，学校领导从不过问，我只要签字就可以付给老师兼课费。

比如这个班在画过一段基础素描后，即将进入石膏像素描课题。虽然我以前潜心按照俄罗斯契斯恰科夫素描体系画过多年石膏素描习作，也曾带过多名学生的素描学习，教课没有问题，但还是觉得应当请正统的教师来开局为好。于是我就请来了北海舰队的美术创作员油画家钱志林老师来上课。钱志林毕业于浙江美术学院（即现在的中国美术学院），科班出身，受过严格的正规素描训练。上课时，面对亚历山大石膏像，钱志林老师在画板前，面对一张白纸画起，边画边讲解，亲自示范从头到尾完成一幅作业，全班同学围观他作画的全过程，收到了极好的教学效果，这种教学方式对学生影响深远。

再比如，学生要开始学习彩画了，我请来了青岛美术公司的专职油画家王庆平老师开课。王庆平曾就读于中央美术学院附中，他的油画色彩修养甚高，在青岛久负盛名且长于教学，由他讲解、辅导进入彩画学习，显然可以使同学们少走许多弯路，进步甚快。

再如图案设计课的教学。我们没有擅长基础图案设计的专业教师，我也是从校外延请老师兼课。由于授课内容不同，曾请过多名青岛最具专业水平的老师来任课。20世纪80年代初，青岛市的美术专业院校只有青岛工艺美术学校（中专），再就是青岛纺织工学院里设有的实用美术系专业，这两所院校里有一些执教多年的专业教师。因为我和这些老师大都很熟悉，也了解他们各自的业务专长和水平，于是从办班的第一学期开始，很多课程都外请他们来上课，这样一来不仅学生的专业成绩提高很快，我们六中的教师也会在教学上获得借鉴和收益。

经回顾，那些年我请来上过课的教师有：

钱志林（解放军北海舰队画家）

王臣祥（山东纺织工学院教师，教素描、彩画）

李伟（山东纺织工学院教师，教素描）

王庆平（青岛美术公司画家，教彩画）

宋守宏（青岛工艺美术学校教师，后为校长，山东水彩画会会长，教彩画）

薛益寿（青岛工艺美术学校教师，教彩画）

黄维礼（青岛工艺美术学校教师，教速写）

韩勇（青岛工艺美术学校教师，教慢写）

孙吉昌（退休教师，教风景速写）

于志远（青岛工艺美术学校教师，教线描）

赵祉平（原青岛工艺美术学校教师，教彩画，后调入本校）

金世马（后为青岛工艺美术学校校长，教设计）

梁百庚（青岛工艺美术学校教师，教设计）

曲延瑞（青岛工艺美术学校教师，教设计）

傅鹤鸣（青岛工艺美术学校教师，教设计）

王以中（山东纺织工学院教师，教设计）

尚友松（青岛美术设计公司画家，教设计）

刘青林（山东纺织工学院教师，教设计）

魏茂森（工艺美术研究所设计师，教装潢设计）

杜沂（退休教师，教国画白描）

陈起惠（国画家，教国画白描）

刘玉华（青岛工艺美术学校教师，教设计）

王庆平老师在为首届美术班上色彩课。

徐立忠（青岛食品厂职校教师，教西方美术史）

张佩义（山东纺织工学院教师，教美术史）

邱振亮（山东纺织工学院教师，教美术史）

因为时间久远，上面所列兼课教师肯定会有遗漏，像当年教服装设计的那位老师我就记不得名字了。以上这些教师有的后来常年在青岛六中兼课，为六中的美术教学做出了重要贡献。

现在我回想起来，当年请这些老师来也不容易，那时候几乎人人都没有家庭电话，更没有手机，通讯联系只能给他们所在的单位打电话，或直接到他们家里去登门拜访延请。我能想起来，去过的赵祉平老师家就在离我住处不到二百米，刘青林老师家住胶州路里院，邱振亮老师家在六中前面，王臣祥家最远，住在文登路派出所后面。还有孙吉昌、金世马、梁百庚、曲延瑞、王以中、尚友松、韩勇、刘玉华、徐立忠等他们家我都去过。他们当年住在什么地方现在我都还能想起来。他们大多是青岛市各个美术专业的教学精英，一流教师。倘若我是"武大郎开店"，是不会请这些高人前来授课的，但我不是武大郎，乐于高手在青岛六中美术班云集。现在想想他们在六中上课亦有许多故事，只是不便在这里赘述。那时候教育界的教师职称体系还没恢复，后来有了职称评定后他们几乎都是教授，其中至少五位教授担任了所在院校的院长、校长。

在我所在六中的那些年，看似这仅是一所中学的美术职业班，实际上是举全市优秀师资之力来完成教学的，这样的美术班升学率怎么会不高呢！

拓宽学生艺术视野

尽管学生课业紧张，但我认为也不能让学生把眼睛总是死盯在自己的作业画面上，而应当给他们创造机会，接触更多的艺术门类，开阔眼界长见识。比如我在高中改为三年制时间比较宽裕的情况下，穿插设置了一些并非高考内容的基础常识课程，如国画线描（于志远等老师执教）、美术史（徐立忠、张佩义、邱振亮等老师执教）、书法（张白波执教）等。特别是我曾多次邀请青岛的老艺术家等前来现场作书画演示。还有，对于那段时间凡是来青岛举办画展的外地画家，我也尽量请到美术班来给学生演示作画，让他们直接见识高端艺术。

粗略回忆，当时仅为首届美术班请来的艺术家我能记得的就有：

马龙青（山东省美协副主席、著名国画家）

高小岩（山东省书协青岛市书协名誉主席、著名书法家）

张逊三（山东省书协副主席、著名书法家）

蔡省卢（青岛市书协名誉主席、著名书法家）

杜沂（资深教师，国画家）

周永家（中国人民解放军文职将军、著名军旅画家）

许勇（鲁迅美术学院教授、著名画家）

刘汉（中央民族大学教授、著名画家）

张立辰（后为中央美术学院教授系主任、著名画家）

姜宝林（后为中国国家画院博导、著名画家）

第二届以后请的演示艺术家由于记忆不全就不列名了。

由于那个年代的社会风气十分质朴，艺术家们的交往也非常真诚，回想起来当年我请的这些艺术家讲课表演，靠的全是个人情面，竟然从未付过一分钱的出场费，甚至也从未宴请过他们任何一位，当时充其量是用学校那辆小面包车接送过。当然这也并非我小气，本市的老书画家给我面子，肯定不会和我计较，而那些外地大画家基本都是青岛市工人文化宫请来我市办展览和交流

著名老画家马龙青先生在为首届美术班学生表演国画。

著名书法家张逊三先生为首届美术班表演书法。

美术班的同学为参观团表演工艺品绘制。

的，我和文化宫关系特别密切，六中离文化宫又很近，对他们来说，大画家顺便来为下一代学子演示一下艺术技艺也是义举，很正常。不过当时自己对客人没有什么回报，现在想想总还是有些愧疚。

（五）首届美术班

素质教育

  1980 年入学的第一届美术职业班的班主任由我担任，责无旁贷。

  由普通中学设置美术职业班，而且是打着职业班的旗号教育实质目标是指向高考，这在中国教育史上恐怕是史无前例的。面对这么一个教育项目，无疑等同于创作一件作品，我必须亲自设计，亲自实施。

  作为这个班的班主任，不同于我以前所当的班主任。以前当班主任除了上好自己的课，管管学生纪律和思想教育，再和家长有所联系就是了。可管理这个班任务就重了，除了常态管理外，还要设计安排学生美术专业学习的各种课程和随机调整学习进度，另外他们的素质教育也不能忽视，而且完成这一切只有短短两年时间，任务何其艰巨。

  先说素质教育。

  这个班的学生除一部分在初中的学校里参加过美术小组活动外，几乎都没接受过正规的绘画基础训练，大都出于喜欢画画的原始兴趣才来就学的。我是自学美术的过来人，能在艺术道路上走到现在，可以说对一个人的艺术成长过程有着丰富而深刻的亲身体验。我觉得，学习艺术仅凭着兴趣是远远不够的，既不可能持久，也不可能有刻苦执着的学习精神。我知道，学生要真正学好画画，不是被动地单靠老师教就能学好的，最重要的是学生自己的内心要拥有强烈的学习愿望和潜质才能成功。也就是说老师不能就画面教画画，而应当开启学生的内心，调动起他们内心强烈的学习欲望才行。于是，我在课堂课外，利用一切时间、机会，大讲特讲艺术，或即兴的，或专题的，串讲一切与艺术有关的事。

我特别要提到班会。当年各个班级每周周一下午都有一至二节班会，内容无非是班主任老师讲评班级里发生的事以及学校布置的事项等，对学生进行一番说教。可我在班会上的做法与众不同。我在班会上三句两句话把要事说完，马上就把话题扯到艺术上。印象最深的一次是学校各班的队列比赛，我班学生有个别人吊儿郎当，结果成绩全校最差。班会上我只调侃了两句：全校队列比赛总会有一个倒数第一的班级，我们班把这份不光彩的名声承担下来，也算是一种勇于担当，成全了兄弟班级的好名次吧。然后就顺势把话题转向忍辱负重、人格担当，云云。

我往往是借题发挥。我有充分的知识储备和文化积淀，面对这些十五六岁的懵懂少年，不用事先设计和准备，只要抓住一点小事，或借助一个话题引申开去，便可海阔天空，侃侃而谈，把班会变成了一场艺术漫谈。比如或从世界名著说到唐诗宋词，或从莎士比亚戏剧说到俄罗斯电影，或从古典音乐说到西方绘画……旁征博引，左右逢源，凭着我的学识修养，无论文学、音乐、舞蹈、戏剧、电影，以及美术史、艺术家故事等，俯拾皆是，皆可随机涉猎。那时候我的记性好，许多名著、电影里的主人公的人名都能脱口而出，自然说得绘声绘色，天花乱坠。当然我不会是没有宗旨的哗众取宠、显摆卖弄，我说的这一切都是围绕着真、善、美的启迪，围绕着张扬人性之美来发挥的。我针对这个年龄段学生的接受程度循循善诱，目的非常明确，就是要在学生心中埋下一粒粒纯正的艺术种子，潜移默化地让他们的心灵能指向审美，指向崇高的人格境界。

蔡元培先生说过"以美育代宗教"。我当时的做法就是有意识地要装扮成一个布艺术之道的"神父"，在我的头顶上编织一顶艺术光环，渲染着艺术的美妙和崇高神圣，让学生敬畏艺术，向往美，心生梦想，自觉地主动地，甚至疯狂地扑向艺术。这一切对学生来说既是素质培养，也是学习积极性的调动。我能感觉到，当时有的学生对我有所"畏惧"，有个别同学路上远处见了我竟然绕道走。

我的理念和做法显然奏效。同学们在对老师崇敬有加的同时，学习劲头十足，不仅上课用功，有的课后还不吃饭跑到火车站去画速写等。一个学年下来，我对学生做过一次答卷测试,其中一条是让学生选择,将来毕业后的理想是当"美术工作者"还是"艺术家"。结果全班二十七个人只有一人选择了前者,其余全部选择要当艺术家。

这里需要说明的是,我认为现阶段对学生的教育应多偏于感性和人格基础,至于将来他们所要承担的社会责任和政治思想那是后话,那也应该是政治课的教学任务。

1981年秋由于第二届学生入学,美术专业课管理的任务繁杂,该班班主任的工作我就辞掉了,交由教政治课的刘跃峰老师接任。其实直到该班毕业,我仍然是关注着这班学生的专业课学习,只不过是不去管班级那些纪律之类的琐事罢了。

美术专业课学习

对于这个班来说,美术专业课是重头戏。在没有任何先例参照的情况下,我要拟定他们的美术专业学习课目、进度,确定教学内容并编写教学大纲。特别是他们每天上午要学正常高中的文化课,只能下午学习专业课,短短两年的四个学期的半天的学习,教学的压力之大可想而知。

如前所述,第一年虽然学校有三位专职美术老师,但我们还是请了外面的老师穿插上课。到第二年有了招收的新生班,则由于家骥担任班主任,由他和赵培忠老师专门担任新班的专业课,教这个班的老师主要就是我和外请的老师了。外请的兼课老师中,

1981年,孙吉昌老师(左四)带领第一届写生上风景写生课。

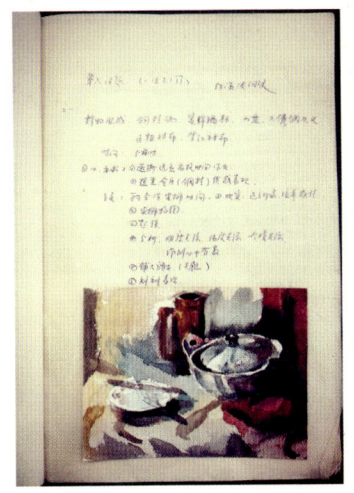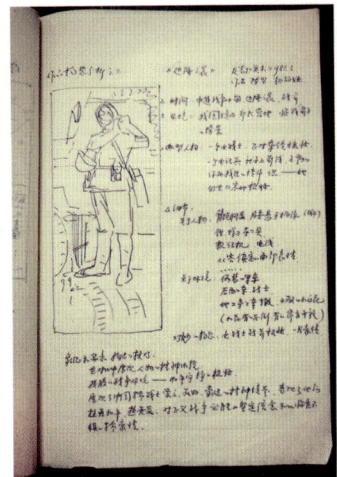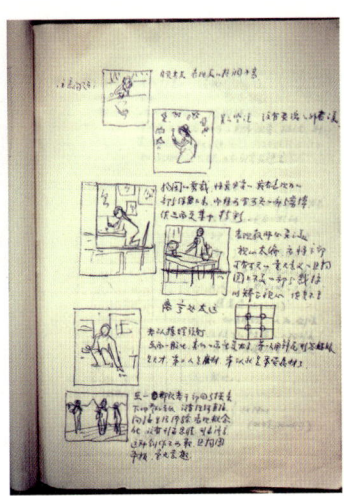

作者的彩画课和创作课的备课笔记。

教素描课的有钱志林老师、王臣祥老师等，教速写课的有孙吉昌老师、黄维礼老师等，教彩画课的有王庆平老师、宋守宏老师、薛益寿老师、赵祉平老师等，教图案课的有金世马老师、梁百庚老师、王以中老师、尚友松老师等。

为了开拓学生的知识面，我请了徐立忠老师、邱振亮老师、张佩义老师开设了简短的美术史课。那时没有教材，徐立忠老师专门绘制了十余幅挂图，教学态度认真感人。当年为了有高质量的教具，我和韩盈老师特意去北京采购了与中央美院同款的"大卫"等石膏像。为了提升学生的彩画风景写生兴趣，我亲自坐公交车到崂山大崂站，然后顺崂山外九水到内一水踩点北九水小学（原沈鸿烈别墅）订下房间，随后和赵培忠老师带领学生住在那里上了一周风景写生课。回想起来当年故事多多，不可尽述。

为了适应高考，我多方打听相关院校的考试要求。那些教师都给我提供了一些高考科目的信息，这对我安排教学十分有利，使我们的教学针对性很强。像对于报考工艺类专业的学生的应试辅导，我就请了四位老师从不同的内容方向教学，加强学生的应试能力。这些努力，从高考结果来看，都显示出没有白费功夫。

临近毕业时我为学生上创作课，在讲解了创作规律、解析了典型作品后，我拟定了几个题目辅导他们构思画面，如《三月》《节日》《市场》《课余》《植树》《街头》《美的心灵》等，指导他们如何利用时间、地点元素构思以及一些构图要领等。每人准备好一些画面，可以从不同的角度应对多种考试命题，最后应试时大多奏效。因为有许多同学报考工艺类的院校，就由教图案设计的老师根据经验出题做练习，也收到良好的效果。

高考

临近毕业，在二年级第二学期就把上午的文化课停了，加强专业课的学习力度。我把这学期前两周我的工作日志抄录下来，可略窥当年的教学状态。

开学第一周（1982年2月8日—13日）
周一：①下午创作课2节（张）
　　　②中午走访孙聪敏请其任教问题（未遇）
周二：①下午素描3节（张）——"劳孔""布鲁图"
　　　②中午再次请孙聪敏任教（未成）
周三：①布置第二天彩画静物
　　　②联系纺院邱老师上美术史课
周四：①上午宋守宏课4节
　　　②下午政治学习，与周海力母亲交谈学生毕业升学问题
　　　③晚上走访陈军家长
周五：①宋守宏返校，彩画4节（张）
　　　②下午与邱试幻灯，准备幻灯
　　　③下午素描4节（课题同上）（张）
　　　④下午朱刚来访
　　　⑤布置第二天彩画静物
周六：①上午宋守宏彩画课（3节）
　　　②上午邱振亮研究中国美术史教学方案
　　　③上午去教育局找局长未遇，到进修学院报到

开学第二周（1982年2月15日—20日）
周一：①下午邱振亮讲中国美术史、幻灯、2节
　　　②学生捎信约孟国华
周二：①上午第一节向王校长汇报职业班工作
　　　②王景华父母约见交谈毕业升学问题
　　　③下午素描4节（同上）（张）
周三：①上午到进修学院进修，到艺术馆送作品
　　　②下午约见陈红父母，谈毕业升学问题
　　　③约孟国华见面，谈调动问题
　　　④邮局寄书、寄信高唐程辛木
周四：①去教育局找局长未遇，去公园结算加工事
　　　②上午薛益寿表演水粉画（4节）
　　　③下午到科技馆开会
周五：①上午到进修学院听课（美术史）
　　　②上午宋守宏上水粉静物4节
　　　③下午素描4节（张）
周六：①上午薛益寿彩画3节，布置新课题1节
　　　②下午素描2节（张）
　　　③下午梁百庚来校研究图案课事

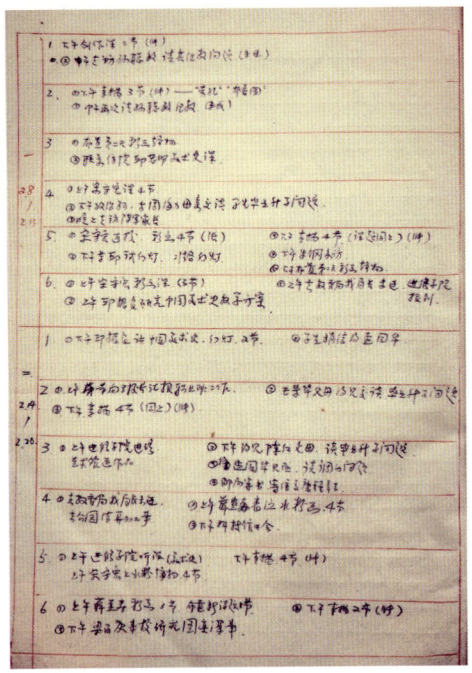

作者的备课本。

从以上教学过程看出，我除了教创作课，这个班的素描、彩画课在外请老师不便的情况下，都是由我来教的。通过两年紧凑的专业课学习，学生的美术专业成绩进步很快，赵清渠校长看到这种情况，多次忍不住问我："老张，你看咱能有多少人考上大学？"我每每低调回复，我说只学两年想考大学太难了，若能考上三个，我就倒着头从栈桥走到大窑沟。我对高考确实没数，更怕领导怀有高的期望值，最后我被现实打脸。

1982年夏，高考终于来了。

前面说过，20世纪80年代初，国内的艺术院校很少，招生也很少，不像现在各大学都设艺术院系，还"扩招"。我们的高考方向主要还是定位在省内几所院校，像山东师范大学、曲阜师范学院等。另外特别寄希望于我

市的山东纺织工学院（染织美术系）。当时我根据学生自报的志愿和气质专长，以及征求家长的意见，把学生的高考方向进行了排队。我所记录的"3月20日学生升学方向摸底"是：

报考工艺院校的有：陈虹……（略）等十二人；

报考绘画院校的有：王伟业……（略）等九人；

兼报的有：顾强……（略）等七人；有一人弃考。（以上抄自备课笔记）

但是我不甘心。我决定让几位学习成绩优秀的学生出省报考大的艺术院校试试。于是我挑选了张玉清（班长）、王绍波（学习班长）、贾永明（团小组长）和周海力（女）四位同学赴杭州去投考浙江美术学院。真没想到，这四位同学都收到了录取通知书。只是后来因为体检贾永明色弱，王绍波由于同时被山东纺织工学院录取，顺从家长的意愿而选择了留在青岛，最后只有张玉清、周海力留在了浙江美术学院。这次报考浙美的大获成功，是对六中教学水平的高度肯定，令人振奋。同时敢于报考中央工艺美术学院的陈军同学也被录取了，这也证明了六中的学生水平。

当年高考发榜被录取的同学有：

陈军——考取中央工艺美术学院；

张玉清、周海力——考取浙江美术学院；

郑敦强、王伟业——考取山东师范大学；

王绍波、周晓兰、葛建青——考取山东纺织工学院；

许雅柯——考取景德镇陶瓷学院；

董明——考取曲阜师范学院；

徐欣——考取青岛工艺美术学校（中专）。

后来这个班的几位同学经过一年的复读又考取大学的有：

王立平——考取山东艺术学院；

顾强——考取浙江美术学院。

最后统计，第一届美术职业班的升学率接近50%。

第一次高考，一个二十七人的小班就有十人考上大学，一人考上中专，这不仅在六中是空前的奇迹，在当时青岛市教育界也是轰动性的事件，影响甚大。

青岛六中的领导，校长赵清渠脸上有光喜不自胜且不说，市教育局的领导也开始对青岛六中另眼相看。当年青岛市的职业教育改革在全国是走在前面的，经常有外地教育部门和学校来我市学习取经，于是市教育局每每把六中作为典型范例带人来参观介绍。印象当中好像每周都有一两次来人参观。当然接待参观人员的路数学校领导已驾轻就熟，无须我来参与，所以我已无法列举，好像省、市乃至国家教委的相关领导都来过六中。后来为了参观和教学方便，还在小楼专门布置了一间学生习作展示室，这是后话。

第一届学生的高升学率对六中美术班的发展可以说具有深远的意义。它不仅在专业课的教学上积累了经验，为以后的教学逐步改进提升打下了良好的基础，还增强了学校办好美术班的信心，更重要的是产生了良好的社会效应，无论招生还是高考，六中美术班都被另眼相看，这无须细说。

1984年赵清渠校长调离六中到青岛十一中任职。他在青岛六中尝到了美术班可以获得高升学率的甜头，就在十一中调进来一位美术教师，也操办起美术特长班来，并吸收了六中高考落榜生复读，不过没几年这个美术班就无疾而终了。青岛六中的成功岂可轻易复制，这是题外话。

第一届学生高校毕业后，张玉清分配在文化部对外展览公司工作，后定居澳大利亚；周海力定居在法国。王绍波毕业留校任教，现为青岛市文学艺术界联合会主席、青岛市美协主席、青岛大学美术学院院长等，为国内著名水彩画家。许雅柯现为青岛市陶艺家协会主席，曾任青岛大学美术学院副院长、中国美术家协会陶瓷艺术委员会委员。王伟业现为青岛理工大学艺术与设计学院绘画系副教授，并任山东省美术家协会油画艺委会委员、青岛当代艺术研究院副院长、青岛壁画家协会副主席等。郑敦强毕业后回青岛六中任教为高级教师，并曾任教务处副主任分管美术教学工作。董明亦分配在青岛幼儿师范学校任教；周晓兰、王立平、顾强、葛建青等毕业后在各自的岗位上也各有成就。陈军在北京发展，已是著名的服装设计师。

不可否认，高考结果，决定了这些学生一生的前途命运。

五、我的版画创作
（1980—1988）

（一）开创拓彩版画新风格

虽然我是业余画家，但多年来我的版画创作一直没有中断。1980年以前我从事木刻版画创作，这在前文已有叙述。现在开始担任美术班班主任了，几乎全身心地投入工作当中，确实无暇顾及版画创作，所以几乎没有像样的作品问世。不过我所酝酿已久的拓彩版画创新，正在发酵。

我多年来一直钟情于中国传统文化，以中国传统的艺术精华滋养我的艺术创作。进入20世纪80年代，随着国家的改革开放，美术思潮的汹涌澎湃，国内版画界也兴起了观念更新，探求新材料、新技法、新风格的创作热潮。这时我当然不会满足已经取得的成绩，既不想继续在国内木刻版画队伍中拥挤，也不愿意一窝蜂赶时髦地在西方文化中重塑自己，出于对中国传统文化的挚爱和修养积淀，我将目光投向了汉画像石画像砖。

中国汉代墓室里留存下来的画像石、画像砖艺术，以其丰富的现实生活描绘和浪漫奇幻的想象内容，以饱满充实的画面构图，生动古拙的造型以及深沉雄健的艺术气势，展现了一种特殊的艺术魅力，它曾是民族历史上一座艺术丰碑。面对汉画像砖画像石，我不仅深为其简约概括、沉雄大气的形象所震撼，更被那些斑驳的残缺，浮雕的造型张力所诱惑。于是我试图把这种斑驳残缺之美与现代版画意识连接起来，一种新的版画形式就呼之欲出了。

我尝试用石膏制版。通过实物体积和肌理的翻制利用，通过雕刻刀法的恣意发挥，在版面上制造出各种点、线、面、体叠加交错的痕迹。这些立体痕迹表达着形象，携带着激情，蕴含着力度，超越了常规版画的语言技术规范而充满着三度的造型趣味，完全是对常规版画平面语言的突破和改造。

按照我的创作理念，依然在艺术形式的探索中，不忘表现现实生活。

1982年春天，我已不再担任班主任，我向学校领导提出要到灵山岛去体验一下渔民的生活，搜集创作素材。王诗均校长不仅答应了我的要求，还担心我的安全，主动提出要我带一个学生陪同。然后我就带着美术班的班长张玉清一起乘轮渡先到了黄岛，黄岛区的区委宣传部部长亲自用伏尔加小车把我们接送到积米崖码头登船去灵山岛。张玉清告诉我他这是第一次坐小轿车。

在岛上住了几天，通过漂泊在海上打鱼，颇有感受，回来经过酝酿构思，创作

作者在刻制版画。

《夜渔》拓彩版画。作于1984年。

了拓彩版画《夜渔》。这幅作品曾发表在《版画世界》刊物的封面，后来还被当作拓彩版画的范例印制在上海辞书出版社出版的《中国美术辞典》的彩页上。

同样是这次体验生活的收获，后来我又创作了拓彩版画《载月归》。1984年这件作品入选了第六届全国美术作品展览并获银奖。这届全国美展山东省只有三件作品获得银奖，属山东省的最高奖（另两件是连环画和年画），这不仅为青岛市争得了荣誉，也为青岛六中的美术教育扩大了影响。

在这几年，我创作了不少相关海和渔家的拓彩版画作品，像《渔忙》《鲅鱼时节》《月亮船》《晚潮》《小岛晨》系列等。这些作品大都参加各种展览，其中《小岛晨》1987年获得第九届全国版画展优秀作品奖。

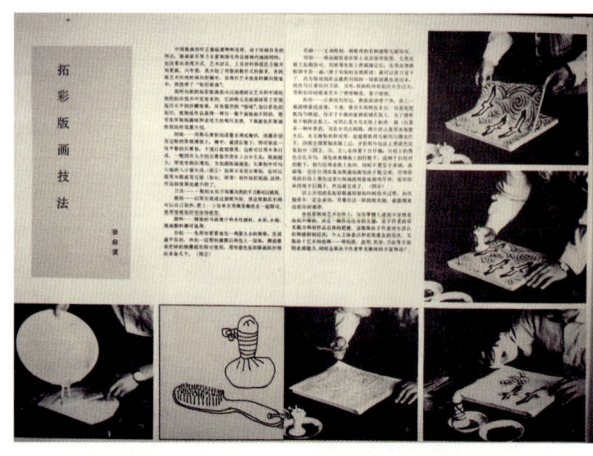

作者发表在《齐鲁画刊》上的拓彩版画论文。

随着拓彩版画创作探索的逐渐成熟,我的创作审美指向也越来越清晰。这种版画就是要把虚实相映的立体痕迹之美,随意赋彩的拓印色彩之美,原始手工劳作的手感之美,凝结在作品中,以形成一种印痕淋漓尽致的版画艺术风格。这种版画源自于中国传统的艺术基因,经过画家在创作观念上的更新,制作技术上的发展完善,以及融入时代的审美气息,它已形成相当成熟的具有中国特色和当代气派的版画新品种。我的这种创新通过作品的不断推出,得到了美术界的充分认可和高度评价,并于后来申请获得了国家发明专利。

(二)艺术成就

虽然我还是业余作者,但由于创作上取得的成绩比较突出,一直活跃在中国美术创作的主流艺术家队伍中。1980年被吸收为中国美术家协会山东分会会员,1982年被吸收为中国美术家协会会员。

这期间我有多篇相关论文在国内外专业刊物发表,如1983年《版画艺术》发表了《借鉴、融合、新境》,1984年《美术》发表了《谈拓彩版画》,《版画世界》发表了《拓彩版画初探》,日本的《版画艺术》1984秋季号上发表了《中国的新版画技法——拓彩版画》,以及当年的《新华文摘》发有专栏介绍等。

我的版画创新在1983年获得了《版画世界》设立的首届"版画技法奖杯"，并被命名为"拓彩版画"，在《中国新兴版画发展史》中被列入"新版材与新版种"的首位，其相关条目也都以我的论述列入《中国美术辞典》和《美术辞林·版画艺术卷》等。

由于多年的创作积淀和在中国版画界的影响，这期间我几乎参加了中国美术家协会、中国版画家协会和山东美术家协会所有的相关活动。其中比较重要的有：

1981年《采贝》作为1949年来山东省唯一作品入编《中国新兴版画五十年选集》；

1982年作为由中国美协从全国遴选出的160名在世画家之一的作品参加赴法国的"1982法国春季沙龙展"；

1983年作为山东省重点作者（青岛市唯一作者）参加由中国美协组织的为期8天的"第六届全国美展创作座谈会"；

1984年担任第六届全国美展山东省评选委员总评会委员（青岛市只有马龙青和我二人），同年应聘为人民美术出版社《版画系列丛刊》编委、应聘为中国人民解放军艺术学院讲学；

1985年作为山东省代表团里的青岛唯一当选代表出席了"中国美术家协会第四次会员代表大会"，作品入选《中国新文艺大系·美术集》；

1986年参加中国美协举办的"全国美术理论会"，参加中国版画家第二届会员代表大会，作品入选"第九届全国版画展"并获奖，山东电视台对外部录制《张白波的拓彩版画》的专题片对国外发行；

1987年参展中国美协主办的"首届全国新人新作展"，第一届中国艺术节《中国美术馆藏品陈列展》等。

1983年，作为青岛市唯一的中学美术教师被推荐为青岛市第六届政协委员，并于后来连任四届，被任命为青岛市政协书画工作组副组长；1988年被中共青岛市委、青岛市政府授予首批"青岛市专业技术优秀人才"称号，终身享受政府津贴。

在这期间还有一件对我个人来说很重要的事。1984年第六届全国美展上我的作品荣获银奖,这在青岛市文化界是一件大事,我在备受表扬之余,市里领导得知我的住房十分困难,有一天市委副书记刘镇同志带领市教育局党委书记宋国云同志、市委宣传部文艺处处长王宜宾同志一起到我家走访,探视我的住房情况,在我家聊了两个小时。随后刘镇书记批示相关部门要为我解决住房问题。

当年城市的房地产业尚未兴起,房源何其紧张,幸好第二年一些单位集资在浮山所开发了一个名为"八大湖小区"的青岛市第一个住宅小区,市教育局为我争取到了一套三居室的住房。在那个人人都缺房的年代,由市领导给一位画家分配住房,真是破天荒的大事,《青岛日报》还为此专门报道过。此事轰动了青岛市文化艺术界,随后市里许多文化名人纷纷写申请要求解决住房困难。但为我解决住房终究是特例,再没有第二个人得到如此待遇。后来直到20世纪末随着城市房地产业的开发,青岛市文化局建起了三座"专家楼",才让本市的许多文艺工作者有了宽敞的住房。青岛市领导为我解决住房,体现了党和政府对文化和艺术人才的重视和关怀,我在感激之余备受激励。

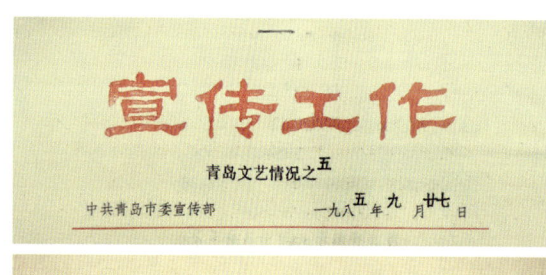

中共青岛市委宣传部关于解决
张白波住房问题的报道。

在我筹办和管理青岛六中美术班的那些年,我依然坚持版画创作,可以说获得了教学和创作双丰收。这一切,与学校领导的信任、支持分不开,也与美术组的老师们的团结和共同努力工作分不开。

六、走向辉煌的美术学校

（一）初具规模

青岛六中从1980年开办美术职业班以来，教师队伍逐渐壮大成熟。几位最初引进的资深教师已成为教学骨干，后来教师有了职称评定，都已是高级职称并荣获省、市级乃至全国级的"特级教师""教学能手""学科带头人"等荣誉称号。随着班级的增多，几乎每位专业老师都担任过美术班的班主任，独当一面。在和校外兼职老师相互切磋的教学实践中，年轻老师业务也越来越成熟，可以说这是美术班升学率稳定上升的根本保证。

在这期间，根据高考经验的积累，在不断地课程调整中，记得我曾三次修改美术专业课的教学大纲，以适应高考需要。

这期间，大约是1986年吧，学校领导王诗均书记可能认为我的工作不错，为学校争得了荣誉，又得到市里领导的重视（如市委副书记和教育局第一把手亲自走访，并特批解决住房，以及担任市政协委员等），几次表示要在政治上对我"提携"的意思，但最后都被我婉拒了。我已经尽力做好我分内的事了，不愿意让什么职务缠身。这件既是公事又是私事的事，事后没有对美术班的运转产生不利影响，算是题外话。

美术班开办的这前几年，在学校领导的全力关怀支持下，在全校教职员工的爱护支持下，在全组美术老师全心全意地努力工作中，青岛六中的美术班正一步一步走向正规，展现着非常好的发展态势，我作为美术班最初的操办和协调者，似乎已经完成了阶段性的历史使命。建筑一座华丽的大厦，首先要有坚实的地基。我为能在青岛六中这所辉煌的美术学校做过一些奠基工作而感到自豪。

（二）告别青岛六中

　　1988年10月，青岛市文学艺术联合会属下的青岛画院完成了院舍建设并批准了人员编制，我被正式调入青岛画院为专职画家并被任命为创作部主任。

　　从此我告别了二十六年的学校教师生涯。

　　回想在青岛六中的工作期间，特别是创办美术班的八年期间，感想多多。

　　六中美术班的模式在全国是首创。它的成功首先归功于学校领导支持，是学校主要领导对专业教师的充分信任、尊重，充分调动老师的工作积极性，领导和教师的劲往一处使，才使美术班的发展越来越完善，社会影响越来越大。

　　我很感念六中美术教研组的那段美好时光。六中美术组的老师无论老少，大家从来和睦相处，业务上真诚切磋相互帮助，从来不搞背后的小动作，也不争名夺利。组内的良好风气，无疑是美术班越办越好的保证。

　　从我个人来说，回望那段岁月，我曾拿着国家的工资，干好我分内的事，我问心无愧。我自身从学校的一名勤杂工坚持业余自学美术创作一路走来，体验过艺术道路的艰难，人生成功的不易。当年无论主动还是被动，学校创办美术班把这帮孩子交给了我，看着他们渴求向往艺术的天真眼神，我不能敷衍他们，我要成全这帮孩子，尽力成全他们的愿望和梦想。我不能决定他们的未来命运，但至少在我手里不能耽搁和毁灭他们的前程。所以我努力工作了。

　　我还为在职期间成全了许多画家朋友的愿望，帮他们的孩子们走上美术深造的道路感到欣慰。后来六中许多老师同事看到如此高的升学率，也让自己的孩子走上了艺术高考之路，亦是幸事。任职期间，我可能为一些朋友提供了方便，为一些学生升学提供了帮助，但我从未收受过学生和学生家长的一分钱，也没有任何的利益交易，我为自己内心的这份干净磊落，甚感坦然和欣慰。

　　我曾设想过，在六中附近的青岛八中、青岛十中、青岛十一中、青岛十三中都是比青岛六中资深的老校，随着时代发展它们都因办学规模的局限先后或被分解，或被合并，已经消失了。而声望和规模还不及它们的青岛六中如果没有美术班的成功兴旺的话，没有美术特色和很高升学率的话，会怎样呢？

历史不能假设，那就不好说了。

（三）灿烂的美术之花

在我离开学校后，青岛六中逐渐有了脱胎换骨的变化，步入新的辉煌。

经过八年，六中美术班早已经从一个边缘学科变为学校的教育主体了。美术班无论从管理上还是教学上，都已十分成熟，学校领导也逐渐从外行变为内行，我走后，先前与学校领导约定的美术班独立管理已经没有意义，客观地讲，我在六中的历史使命已经完成，所以我的调离对学校美术班的工作没有任何影响。

离开六中，因忙于青岛画院的事，就很少再回六中走动了，对六中后来的领导层的变化以及美术班的演进也只是偶尔听到一些信息。像听说相关领导在美术班的思想教育上和学校形象上大做文章，把教学楼分别命名了"求真楼""敬业楼""觅艺楼"等，还制定了"校魂""校训"等，对学校的美术特色大加包装和发扬。

当然，我离开六中后，随着时代的发展，全国高等院校的扩招，随着历任校领导的努力，随着全体教职员工的勤恳工作，学校取得的成绩和享有的声誉远非我所知道的点点滴滴。学校能够成为全市排名前几位的重点学校，能够获市里批拨巨款建新校舍，就足以证明一切。

近年由于青岛六中相继举办资深教师郑敦强老师、卢军老师的画展，我接触了青岛六中的现任领导张瑞海校长，张校长温和内敛，给我留下了很好的印象。据张瑞海校长介绍，位于青岛观象山的学校原校址由于占地小，严重制约了学校的发展。根据青岛市政府的总体部署，2012年在黄岛区云台山路以西、淮河西路以北、柳花泊五号线以东选址，规划建设了山东省青岛第六中学新校。

新校占地面积174960平方米(262.44亩)，设计办学规模48个班(其中普通班36个、国际部12个)，招生规模为1920人，总建筑面积105115平方米。学校总投资6亿元，按照山东省规范化学校建设标准要求进行设计建设，配有高标准的体育馆、游泳馆。同时结合学校办学特色，建设高水平的美术馆，为师生作品和名家作品展览提供了展示交流场所。经过4年的规划建设，一所集智能化、数字化于一体的现代化青岛六中于2017年2月正式投入使用。

青岛六中办学近60年、美术特色办学40年，取得了丰硕的成果，荣获了"青岛市教育改革十面红旗学校"等七十多项荣誉称号。在高考成绩方面，迄今有160多名学生被清华大学美术学院录取，近600名同学被中央美院和中国美院录取，曾先后被清华大学、南京艺术学院等十余所全国知名高校命名为"美术生源基地学校"，考入其他知名美院和"211""985"重点大学的毕业生更是不计其数。近3年，学校高考录取再创佳绩，本科达线率高达99%，本科录取率高达91%，清华美院、八大美院、中国人民大学、中央民族大学、江南大学等重点名校录取率高达43%。中意国际合作项目成绩喜人，本科录取率100%，近百名学生被罗马美院等世界一流名校录取，成为罗马美院、佩鲁贾美术学院海外生源基地学校。有300余人被中央美院、清华大学美术学院、中国人民大学、中国美院、天津美院、四川美院、鲁迅美院、西安美院、湖北美院、中国传媒大学、北京服装学院、中国戏曲学院、北京电影学院、江南大学、东华大学等重点院校录取。

据张校长介绍，学校现有36个教学班，实行小班化教学，学生全部寄宿。有旨在培养新型美术创意人才的自招班，有夯实基础、快速提升的普通班，有与意大利佩鲁贾美术学院合作开设的中意班。每个级部一个独立的教学楼，每个班级一个独立画室，学校拥有独立科技楼、体育馆，还有全国高中唯一的美术馆，全都配备了现代化的设备设施。就连学生住宿、就餐等生活方面条件也是全国一流。

青岛六中新址校区。

近40年的美术办学积淀,学校积累了丰富的社会资源:有16位校友在中央美术学院任教,有山东艺术学院院长徐青峰、青岛文联主席王绍波、著名陶艺家许雅柯、著名电影导演丁晟、对外经济贸易大学美术教授矫克华、清华大学美术学院博士生导师叶健等多位优秀校友任教于清华美院、中国美院等全国各大院校美术类专业。学校经常邀请他们回校讲学,为六中学弟学妹升入名校传经送宝。

青岛六中乘着迁址的东风,在现任校长张瑞海的带领下,正展现蓬勃的发展态势。

（四）学生感言

写到这里，想起那些年教过的学生。

六中美术班每届都有一些非常优秀的学生，后来或成为出色的艺术家，或成为某个领域的专家、成功人士。首届的学生就不点名了，像第二届的学生就有大家熟知的谭乃麟、杨建波、兰伟、于凡、周仕超、尤良诚、李增顺、袁爱国、刘伦源、王秀霞、曹永群等；第三届的学生有薛波、窦大毛（窦建勋）、卢军、矫克华、刘伦弟等。还有第四届、第五届……有出息的学生太多了，我不能一一罗列，也想不起那么多的名字，他们的成就我也未能详知。他们都是青岛六中这座美术摇篮走出来的孩子，然后继续学习、深造、磨练，成为国家的有用人才。

虽然离开六中很多年了，但是我和六中美术班前几届的学生还有密切的联系，有些同学不时到我画室聊天。日前说到六中建校六十年，我要写点东西，他们也对当年在六中的学习生活多有回忆，多有感慨。我说你们若能写点什么的话，可以将文字附在我的文章内，这或许会使我所写的历史往事更加充实生动。在我的鼓励下，首届毕业班的几位同学写了一些感言文字，没想到的是，他们写得如此认真。我选了四篇将其附后。师生情谊，感慨系之。

2008年美术班首届毕业同学在作者的画展上合影。
左起依次为：郑敦强、王景华、许雅柯、王伟业、周晓兰、顾强、张白波、王立平、张晓、陈虹、葛建青、曾琦、刘伦源、朱黎、张青、李志杰、董明。

六中与我

文 / 王绍波

1980年,我开始在青岛六中上高中,学制两年,于1982年毕业。在青岛六中美术班学习的这两年是我整个绘画生涯中一个非常重要的节点。

我从小喜欢画画,七八岁的时候就开始临摹连环画,特别喜欢临摹连环画上那些人物形象。到了初中二年级,我强烈要求父母给我找一个可以拜师学画的老师,我想正儿八经地学画。父母非常奇怪。心想,这个孩子为什么会对画画这么感兴趣呢?现在想来,我也觉得有些奇怪。在没有太多诱因的情况下,我究竟为

青岛六中首届美术毕业生王绍波。

什么那么喜欢这种可以塑造形象的艺术?当然,客观因素也有一定的影响,比如我们邻居当中有的小孩喜欢画画,画得也挺好,对我有一些触动和启发。

初中阶段,一开始我跟着一位老师在他家里学画画。我一般会利用礼拜天的时间去学画。晚上就到当时台东区(今属市北区)一个专门教画画的夜校,在那里可以学习素描和水粉,画色彩静物和风景等。我就是这样利用业余时间如饥似渴地学习绘画。

我的初中和高中都是在青岛六中上的,当时青岛六中只有普通的高中,还没有开设美术班。我白天学习文化课,只能利用业余时间继续画画。因为我喜欢画画,所以注意到青岛六中有一位叫张白波的美术老师。有时我就悄悄地去他办公室欣赏他的版画作品。有一次,我见到他刻的黑白木刻版画《华罗庚在旅途上》,描绘的是数学家华罗庚在火车上奋笔疾书的画面。还有一次,我看到他创作的描绘崂山北九水的系列黑白木刻版画,他用黑白木刻版画的艺术语言描绘了自然之美,画面中充满音乐的旋律。虽然我对当时的自然和乡间生活还不是特别熟悉,但是画面上那种质朴的生活气息让我觉得特

别真切。在我的印象中,张白波老师的创作精力非常饱满。我每次看到他,他几乎都在创作新作品。从那时起,我觉得我遇到了一位水平非常高的老师,对张白波老师的敬佩之情油然而生,同时我也期待着有一天能真正接受专业的美术教育。

终于有一天,我听说青岛六中要办高中的美术班了,也就是职业美术教育。我兴奋极了,赶快找到张白波老师,恳求地说道:"快办吧,张老师,我特别喜欢画画,能够跟着您学习是我非常高兴的一件事。"他说:"嗯,你回去等消息吧。"我说:"如果有消息的话,我愿意到各个学校门口张贴招生广告。"张白波老师就笑笑说:"那你就回去等吧。"有一天,张白波老师告诉我:"你来吧,你不是要去贴吗?那你就去贴吧。"当时我从他手里接过一摞粉红色的青岛六中第一届高中美术班的招生简章,兴高采烈地骑上自行车到青岛二中、青岛一中等一些学校门口张贴了。再后来,我顺利地通过考试进入了青岛六中第一届高中美术班。我非常开心,因为这正是我想要的目标。我学画画的愿望终于在这里实现了。

这个美术班是以学习绘画为主,同时还要兼顾文化课的学习。所以这个班的教学要求还是比较高的,专业课教学所占用的时间也比文化课的教学时间长一些。在这里学习的是真正喜欢画画的孩子,我们终于有了充足的时间投入绘画的学习当中。当时的全国职业教育刚刚开始兴起,青岛六中的美术专业也算是开了一个先河。我们高中毕业的前夕,山东省乃至全国好多的院校都到青岛六中来参观学习,交流经验。青岛六中在那时就已经作为职业教育的先驱对全省、全国有了很大的影响。这些影响使我们受益匪浅,因为我们是第一届,所以备受大家关注。虽然我们是实验品,虽然只有短短两年,但是成效非常显著,这两年解决了我们三到五年的问题,使得我们的艺术水平在高中这个重要阶段得到了迅猛提升。我们第一届的学生在业务学习方面都有了较好的基础和水平。这也为我们高考打下了坚实的基础,高考的时候我们这一届毕业生多数都进入了高校继续学习,而且我们在后来的大学学习中都能保持比较好的水准。这是一个很完美的结果。

在这里学习的两年是我很关键的两年。我从业余的绘画学习进入一种系统的绘画学习。学校每天都有专业课，学生们都非常用功。班里一共二十几个学生，大家都相互比着劲儿干。我们真正热爱绘画的孩子凑到一起来学画，相互赶超的氛围非常浓郁。大家都非常用功，从不舍得浪费时间。那时候，我们的美术老师主要有两位，一位是张白波老师，一位是于家骧老师。他们一位是版画家，一位是雕塑家。我们充分地理解学习老师们的作品，他们的作品对我们启发很大，给了我们很大的鼓舞。记得有一次，张白波老师和于家骧老师在办公室里同时画《马赛》的石膏像。两位老师的风格各不相同，张白波老师是用版画家的眼光来创作，张老师对形体的准确把握、对空间关系的深入表达和结实的塑造方式，使我非常敬佩。于家骧老师则是用雕塑家的眼光来观察，用雕塑的整体感来表达。他们所画的《马赛》至今都给我留下很深的印象。

那个时期，张白波老师还给我们教绘画创作课，他先用自己的版画作品来讲解，介绍他版画的构思、创作、技术、形式等的来龙去脉，同时还用其他大师的名作进行剖析，开阔了我们的视野，增强了我们在绘画表现上的一些认识。在张白波老师的带动下，我们所学习的艺术是宽泛的，而且层次很高。张白波老师作为当时已经很有名的画家，无论是他的绘画基础还是创作，都展现出不同凡响的艺术功底、艺术修养、艺术创作能力和绘画表现力。张白波老师要求学生端正学习态度，不骄不躁。让学生能够踏踏实实地、谦虚地去研究和学习。有时候我在学习的过程中有了一些进步就沾沾自喜。我记得有一次我画了一幅自己比较满意的画，等第二天早晨上课的时候，张白波老师来巡查教室里每一位同学的画，我就拿出自己那张给张老师看。张白波老师也能看出来我的这种沾沾自喜的心情。他说："你这些画是刚看过昨天老师表演之后接着画的，顺着这个劲儿画的不算是你真正领悟和把握的，你再画吧！"第二天，我继续画了又拿给他看，他说："你顺着劲儿画得还不错，但是还需要继续再努力。"他总是让学生明确下一步应该不断地提升和进步，而不能轻易满足。或者说有了一点进步，就觉得差不多了。总之，不能放松对自己的要求。张白波老师对我们的教育，以及他的观念和观点，都对当时的我产生了极大的促进作用，使得我在每天的学习中不断领悟，不断感受，不断进步。他的某些观点至今还在我的教学和创作中发挥着引导作用。

张白波老师从艺术水准和创作高度上严格要求自己，同时对学生从小就注重培养高标准。当时的师资很少，只有张白波老师和于家骧老师两个人。于是老师们帮我们特别聘请了社会上很多知名画家（包括在全国都非常有影响的一些名家和岛城名家）不断地来学校举行讲座和教课，使我们在小小年纪就有幸能见到这么多大画家。这些艺术家在对我们的教育和交流中传播了非常多的很好的绘画经验。他们的人品和艺术对我们有很大的启发，为我的艺术之路打下了非常好的基础，对我的艺术生涯产生了深远的影响。当时的老师们，特别是张白波老师，利用他的个人资源将这些知名画家引进到青岛六中给我们上课。我觉得这是难能可贵的，我们特别感谢张白波老师的良苦用心。在整个学习的过程中，张白波老师为学生精心筹划，这与他的人生境界、热心投入和责任感都是分不开的。张白波老师曾经创作了一系列表现渔船捕捞、丰收的场面和形象。《载月归》《采贝》等作品描绘的是渔家姑娘在渔船上劳动的场面，她们拉网收获，海浪掀起了波涛，海鸥在空中飞舞。这些形象有机贯穿、动静结合，形成了完整而丰富、静美而生动的画面节奏，画面有强烈的韵律感和新颖的形式感。后来我才知道，他为了更好的创作，曾经专门和渔民一起远航去体验海上捕捞。张白波老师还发明了石膏板拓彩版画技术来印制版画。拓彩版画作品《新月》描绘的是一轮弯弯的新月挂在夜空，即将完工的一艘新渔船两头翘起与弯弯的新月形成了相互呼应的画面关系，作品的形式感呼之欲出。张白波老师画面中流露出来的意象表达、装饰意味与他深厚的艺术造诣是分不开的。他画面中非常现代的构图形式，给我留下了非常深刻的印象。后来，张白波老师获得中国版画最高奖——鲁迅版画奖，并且在中国最具学术性和权威性的全国美展上获得银奖，这是非常不容易的事情。张白波老师在吸收西方绘画精髓的同时也运用了中国古代绘画中的一些形式因素，中西方绘画融会贯通在一起，他的作品具有东西合璧的韵味和鲜明的个人风格。张白波老师艺术创作的过程、艺术的思想和艺术表达的形式与美感，也对我们的审美教育有着深刻的影响。

我常常在后来的学习和个人艺术创作实践中，想起我们和青岛六中的领导、老师结下的深厚友谊，包括我们可爱可亲的文化课老师们，让我想起了很多感人的故事，至今历历在目。青岛六中和我的艺术生涯有着密切的关联，我感谢母校的培养，感念母校的恩情，使我能够有这样好的一个艺术发端。从青岛六中开始的美术职业教育，在后来形成了美术专业学校，为国家培养了很多优秀的人才，他们有的在国际上享有盛誉，有的在中国有着很大的影响。作为青岛六中曾经的学生，我们非常骄傲。在此祝愿我们的母校，祝愿我们的老师，也祝愿我们的同学们，事业发达，身体健康，幸福美满。

2022 年 4 月 3 日

王绍波水彩作品《渔歌》，获第十届全国美术作品展览金奖。

王绍波，1963 年出生，1982 年青岛六中美术班首届毕业生。现为青岛大学美术学院院长、教授，中国美术家协会理事、中国美术家协会水彩画艺术委员会委员、山东省美术家协会副主席、山东水彩画会会长，青岛市文学艺术界联合会主席、青岛市美术家协会主席。获得"山东省高等学校美术学重点学科首席专家""山东省有突出贡献中青年专家"称号，享受国务院政府特殊津贴。

回忆六中的学生时代

文 / 王伟业

初中毕业正赶上六中招美术特长生，1980年8月我顺利地通过了专业考试，那时是全市招生，如果没记错的话，当年计划招收二十名学生，主考官张白波先生，也是后来我们的专业老师和班主任。

刚入校，我们被看作是另类，因为我们的文化课成绩不是很突出，与当年在校的文科班相比，近乎是差生，所以教我们的文化课老师也都很不情愿来美术班授课。记得有一次老师讲古文，古人是怎样敲门，就形象地模仿，到门外准备拂袖叩门，结果被第一排靠门的张同学把门闩给插上了，可想而知，老师火冒三丈。当时，估计这个学生要有大麻烦，为他提心吊胆，可没想到的是班主任老师没有大发雷霆，火冒三丈，反而平静地把做人的基本道理娓娓道来，让我们非常感动。

画室常常是我们最喜欢待的地方，特别是画一些长期素描，往往是夜晚睡在画室，记得画室背阴，晚上被冻醒，就用画静物的聚光灯烤一烤，甚至把灯泡烤爆了，饿了就偷吃静物，第二天总是被批评。

上学时，我和另一名同学张玉清的家离校较远，是当时的沧口区（今属李沧区），乘坐公交需要一个多小时，也就成为天天迟到的原因。那时，六中没有围墙，是在一个山窝里，我两人埋伏在草丛中，观察着教导处查迟到考勤老师的踪迹，当发现有迟到同学被查到时，我们就迅速地往南门跑去，但大部分时间还是被发现。因是惯犯，名字都被记住了，所以课间操时间就站在台前，面对全校学生示众，时间长了也不觉得丢人了。

因为我们的专业课是多样化的，那时，疯狂的美术高考还没有侵入我们有序的专业教学中，应试教育还没有袭来。老师常说：艺术创作是多方面的修养集聚在一起，才能产生审美共鸣，要有磨铁成针的功力才能产生艺术的震慑力。在创作课上，张老师常把连环画创作的经典构图，给我们列举，当然了，如今连环画创作也边缘化，但是在我的大学教学中，一直列举贺友直、何多苓等画家的连环画创作为经典。在那时，六中的师资大都是张老师从校外聘请，甚至还有一些非常有名气的艺术大师如马龙青先生、张朋先生等，徐立忠先生给我们讲授中外美术史，讲得简而易懂，学生像是在听故事一样，兴趣很浓。基础绘画也聘请了许多优秀教师，如色彩课就有王庆平老师、赵培忠老师、黄维礼老师、赵祉平老师和一轻技校的于老师（名字已忘记），素描是于家骧老师、王臣祥老师等。图案是尚友松老师和金世马老师等。那时同学们都愿意模仿各位老师的方言和口音，让大家捧腹大笑。

青岛六中首届美术班毕业生王伟业。

课间总是恶作剧不断，人体骨骼是我们吓唬那些文科班同学的主要手段，听到教学楼里女同学被吓得哇哇乱叫，也是一种莫名的享受。但是，想想那时的张老师没少让校领导找去告诫，甚至，有些老师都建议停招美术班，说这帮孩子太难管教了。现在回忆当年顶住压力最大的人莫过于这位张老师了，不知后来的学子们有何感想啊！

毕业前，我们的班主任换了一位非常强壮的老师，他随时可以像拎小鸡似的，把我们这些瘦弱的小皮孩儿拎起来甩到很远。记得他是位政治老师，非常严格，几乎没看他笑过，倒是教育学生很管用。

后来我也是如愿地考上山东师范大学，学自己喜欢的油画专业。记得当年我们班一半学生考入了大学，在那时对于一所高考升学率几乎是青黄不接的学校，已是放卫星了，以至于后来薪火相传，从六中影响到全国，成为著名的美术高考生源基地。

毕业后，我们经常和张老师师生相聚，并称呼我们这个班为黄埔一期。

2022年4月

王伟业油画作品《靠港》。

　　王伟业，1964年6月生于青岛，1982年青岛六中美术班首届毕业生。青岛理工大学艺术与设计学院绘画系副教授，青岛理工大学综合艺术研究所所长，山东省美术家协会油画艺委会委员，九三学社中央书画院成员，九三学社青岛书画院副院长，青岛当代艺术研究院副院长，青岛壁画家协会副主席，青岛综合艺术委员会副主任，青岛市北区美术家协会副主席，青岛市市南区书画名家联谊会常务理事。

青岛六中美术班求学琐记

文 / 许雅柯

1980年,我有幸进入青岛市第六中学首届美术职业班学习,班主任是我国著名版画家张白波先生。白驹过隙,时光已匆匆流过四十多年。时至今日,回忆起在青岛六中求学的两年时间里,仍然会在心中涌动出无尽的遐思。那是一段值得回味的美好时光。

青岛六中首届美术班毕业生许雅柯。

至今还记得,张白波老师难得看到笑容。每天总是紧锁着眉头,快步穿行在校园路上的情形。张老师的衣着总是干净整洁,雪白的小站领显得与众不同。与那个年代所谓艺术家流行的长发披散,不修边幅相比,更显得特立独行。印象最深的还是我们每天做课间操的时候,总能望见张白波老师随着我们一起做操之后会再撑几十下双杠。我们那时候光知道"调皮捣蛋"做操就是应付,很不认真,张白波老师却从不懈怠。说实话,当时我们班还真没有几个人能达到张白波老师的双杠水平。因此在我心目中,张老师总是那么令人敬畏!

张白波老师是青岛六中美术职业班的创建者。他的版画艺术早在20世纪80年代初就已经在国内外艺坛佳作连连,成果斐然。《崂山组画》木刻系列小品,将崂山风情表现得淋漓酣畅。套色木刻《青岛街景》,挥洒得韵味十足。《渔家女》系列组面,充满形式美的解构创新,展现出令人神往的生命之光。

张白波老师在办班之初,似乎在内心就早已确定了办学模式。以教育工作者的严谨和艺术家的直觉,注重对学生增长见识与认知自我的学习过程中进行管理与引导。上午通常是文化课,下午进行专业课学习。张老师总是预先把几组静物或石膏像摆放好,然后大家各自归位进行写生。最后在课程单元结束后进行点评。张老师总是强调"实学"与"虚学"的关系,启发学生们学会独立思考,全方位发展自己。记得那时候,偶有出点画面效果的同学稍微露一点点洋洋自得之态时，张老师的告诫之语即至，如同泼一桶凉水般的令人汗颜。这使得同学们警醒过来，慢慢品悟单纯追求画面表象之害。还记得张老师专门就青年画家罗中立的油画作品《父亲》进行点评，引导学生们深入思考主题、技法和思想表现的统一。张老师说道："罗中立的这幅画，奠定了他在中国美术史上里程碑式的历史地位。罗中立是一位了不起的艺术家，更是一位伟大的思想家。"

　　张老师坚持认为：艺术教育要摆脱单纯的功利思想，注重培养学生们的综合能力和强化见识。回想起来，最令我感动的就是张老师总是不间断地邀请国内艺术名家和青岛众多的艺术家给学生们开小灶。从课堂示范到主题讲座，从不间断。吃"百家饭"式的培养模式，带给学生们的是全面的艺术理念的提升和全方位的艺术观念的滋养。记得求学的两年中，来青岛六中现场示范和讲座及短期任教的国内著名艺术家有：鲁迅美院的许勇老师、北京画院的张立辰老师、解放军的钱志林老师、周永家老师、浙江美院的姜宝林老师。青岛本地高校的艺术家有：徐立忠老师、王进家老师、金世马老师、黄维礼老师、薛益寿老师、王庆平老师、王臣祥老师、赵祉平老师、尚友松老师等。许勇老师在青岛四方文化馆现场写生我们班的一位女生。至今还记得许勇老师总是习惯于将调了墨的毛笔尖在自己的嘴角上理顺好再落笔勾画，完全不在乎嘴巴上的点点墨迹，令人忍俊不禁。张立辰老师在一整张宣纸上示范画竹，一路画下来，激情来了，竟然又接了一整张画过去。我们站了半天都站累了，张立辰老师浑然不知，竟画就了一片竹林，兀自意犹未尽。钱志林老师示范石膏像写生，从削铅笔的方法到线条的排列，都一一示范。王庆平老师示范画水粉静物，一盘葡萄画出质感和丰富的色彩效果，示范调颜色居然能调出"拉丝"的火候，令人啧啧称奇。金世马老师教我们画图案，从他那里，了解到了"点、线、面"的变化关系。金老师还多次带着我们去中山公园写生花卉，示范线描的画法，再回到课堂做写生变化的练习。徐立忠老师给我们讲的西方美术史印象深刻，徐老师有着过目不忘的本领，讲起来滔滔不绝，对古罗马和古希腊的建筑柱头范式尤为熟稔，我不由地暗自感慨！这得花多少时间才能掌握的知识点啊！周永家老师是部队基层战士出身,他的语言特别接地气儿。"渔夫"系列国画人物小品,画面朦胧苍凉,个性十足。有鲜明的形式美感!赵祉平老师的水粉风景画更是色彩惊艳,个性鲜明。于家骧老师除了配合张白波老师做好大量的教学和管理工作,更是结合自己的雕塑专业特长为我们示范头像写生和动物小品创作。王臣祥老师在素描和水粉专业课上,带我们时间最长。他总是温和地鼓励我们每一位同学,耐心细致地启发性的教学方法,使我们颇多受益。

　　首届美术班师生们就这样愉快而充实地度过了两年短暂的高中学习时光就迎来了高考。那时的我们,其实对高考并没有什么清晰的概念。家长也只是希望我们认真学习,掌握一技之长,将就毕业找个能发挥专业特长的好单位足矣。张白波老师却开始认真地为我们全班同学筹划报考的学校和专业方向。坦率讲我的学习成绩在班上并不拔尖,但也跃跃欲试。记得张老师问起我的高考志愿时,我打算报考景德镇陶瓷学院,但是,陶瓷美术专业当时是个冷门,且远在江西省,正拿不定主意。张老师郑重地给我说道:"雅柯,陶瓷艺术是中国的传统艺术中的一枝奇葩。其中蕴含着巨大的发展空间和能量,今天可能是冷门,其未来的发展前景一定很可观。"鼓励我坚决报考,张老师这一句话的

作者收藏的许雅柯 1987 年烧制的挂盘。

许雅柯陶艺作品《春风醉眼红绿乱》

加持，为我后来的专业发展带来莫大的获益。上大学之后，每逢寒暑假，我们所有在外地读书的学生们都会相邀一起去看望张白波老师。记得张老师住在老市南区上海路下坡路段的一幢老房子里。家里的空间非常狭窄，靠墙一张床就占了大半空间。我们进门基本只能挤着站下，张老师总是把每一位同学的情况都问一个遍。

我们全然没有了读高中时的拘束，欣欣然地神聊。也是那年，我们听说张白波老师因独创石膏版拓彩技法荣获全国美展版画技法创新奖。大家都嚷着要欣赏奖杯，张老师从床底下把奖杯摸了出来，一脸的淡定！若在今天，这份殊荣得上热搜且爆炒，名利爆表！其实，在那个年代，以张白波老师版画系列作品的艺术造诣和影响力，早已享誉国内外。张老师却从不自夸，低调做人做事。我们这代人年龄和张白波相差了整整二十岁，师生情谊保持至今。回想那些师生相聚的日子，也曾一起海水浴场沙滩踢球、一起下海游泳、一起把酒言欢。张白波老师全程参与，毫无倦意。记得那一天，张白波老师在海情大酒店画廊举办小型作品个展，把我们能联系到的学生们都邀集一起，晚宴上发表致辞时我们才得知，那天是张老师六十四岁生日。席间，张老师感言良多，我们深深地感受到了恩师的心意。我们为祝福老师身体健康，恩师为我们的个人发展，频频举杯畅饮。

景德镇陶瓷学院本科毕业之后，我被分配到山东淄博美术陶瓷厂担任美术设计工作。张老师还总是写信鼓励我好好珍惜基层工作的锻炼机会，因此在工厂工作的两年里，我积累了大量的习作。这为我进一步深造打下了坚实的基础。两年后，我考回母校攻读硕士研究生，毕业后回到家乡，至今在青岛大学任教整三十一年了。正如当年张白波老师所言，在这个没有艺术陶瓷烧造历史的海滨城市，2001年我创建了青岛高校唯一的陶艺专业，2018年经山东省文物局批准，创办了青岛浮山窑陶瓷艺术博物馆。几十年来，经浮山窑培养的学生遍布海内外，学生们大多分布在教育单位任教或在各地主持陶艺工作室。随着社会的发展，陶艺教育已经在中小学和高校得到了全面的普及。我作为陶艺专业的学术带头人，在专业创作领域也取得了一些成果。

回顾我走过的路，可谓顺畅通达。这一切都不得不追溯到高中时代的求学经历，在青岛六中那两年，美术班的"特区"政策使我们成为幸运儿。我还时常能忆起那泛着松木清香的画架和画板、购置充足的静物和石膏像、张白波老师和于家骧老师潜心教学的身影，至今不能忘怀的是青岛六中文化课教师的音容笑貌。作为高中艺术教育的探索，六中模式无疑是成功的范例。青岛六中的求学经历，我们遇见了最开明的校领导和"德艺双馨"的张白波老师。这是背后得付出多少辛苦的操持和汗水，才能换来的口碑。多年之后，等我做了教师之后，才将这一切深切地体味到！

感恩母校，为我们的成长铺就的从艺之路。感怀时光，我们为青岛六中感到荣耀。感谢恩师，您的严谨、自律、淡定、豁达和乐于分享的品质，是我们做人做事的坐标。

2022 年 4 月

许雅柯，1964 年出生于青岛。1991 年景德镇陶瓷学院硕士研究生毕业。现为青岛大学美术学院教授、硕士生导师，中国美术家协会会员，中国文化艺术发展促进会陶瓷委员会委员，山东省美术家协会陶瓷艺术委员会副主任，青岛市陶艺家协会主席，青岛浮山窑陶瓷艺术博物馆馆长。曾任青岛大学美术学院副院长，中国美术家协会陶瓷艺术委员会委员。

在六中上学的岁月

文 / 郑敦强

当与张老师聊起年少的事，我们的对话就如同一把钥匙，打开了尘封在内心深处的记忆盒子。时间过得真快，犹如沙漏里的沙子，不知不觉慢慢流淌……转眼间竟已经过去了四十多年。回顾往事，许多的记忆已经变得模糊不清，可当年上学的一些景、物以及三三两两的趣事，却从未忘记，深深地留在记忆的深处。

1980年我考入了青岛六中高中，也就是六中美术职业班。从那时起，就基本确定了我一生的职业方向。那时青岛市刚刚兴起高中职业教育，六中美术职业班就是其中之一。六中通过美术考试招收了二十一名来自青岛各校的学生，与现在学校班级规模相比人数很少。这些志趣相投的同学来自市内各区，最远有沧口区（今属李沧区）的，大家操着不同地域的口音，很有意思。

同学中有相当一部分是来自各校初中的美术组，自然已经有些美术生的形象特点和个性。男同学留着当时看起来比较长的发型，低头的时候额头的头发会遮住眼睛，尤其有的还有很长的鬓角。在那个年代，还是讲政治的，头发鬓角过长，被看作是资产阶级低级情趣。所以我们这些美术生的发型，多次被学校检查不合格，但同学们又无视教务处多次批评，屡教不改，终于有一天在课间被"强制执行"。班长张玉清首当其冲，被叫到教导处去整理发型。他回来的时候鬓角已经剃光，失去了往日看惯了的样子，感觉十分别扭，我们哄堂大笑。看到我们幸灾乐祸的样子，他红着脸笑着说："你们等着吧，谁也跑不了。"班长话音刚落，紧接着第二个同学就被叫走了，看样子这回真是谁也逃不掉了。有的同学说与其让教务处老师理发，还不如自己解决呢。也不知道张晓同学从哪里弄到的梳子和理发推子，我们几个就开始"自我了断"。卡着梳子的厚薄，每人理了一个很短的发型，像是光头刚刚长出头发。教务处的老师见我们这样更是不满，说是像劳改刚放出来的样子。可是已经这样了，头发短时间也长不起来，所以直到我们高二毕业，在毕业证上的照片里，我们头发也都还没长起来呢。

我们当中自然有学习好和学习差的，也有听话的和调皮捣蛋的，形形色色。对学生来说，学校的生活主要是学习，现在回想起来在这方面好像当时全无压力，那时"文革"结束没有多长时间，学习方面不像现在的学生抓得那样紧。也可能是美术职业班文化课的课程少的原因，只有语文、英语和政治三门功课，所以比较轻松。初入六中的时候同学们还有所收敛，大家老实规矩，时间稍长渐渐对老师和学校熟悉了，也就原形毕露了。不喜欢上的课就大胆旷课，比如英语课，大部分男生都会

青岛六中首届美术班毕业生郑敦强。

出现在学校上面的观象山小操场上踢足球，其中也有我。所以至今我看到英文也是稀里糊涂的状态。那个年代学校在管理上有些严格了，每天早晨在学校门口有教务处的老师检查，迟到的要被批评和扣分。我早晨赖床，上学总是紧卡点出门，经常迟到，每次都被罚站在门口，不准进教室，弄得灰头土脸，即使这样每天早起还是不易。

　　文化课安排少，为的就是加大美术课的学习量。上美术课可与上文化课不同，因为大家都喜欢画画，美术课同学们极少有旷课的。除了在画室上课，老师经常领着我们去户外写生，中山公园、八大关、太平角，去了多少次已经记不清了。学校所在的观象山上也是写生的好去处，山顶的德建石头楼观象台、望火楼，还有济宁路的阶梯小巷，在山顶可以远眺江苏路的教堂，俯瞰半个青岛的红瓦绿树，都很入画。时而骄阳似火，时而清风吹拂，不同的时节有不同的色调，不同的印象。尤为难忘的一次是张白波老师和赵培忠老师带我们到了崂山北九水写生的几天，师生们自带铺盖，全班男生打着地铺睡在一个房间。这是我第一次去崂山，除了景色美不胜收，这也是我第一次过集体生活，和同学们同吃同住，心情自然兴奋，以至于大家晚上热闹得不想睡觉，我现在回想

起来一切都是那么美好。当然那次崂山写生同学们出了不少好看的作品，回校后在橱窗里办了个小小的汇报展，好像当时青岛市和日本下关是友好城市，又有绘画作品选送到日本做了交流展览。

高中的时候给我们上课的有很多老师，这些我都有印象，细数过来每一位都有故事，而对于学生来说班主任必定是印象最深的一位。我们的班主任张白波老师，也是我们的美术老师，是一位我终生难忘的老师。那时的他已经是一位享誉岛城的画家。

对张老师初始的印象是他穿着白衬衣，将衣服扎在灰色的西裤里面，看上去整洁干练，平时不苟言笑。教学楼里总有他顺着墙边脚步匆匆的身影，遇到学生就是微微点头。在我的印象里张白波老师是儒雅大气的，又不失威严。当时调皮的同学给很多任课老师起了外号，只有张老师没有，顶多是为了镇住场子喊一声"老张来了"，气氛马上就会安静下来。当然这都是背地后里的事，绝不能让张老师听见。现在想想学生们那时是什么样的心态背地里这样称呼张老师，无非是顽皮夹杂着亲切。

其实张老师也有很幽默的时候。有次画室乱嚷嚷的，为了画室秩序，副班长王绍波大喊了一声"老张来了"，没想到话音没落，张老师推门进来说"老张在此"。王绍波涨红着脸吐着舌头一脸尴尬。不过依着张老师的风格从来不在鸡毛蒜皮的小事上纠缠不清，胸怀大度。还有一次是有记者要拍摄张老师的课堂工作照，地点就在我们教室，因为有记者来，班里比平时安静，同学们都拘谨地坐在自己的座位上。为了配合记者拍照，张老师站在讲台上，开始讲课。"同学们，今天我要给你们讲讲版画"，张老师拿起了他的版画作品指着问"什么是版画呢"，他稍有停顿，然后说"版画版也"，同学们都笑了，于是课堂气氛马上就不一样了。

想来我们这个班是特别幸运的，在六中的美术班中张白波老师只给我们班做了班主任。青岛六中美术班就是他倡导建立的。这是青岛乃至山东第一个，甚至全国也是少有的美术班，在当时是个创举。能有一位画家给一班喜欢画画的学生做班主任，这种机遇算是可遇而不可求了。因为他是画家，他懂得艺术，也懂得艺术教育，因此我们的美术学习课程专业安排很丰富。就是这段学习为我们这一班的同学打下了良好的基础，如果将人生比作一块画布，那么张老师就是为我们的画布渲染了漂亮的底色。

得益于张白波老师是著名画家，他整合社会资源，以他在画界的影响力，为我们聘请了很多全国各地的著名画家给我们上课，做讲座和示范。记得给我们上素描课的是纺织工学院的王臣祥老师，上速写课是青岛工艺美术学校的黄维礼老师，上图案课是青岛工艺美术学校的金世马老师还有尚友松老师，讲美术史课是雕塑家徐立忠老师，还有著名军旅画家钱志林给我们上素描石膏像课并做示范。此外还有书法家孙逊三，花鸟画家姜宝林、马龙青，水彩画家宋守宏等。凡是张老师能够请到的艺术家，都会给我们上课或讲座，这一切都是张老师为我们班同学提供和创造的机会。接触画家，提供丰富的营养，带我们观摩各种美术展览，提高审美、开阔眼界，正是因为当年的教育和熏陶，使我们班许多同学至今依然对美术执着热爱，也在美术事业上有了很高的成就。

张老师最常嘱咐我们的就是两个字"严谨"。画画要严谨，学习要严谨，做事要严谨。这也是张老师的处世态度。张老师给我们上创作课，在课上他用自己创作的木刻版画《崂山组画》给我们介绍创作经历和艺术处理，给我们讲解各种刻刀的刀法，木刻版画的语言和形式美感，这是在中学美术知识里面少有的高度和层次。我们对绘画创作的认知也从此开始。印象最深的是他对我们讲，艺术源于生活，学美术的人要热爱生活，热爱生活才能表现生活。那时候我对张老师讲的"热爱生活"还没有深切的感受和理解，而后随着年龄的增长，我也渐渐悟出了这四个字的含义，它有多么意味深长。

1986年我大学毕业。和现在的毕业生一样，我也是到处寻找自己理想的工作，张老师对我说："敦强，如果找不到理想的工作，就到六中来吧，做个中学教师虽然不能富贵，但是你可以有一个饭碗。"于是我就成了一名青岛六中的美术教师，端着教师的饭碗直到现在。

从我上高中到现在已经四十二年过去了，那时的少年如今也已经两鬓斑白。回顾往事，太多的事情，现在想起都是十分美好。时至今日，我和同学们对我们的班主任张白波老师依然是高山仰止，景行行止。

　　回忆至此，最多的仍是感谢。假如当时六中没有张老师或许就没有美术班，青岛六中也不会是一所著名的美术特色学校。假如没有当时的美术班，我及我们班里的同学就不是今天的人生轨迹。在我人生的重要的节点，遇到了张老师和同学们，人生由此变得不同。我感念张白波老师的关心和教导，也感激同学们对我的帮助，两年同窗铸就的深厚友情，这些都是我不可多得宝贵财富。

2022 年 4 月 20 日

郑敦强油画作品《泊》

　　郑敦强，1964 年出生，1986 年山东师范大学艺术系美术专业毕业，1995 年中央美院研究生课程毕业，青岛六中高级教师，1997—2005 年曾任青岛六中教务处副主任分管美术教学工作。

结束语

六十年了，青岛六中两易校址，脱胎换骨，今非昔比。

当我站在新校门前，当年热河路新华中学老校门老院子，观象山教学楼和操场的影像在脑中恍然再现，一个甲子的光阴匆匆而过，竟然这么短暂。再想到，从这里走出的万千美术学子，犹如撒向全国乃至世界的艺术种子，正在远方绽开着灿烂美丽的花朵，这是一幅何等壮美的图画。虽然我个人的艺术介绍中从来只写有一句"曾任教于青岛六中"，但这一句表明我是这幅壮美图画的起草并绘制者之一。我一生创作了许多版画，而这一幅作品我觉得分量最大，大到它无法在任何展厅悬挂，而只能深深地珍藏在我的心里。

当我写完这篇文字，感觉仿佛对一段历史有所交代，对青岛一个时代艺术繁荣节点有所交代。

让我祝福，祝福青岛六中，祝福六中的美术之花盛开不衰。

2022 年 5 月

艺史留痕
——我和青岛版画研究会

青岛版画研究会,虽然随着历史长河它已远去,但它在我心中却是一座永难忘怀的艺术家园。

回望20世纪的青岛版画，绕不开我和青岛版画研究会的一段缘分。

在20世纪80年代全国美术创作和艺术思潮汹涌澎湃的浪潮中，全国的版画创作特别活跃，各地雨后春笋般地涌现出了许多版画创作群体、民间画会，青岛版画研究会也应运而生。当年各地的版画组织背景不同，组织形式和活动方式也各有特点，青岛版画研究会是依托青岛市工人文化宫职工业余美术活动发展起来的，是青岛唯一的非常活跃的版画组织，而且它的前前后后涵盖了青岛半个世纪的版画史。我一直担任该画会的会长，见证了它的生成和活动的全过程。我觉得，我作为过来人，有义务梳理那段历史，特别其中还牵扯到青岛美术活动的多个方面，我的记述或许会填补青岛美术史的一些空白。

要说那段历史，就要先从青岛市工人文化宫20世纪60年代的美术活动说起，要从当年工人文化宫的美术干部、青岛市20世纪饶有影响的油画家姜宝星说起。

一、初识姜老师

　　1959年我开始在青岛九中读高中,我们班上一个同学叫姜宝林,也就是现在国家画院的博士生导师、全国著名的画家姜宝林先生。记得他当时是奔着他哥哥从平度来到青岛上学的,他哥哥叫姜宝星。姜宝星是青岛市工人文化宫的美术干部,油画家。哥哥是画家,看出姜宝林一入学就是立志要学美术的。我当时也喜欢画画,自然就和姜宝林关系特别密切,也就认识他哥哥姜宝星老师了。特别是姜老师工作的单位文化宫就在我们学校对面,抬脚就能到他那里,极为方便,所以拜访姜宝星老师不难。我还清楚地记得,当时姜宝星老师就单身住在上海路休息厅剧场上面的一间小屋里,而在通往二楼剧场第一层台阶正面的墙上,就挂有姜宝星老师临摹的俄罗斯画家库茵芝的一幅油画《白桦林》,十五岁的高中生,第一次看到这么好看的画,印象十分深刻。

　　早在正式认识姜宝星老师之前,我就知道他。我家住在上海路4号,紧挨着第三公园,也就是上海路6号的工人文化宫,经常能看见他。姜宝星老师高于常人的身材,后梳的长发,形象与众不同。特别是他托着调色板,手持画笔站在高高的梯子上画大幅宣传画的样子,风度翩翩,已然在我心里留下了很深的印象。

　　认识姜宝星老师那年,好像他刚结束在中央美院吴作人工作室的进修,带回不少油画习作,十分精彩,让我大开眼界。记得当时姜老师说,进修前,他画的油画是"土油画",不行,本来应当在苏联专家马克西莫夫训练班进修的,没赶上,才进了吴作人工作室。在他小小的住处,我看到他的第一幅油画创作《打到东海边》,他指着解放军握着的红旗说:红旗在天光下,不能画成纯红,应当是这种"灰"。

　　作为一个中学生,我在他那里开始真正接触到了绘画艺术,他是我艺术生涯的第一位老师,漫漫三十五年的良师益友情谊就这样开始了。

在我读高一的时候，曾经有某种机缘被承诺将来可以到一个部队文工团从事舞台美术工作，所以我在整个高中阶段特别注重美术自学，不但自学素描、水彩，还特别注意积累戏剧方面的知识。那时候，青岛工人文化官的阅览室就在校门口对面，对外开放，我就常常课后去那里广泛阅读，当然《戏剧报》月刊等是必看的了。

作者在海边水彩写生。

高中毕业了，我没能实现从事舞台美术的职业梦想，也没能进入艺术院校学习。我的绘画成绩水平是否能被艺术院校录取且不说，单就我的家庭情况来说，经济非常困难，断然是上不起大学的，更何况家庭的政治背景，也是断然通不过"政审"的，所以我根本就没有考美院的念头，完全放弃了高考。绘画艺术，离我太远太远，遥不可及；当画家，更是压根连做梦都没有做过的。我知道，我需要工作，需挣钱帮母亲分担家庭困难，拉扯弟妹，我几乎与艺术无缘。

幸亏，我认识姜宝星老师，似乎画画的缘分还没断尽。

1962年我高中毕业，进民办新华中学做了一名勤杂工。这年夏天，工人文化官正筹办一个宣传工人模范的展览。姜宝星老师想到了我，让我去帮忙，同去的还有也是刚刚高中毕业的王鸿翔和孙聪敏。其实当时我的绘画水平十分有限，也就是在课余自学画过一些素描，画过一些水彩写生，根本不能独立担当版面任务。显然，姜老师是在提携我们，培养锻炼我们。这次帮忙，我认识了也被调来筹展的晏文正老师，这对我后来也有很大帮助，他也是我的恩师。

工作了，绘画兴趣和艺术创作欲望让我开始了漫长的业余自学历程。我选择了版画。

为什么选择版画，是我觉得自学版画比较容易。有了一定的绘画造型基础就可以做版画，特别是黑白木刻。我没有机会去专业学校学习，但可以从发表的版画作品中学习，学习道路比较简捷，成功率比较高，这是其一。其二，学习、刻制木刻的物质成本比较低，不像画国画、油画动辄需花很多钱买材料，省钱，对我来说很重要。其三，也是最重要的一点是，我认为版画便于最直接地进入创作状态。那时候，生活、工作那么窘迫压抑，我唯有在对艺术的向往上还能找到一点精神寄托，因此对艺术创作充满激情，是那么热切地渴望能创作出自己的作品。木刻创作，似乎可以直接进入创作。最好的例子就是40年代延安时期的木刻创作，那么艰苦困难的条件下，能出现那么丰富的艺术作品，无疑对我是极大的诱惑和鼓励。我对木刻创作充满向往和自信。

在没有专业老师指导的情况下，我摸索前行。有一次我拿习作去请教姜宝星老师，他说，他不懂版画，他有一个朋友是搞版画的，可以介绍给我，帮助我。姜老师介绍的朋友叫杨凯园，是部队的一个文化干部。后来杨凯园来给我看过画，成了朋友。

姜宝星老师是工人文化宫的美术干部，有组织开展职工业余美术活动的职责。在他的带领下，当时青岛的职工业余美术创作活动十分活跃。那时候，我虽然不是工人文化宫职工业余绘画组织的成员，但由于有姜宝星老师的提携，一有机会我就会参加他们的活动。再说我家住得离文化宫很近，也很方便。

二、难忘十年

在中国的画坛上，工人业余创作队伍是一股十分重要的力量，是半边天。到了60年代中期，革命文艺伴随着政治运动宣传的需要，职工的业余创作担当起繁荣中国文艺事业的重任，所以当时工人文化宫组织的美术创作就十分活跃，在青岛的美术界独领风骚。

1967年春，在"一月风暴"的带动下，国内各地各单位纷纷成立革命委员会。为了表现对1月22日青岛市成立青岛市革命委员会的支持，市总工会下属的工人文化宫组织了一个创作班子，用美术作品来配合当前的"革命形势"。我被青岛市总工会抽调到这个创作班子，任务是创作一套版画组画，定名为《122战歌》，由姜宝星老师组织统筹。当年提倡艺术创作"三结合"，盛行集体创作，这套组画就由我们调上来的几个作者来分工合作。那时我已有五年的木刻自学和创作的经历，完成作品没有困难。记得我的任务是刻组画的第一幅，黑白木刻《破四旧》。多年潜心自学的功夫没有白费，我不仅对木刻的刀法、木味已有所体会，对当时的主流创作模式，也很能吃得

组画《122战歌之一·破四旧》。作于1967年。

透。这次创作，我认识了科班出身的业余作者崔肇福，也是第一次看到别人是怎么刻、怎么印木刻版画的。

在那个年代，文艺奉行"二为"方向，虽然禁锢了艺术创作的自由，但也把所谓"革命文艺"提高到了一个特殊位置，也给了文艺作者一些机会。这期间，中共青岛市委宣传部很看重由姜宝星负责的工人文化宫美术创作这一块阵地，于是工人文化宫成为全市美术创作的中心。

记得70年代初有一次较大规模的集中创作活动。市里三大文化单位——市委属下的市文联、市文化局属下的市群众文化馆、市总工会属下的工人文化宫联合，成立一个创作集训班，由市委宣传部部长周英任组长，文联的刘文泉、文化馆的张矢以及文化宫的姜宝星为副组长，组织了一个大型业余美术创作班子，地点就在工人文化宫。

开始，先从全市各基层单位选调了一批有一定绘画基础的业余作者大约五十多人（那个年代，除了上述几个部门有几个美术干部外，几乎没有专业美术创作人员），集中办班先进行基本功培训。经过一个阶段的绘画基本功训练、考察后，学员分成两个组，选拔出了一些专业素质较高的有一定创作能力的作者留下，组成了一个创作班子，另一些人则转到青岛市南文化馆继续培训。当时我被留在工人文化宫的创作组里，姜宝星老师和我们大家都集中在上海路6

号文化宫的小剧场里搞作品。一帮年轻人大都不到三十岁,记得有杨克山、于普杰、汪稼华、宋守宏、沈嘉荣、窦世魁、项维仁、李忠民、申忠村、丛林、于志远、徐传邦、郭建亭、艾明文、张昆先等。

那个年代的创作模式是"三结合",兴"集体创作",讲究"主题先行"。开始先由作者根据自己的想法提出创作意图,画出草图,然后征求大家的意见进行修改,这个过程叫"草图观摩"。如果某位作者的创作意图尚好,而独立完成作品有困难,就组织别人来帮助,名曰"集体创作"。另外,还有一些根据革命形势需要,选定的所谓"重大题材"的创作任务,则根据作者的所长和能力,把任务分配下来,或个人创作,或集体创作。当时姜宝星在这个创作队伍里,几乎是创作资历最老,油画水平最高,艺术修养最成熟的作者,无论从组织角度来讲,还是业务角度来说,他都是这个创作班子的核心人物。在他的带动下,我们创作集体的学术气氛既真诚又轻松。特别是那个时代,大家的艺术创作,没有名的竞争,也没有利的诱惑,大家能聚在一起做自己愿意做的事,真是很高兴。

记得那一次分给我的创作题材是表现市里先进单位——青岛大港码头。确定作品主题很简单,在当时那种革命气氛下,有八个革命样板戏摆在那里,绘画作品塑造工人阶级光辉形象,当然是调门越高越好,我知道应当怎么做。按照当时的创作模式,一旦领到任务,我就立即去海港码头体验生活,其实所谓体验生活无非就是从文字材料中了解情况,然后根据想象来确定主题。

《海港赞歌之三·填海》。
作于1971年。

当时我既没有看到任何修建码头的场面,没有建设工程的资料,也无从采访结识当事的英雄模范人物,完全凭着想象形成画面构思。在港口转了三天,画了一些卸货塔吊等场景速写后,我确定要创作一套组画,六幅,来全面展现波澜壮阔的工人阶级新形象。

那是 1971 年夏天,我们都在上海路 6 号工人文化宫的小礼堂里搞创作,大家赤膊上阵,不舍昼夜地干。我的那套名为《海港赞歌》的六幅组画是套色木刻,每幅五、六套色,从体验生活、构思,到刻版、拓印,竟然只用了一个多月的时间就完成了,差不多相当于五天完成一幅创作,而且每幅都有人物,其中四幅是大场面的。当时年轻,对创作怀有极大的热情,那种干劲,那种效率,现在我自己回想起来,都觉得有点不可思议。那年有一次山东省美展,省里传来指示,青岛入选的两件作品让作者再进一步加工,准备送北京,其中就有这套组画。忘了后来什么原因不了了之了。这套组画自始至终都是由我一个人独立完成,可那时兴集体创作,姜宝星老师说要通盘考虑,于是就把创作组另外五位成员也加成作者署名,算是集体创作。那年代画画无名无利,谁也不在意这些。这套组画后来在位于市中山路和胶州路拐角处的新华书店的临街橱窗里陈列了好长时间。

1970—1971 年那个美术创作班子创作的许多作品后来都收集在 1972 年印制的画册《纪念毛主席"在延安文艺座谈会上的讲话"发表三十周年——青岛市美术作品展览汇集》里。

1971 年那次创作任务完成后,是年秋天,青岛工人文化宫组织大家进行了一次齐鲁艺术考察行。记得由姜宝星和驻工人文化宫的军代表蒋某带队,成员有夏威、汪稼华、张元初、张昆先、丛林、周培森和我等十几个人。我们先

1972 年出版的画册《纪念毛主席"在延安文艺座谈会上的讲话"发表三十周年——青岛市美术作品展览汇集》。

1971 年随工人文化宫美术创作组考察枣庄煤矿,作者从矿井上来时留影。

1971年,齐鲁艺术考察行期间摄于泰山。
左一夏威、左二姜宝星、左三汪稼华、左五周培森、左六张白波右五艾明文、右四张元初、右三丛林、右二张昆先、右一蒋代表。

经临沂参观了烈士陵园,后入住曲阜孔府,浏览孔庙、孔林,看到了被红卫兵损毁的孔庙的残迹。然后再去枣庄,大家下煤井体验矿工生活,众人匍匐在仅四十厘米高的煤层巷道里艰难爬行了数百米,有腹部大者竟然不能通过而退出。后来又登泰山夜宿玉皇顶,早晨观日出俯瞰齐鲁大地,一路上兴致勃勃,风尘仆仆。当到达济南夜宿时,有画家的战友从部队传来小道消息说"中央出大事了"——"九一三事件"。于是,领导出于政治敏感,觉得不便再在外面考察了,就中途打住,匆匆折返回青了。

　　运动后期,姜宝星凭借文化宫这块阵地,每年都会调一些人集中到这里搞美术创作活动,几乎每次我都参加了。那时候都是文化宫派人持上级部门的介绍信到学校来借调,学校不能不支持。大约1974年黄岛搞开发,要建油库,工人文化宫就又组织了一批业余作者到那里采风,收集创作素材。回来后有的作

1974年工人文化宫举办创作班，请山东年画家白逸如担任辅导老师时合影。
前排左起依次为：李秀勤、陈素芹、宋德云、白逸如、迟先薇、某某、王红岩、王宗琳。
中排左起依次为：郭法聪、张白波、郭建亭、王东科、项维仁。
后排左起依次为：仇德杰、杨克山、艾明文、高小岩、丁鸿、姜宝星、钱荣卿、牟敦春。

者回到原单位了，有的作者就留在文化宫创作。这期间我除了和夏威合作了一幅版画外，自己创作了《移山填海》《勇锁蛟龙》等工业题材的套色木刻作品。这一年工人文化宫还办了一个以创作年画为主的创作班，请了山东省著名的年画画家白逸如老师来青岛辅导业余作者创作，也取得了很好的成绩。

那些年在文化宫搞创作是很愉快的事，有许多难忘的故事。文化宫离我家很近，只一墙之隔。每每白天忙完了，傍晚会派我们当中年龄最小的作者王东科出去买回一包蛤蜊或海鲜，打上半桶散啤，我则翻墙回家切了姜末，拿上一把筷子，再翻墙回来，大家畅饮。往往是我们当中年长的丁鸿老大哥主持张罗着领酒，大家摇晃着快乐一番。姜宝星酒量不行，好在他家住在离文化宫不远的济阳路，只二三百米的路程，喝多了也无妨。

这期间，工人文化宫也常组织深入工厂基层单位辅导职工的业余创作。可

1974年纺织系统创作学习班合影。
前第二排左一姜宝星、左二张白波、左三李云德、左四窦世魁、左五项维仁。
前第一排右一李秀勤、右三陈素芹、右四宋德云、右五周世亮。
后排右三徐培范、左二王名实、左六纪晓峰。

能是 1974 年吧，姜宝星带着窦世魁、项维仁、李云德、陈铭和我几个市里的创作骨干去青岛国棉二厂办班，把周边几个棉纺织厂的业余作者集中起来，辅导他们创作。一段时间下来，学员们都取得了不错的成绩。那时的学员后来有不少都成了专业画家。像李秀勤，后来成为中国美院教授、著名女雕塑家；王名实成为《青岛日报》美术编辑、著名中国画家；梁修熙成为水彩画家、摄影家，任青岛摄影家协会副主席；徐培范改行成为作家，任《青岛文学》期刊编辑；张思海成为机关美术干部；周世亮也是十分活跃卓有成绩的女画家；等等。那个年代，除文化部门配有美术干部，学校里有美术老师外，社会上几乎没有专业画家，也没有专业美术创作团体，所以很多青岛的美术爱好者和业余美术作者大都参加过青岛工人文化宫的美术活动，现在说，青岛工人文化宫曾经是后来许多画家成长的发祥地，并不为过。

1976 年，运动即将结束那年，我与姜宝星有一段合作版画的经历。

这个时期，国内依然有些各种主题的运动。为了配合运动，姜宝星创作了一幅油画《砥柱》。这是紧跟形势的作品，得到了相关方面的重视，曾经发表在《萌芽》杂志的封面。是年，文化部要组织一个全国版画展，省里主管部门就抽调组织了全省各地的重点作者集中到省会济南进行突击创作。省里看到姜宝星这幅油画作品题材很好,遂决定由我将它"移植"为版画,作为省里的重点作品推出。

为此我和姜宝星都到了济南。省里抽调的作者都住在山东省工业展览馆展厅集中创作,由于姜宝星是工会系统的人,我和他就住在省总工会进行创作。同在一起的还有现在著名的旅美画家言师中、张宏宾。

这次创作活动有四件事让我印象深刻。一是时逢盛夏,记得那年济南特别热,酷热难当。二是7月初,传来朱德去世的消息。三是,有一天姜宝星正在画画,没坐稳,身子一歪,扑倒在旁边门上把门玻璃撞碎了,玻璃正好切在手腕的动脉上,立刻血流如注。这可把在场的我和杨绍路(枣庄来的一位油画家)吓坏了,立刻手忙脚乱地给他包扎,并找人送医院。此时,一番紧张中,杨绍路竟晕倒了,只好由我陪着姜宝星去医院。到了山东省立医院,我在急诊室门口看着大夫在处理他的伤口时,一个护士过来问我:"你怎么了,不舒服吗?"原来她看见我面色苍白,不正常。这时我也觉得犯晕,让人扶着躺在了病床上。咳,没想到,伤的是姜宝星,可他自始至终没事,我们两个旁观者倒纷纷挺不住了。看来到底姜宝星是上过战场、流过血的人,和我们不一样啊!此事传为笑谈,我也知道了,我这叫"晕血"。

版画《移山填海》。作于1974年。

1976年姜宝星、张白波合作的版画《砥柱》。

第四件事是我帮刘玉璞刻版画。

刘玉璞是济南铁路局青岛分局俱乐部的美术干部，由铁路系统选调到济南参加这次的版画创作班，也在山东工业展览馆与那些调上来的作者一起搞创作。刘玉璞是我的好朋友，有一天来省总工会找到我，说他的木刻作品稿子已完成，就是不敢"动刀"，即心中没数，不敢在木板上刻制，想请我去帮他刻第一刀。我当然同意帮忙，就随他到了工展馆。

刘玉璞创作的是一幅革命政治题材的黑白木刻作品，好像是一个游行示威的场面，画面中央火车头上站着一排人，后面的人高挑着标语横幅，彰显着主题。他复制在木板上的稿子画得很完备，该刻掉的和留黑的部分标识得很清楚，想让我帮他刻最当中的一号人物。我看了画面后说不行，我不能照他的画稿刻，因为没有"刀味"。怎么办？又不能不帮他，我就让他按画面人物的造型着装，摆出人物的动作，我要以他为模特，直接在木板上刻制。开始刻了，这时已有多位在场的外地作者围观。因为从全省调来的重点作者许多都是画油画、国画、年画等的，大多是第一次创作版画，都是和刘玉璞一个模式在这里画稿子、刻稿子。当他们看到我可以这样直接在板子上动刀随意完成创作，十分惊奇。第一个人物刻完了，刘玉璞更不敢刻了，央求我刻第二个人物，依然是他做动作，我边看边刻，并随意概括地脱稿处理了人物的黑白关系。然后是第三个、第四个，大约把五六个主要人物都刻了吧。刻到最后是全体作者围观、鼓掌。这场意外"表演"虽然为我赢得了一些声誉，但这种"出风头"也令在那里负责创作班的山东省美术馆的副馆长秦某某十分不爽，以致后来衍生出了一些故事。刘玉璞的这幅版画作品由于紧跟当时形势，曾发表在《人民日报》上，只是题目记不得了。

这期间，除了和姜宝星合作这件作品，我自己还创作了一幅套色木刻《风雨无阻》。不久，到了9月，毛泽东主席去世了，国内政治形势发生了很大变化，上面哪里还顾得上什么版画展。再说，那时创作的作品也大都不合时宜了，后来这些版画也就在省里内部展览一下就是了。

三、新时期的美术气象

十年"文革"运动结束,迎来了政治最宽松的一个时期,于是文艺创作气氛空前活跃。这个时期的美术创作,在很大程度上已摆脱了"为政治服务"的约束,作者可以想画什么就画什么,想怎么画就怎么画。在这种气氛下,青岛工人文化宫聚集人气,又成了很有影响力的美术活动中心。

大约是1976年秋,姜宝星的工作要有所变动,这就需要在他原来的位置上补充一名得力的美术干部,来具体组织开展全市职工的美术活动。姜宝星首先想到了我。当时我还是青岛六中的普通教师(六中前身是民办新华中学),他找我商量,我当然同意了。那时候"文革"刚结束,为了教师队伍的稳定,教育系统很难放人,但姜宝星通过很大努力还是把各个方面的工作都做通了,只是最后到市人事局办理调动手续时,忽然发现我的身份依然是"大集体"而告吹。过来人都知道,那个年代人的工作身份有很多等级,如分别有"干部""工人""临时工""大集体""小集体""农民"等,体制壁垒甚严。"工人"身份若去文化宫工作也只能是"以工代干",我这个民办"大集体"身份的人要跨体制去国家机关工作,自然很难了。姜宝星为此事甚感遗憾。我没调成,又想调粮食局的丁鸿,也没调成,随后青岛国棉八厂的工会干部刘德维被调到了工人文化宫美术科担当了那份工作。

这个时期青岛工人文化宫的美术活动更活跃了,除了热火朝天地开展本市的美术活动外,姜宝星经常利用自己的人脉资源,以及利用多种关系渠道,邀请外地画家,特别是著名画家学者来青岛办展览和讲学。我能想起来的有:

请著名版画家、中央美院教授彦涵来青岛举办展览并作学术报告;

举办了"著名画家王式廓遗作展览";

请著名画家、中央民族学院教授刘秉江、周菱办展并讲学;

请著名画家许勇举办画展并讲座;

请著名工艺美术家、中央工艺美院教授祝大年、袁运甫来青办展、讲学并组织青岛作者一起到崂山写生；

请著名美学家王朝闻举办讲座；

请中央美院教授文金杨教授举办画展和"色彩学"讲座；

请著名版画家、中央美院教授工琦举办讲座；

请中央美院教授、著名画家王征骅举办画展并讲学；

请著名油画家、中央美院教授吴小昌来作学术报告；

请著名画家张立辰、姜宝林办展并讲座；

请著名画家妥木斯举办画展；

请著名画家张文新举办画展和"油画写生"讲座；

举办著名版画家李平凡带来的日本版画展并举办讲学。

还有很多，记不起来了。举办这些活动，大大开拓了青岛美术作者的视野，提升了青岛美术界的整体水平和素质。这在资讯交流尚不发达的那个年代，是很有意义的。值得提出的是，对于姜宝星本人来说，开展这些活动并非他工作范围内必须要做的事情，他不做，无可厚非，但是他出于对青岛美术事业的一片热心，乐此不疲地做了，这就显示出他的一种对事业的担当精神和情怀，令人敬佩。开展这些活动对我来说还有一个意外的收获。那时候我正在青岛六中办美术职业班，为了增长学生见识，就顺便把一些画家请到六中为学生举办讲座或做绘画现场演示。这对于当时的中学生来讲，直接看到全国一流大画家的艺术表演，是多么难得的机会，这也算是我办

1979年，在青岛市工人文化宫举办"著名画家王式廓遗作展览"时，姜宝星与画家家属等合影。

学有心吧!

那段时间,工人文化宫的美术活动不仅把专家请进来,还把青岛的美术作品介绍出去。1980年,姜宝星策划了一次青岛工人文化宫和重庆市工人文化宫的大型交流活动,推出了"重庆·青岛美术作品交流展"。

因为这是代表青岛市美术创作水平的展览,文化宫特别重视,经过精心准备,选出了两百零五件能代表青岛最高水平的美术作品赴渝参展。是年秋,由文化宫的仇德杰带队,加上徐立忠、牛锡珠、魏新民和我,一行五人组成了先遣组,提前到重庆打点布展。一路上,我们在洛阳游览了龙门石窟、白马寺、关林,到西安考察了秦兵马俑、碑林、乾陵,饱览了西部的文化古迹后来到山城重庆。展厅就在重庆

1980年举办日本现代著名版画家作品展时,相关人员合影。
前排左二油画家张文新、左三版画家李平凡、左四傅主任、右一张白波。
后排左一徐立忠、左二仇德杰、左三姜宝星、左四戴保华。

1981年,著名老版画家王琦先生在文化宫举办讲座。
前排左一王琦先生,听众有张白波、宋守宏、贾从源、丁涛等。

工人文化宫,我们做了先期宣传后,发现展馆前厅很空,就临时决定在左右两面空白墙上画两幅壁画,由我和徐立忠各画一幅。记得我画的是海港码头的场景,因为我创作过海港的组画,熟悉那些轮船、塔吊等,画起来驾轻就熟。后

来我们又在四川登峨眉山、青城山，看杜甫草堂、乐山大佛等，颇为尽兴。

再说我们一行五人做完画展的先期布展，随后姜宝星带着青岛画家代表团的大队人马来了。记得有文化局局长肖义贤、文化宫主任老傅等领导，有画家马龙青、宋新涛、张元初、刘玉璞、陈国贵等，参加了画展开幕式、座谈，随后，又去游览了大足石刻，参观了当年八路军驻重庆办事处红岩村，小说《红岩》中提到的"白公馆"等。这次活动印象很深的一件事是，我们五人去四川美术学院参观，在罗中立的画室看到了他刚刚完成的油画新作《父亲》。以往只看到过伟大领袖的大幅头像，而眼前突然出现一位不知名的老农的大幅写实头像，顿感震撼。当时我们就预言，这幅作品肯定会火。

1980年赴重庆画展先遣组途经西安大雁塔留影。
左起依次为：魏新民、张白波、徐立忠、牛锡珠、仇德杰。

1980年赴重庆举办展览时，参观"红岩村"革命旧址合影。
前排左一刘玉璞、左二姜宝星、左四魏新民、左五马龙青、左七傅主任、左八宋新涛、左十肖义贤、左十一牛锡珠。
后排左一徐立忠、左二张元初、左三张白波。

四、青岛版画研究会

随着十年"文革"运动结束，中国文化艺术新的春天到来，艺术家压抑多年的创作激情得以迸发，国内的版画也迎来了新的创作高潮。青岛的版画紧跟时代潮流，画家的艺术个性获得解放，创作热情高涨，与全国版画的发展情势同步，开创了青岛版画的空前繁荣的创作新时代，这个新时代的标志，就是在青岛工人文化宫成立了"青岛版画研究会"。

70年代末，全国的版画创作特别活跃，各地雨后春笋般地涌现出了许多版画创作群体、画会。我是文化宫美术组的老版画作者了，也就不失时机地和姜宝星商量，在1979年成立了青岛工人文化宫第一个群众美术创作组织"青岛职工版画研究社"，我任社长。后来在工人文化宫美术组的组织下，吸纳了全市各界的美术人才，又相继组成了"青岛彩画研究会""青岛中国画研究会""青岛漫画研究会"等，原先的"版画研究社"也就更名为"青岛版画研究会"了。当年青岛还没有成立美术家协会（青岛市美术家协会成立于1988年12月），实际上青岛工人文化宫的这些美术活动很大程度上承担着美协的社会功能，成为青岛美术活动的中心。

青岛版画研究会当年是青岛唯一的版画社团，几乎吸纳和团结了青岛以及所属周边县市的版画家、业余版画作者参加活动，先后加入研究会的版画作者有肖继民、刘祥成、魏新民、李万杰、陈国贵、龚静如、林安康、丁鸿、夏威、何磊、杨波、卢锡福、计凤鸣、徐修伍、邵守宏、蒋靖国、丁涛、张维欣、徐煌、梁晓、史新民、张金胜、洪涛、邵宜等。研究会为了调动大家的积极性，让创作活动更丰富多彩，当时我建议采取了一种与其他画会不同的组织方式，即研究会会长固定由我担任，副会长兼秘书长一直由肖继民担任，秘书长肩负着大量的事务性工作，而常务副会长则每年由研究会成员轮流担任，研究会每年的活动由时任的常务副会长制订计划并主持。这样一来，曾有多位画家主持过研究会的工作，活动开展得丰富且多有创意。

版画研究会的每位成员对版画创作都怀有很高的热情，活动开展得红红火火。活动内容除了经常进行成员之间版画创作的切磋交流，曾经组织过人像木刻写生练习；多次组织户外参观写生，如到北海船厂等；曾到潍坊考察民间木板年画；曾组织过撰写论文相互交流，如龚铮如专门编撰过木刻技法讲义。在这期间我也做过多次学术讲座。为了展示作品和扩大社会影响，还创办了自己的刊物《海砺石》（刊出过两期），作品在多种专业刊物发表并举办多次展览。

由于过去我参加省里的创作和展览活动较多，作品几乎参加过省、市以及全国的所有相关展览，这就与当时外省以及全国的知名版画家有了各种联系，于是借助版画研究会这个阵地开展了一些与外地版画家的交流活动。当时许多活动的策划我和姜宝星都是"英雄所见略同"，一拍即合。

我记忆中的主要活动有：

1980年举办日本现代版画家作品展，著名版画家李平凡先生来青岛版画研究会举办讲座；

1981年青岛版画研究会举办了"青岛版画研究会第一届画展"，邀请著名版画家王琦先生举办讲座；

20世纪80年代，青岛版画研究会开展活动时留影。
左一仇德杰、左二丁鸿、左三张维欣、左四龚静如、左五魏新民、左六张白波、右二李万杰、右一刘祥成。

1981年4月我们凭借着与外地交流收集的作品，举办了"十三省市版画交流展"；

1981年8月为纪念鲁迅诞生100周年和中国新兴版画50周年，举办了"青岛之夏——50人版画展"，应邀参展的著名版画家有——宋源文、徐冰、徐匡、阿鸽、梁栋、谭权书、周建夫、修军、莫测、戈沙、王炜、王仲、董克俊、聂昌硕、杨明义、孙煌、肖映川等。展出了版画家的140余幅作品，还请画家老前辈李桦、彦涵、王琦题词并撰写前言，邀请了许多全国一流的版画家来青岛参加活动，记得有著名版画家徐匡、戈沙、王炜、王仲、董克俊、谭权书等，盛况空前。该展览于1981年12月、1982年3月曾赴常州市、南京市巡展，这在全国的版画界有相当的影响。青岛版画研究会在当时无愧是国内最活跃的版画组织之一。

"十三省市版画交流展"在文化宫展厅举办。

1982年举办彦涵版画展，并请著名版画家彦涵先生做学术报告；

1984年10月在青岛北海舰队军人俱乐部举办"青岛版画研究会第二届画展"，展出了20位作者的106件作品；

1985年8月青岛版画研究会与济南市美协、济南市版画研究会联合举办了"济南·青岛版画联展"，我市24位作者的100幅作品参展；

1985年9月《版画世界》第11期专栏刊登青岛版画研究会的画家作品。作者有计凤鸣、张白波、林安康、陈国贵、肖继民、杨波、刘祥成等；

1987年青岛版画研究会与汉沽版画艺术协会联合举办了"天津·青岛版画展"，著名版画家王琦先生撰写前言，我市25位作者的83幅作品参展；

1987年由人民美术出版社、青岛版画研究会、青岛市群众艺术馆、北海舰队俱乐部联合举办的"日本竹芳洞著名版画家作品展览会"在青岛工人文化宫举办；

1990年12月青岛版画研究会在青岛工人文化宫展厅承办了"全国第10

青岛版画研究会出刊的《海蛎石》。

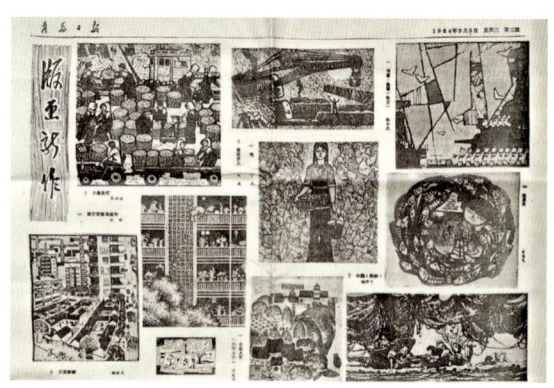

1984年9月5日,《青岛日报》专栏刊登青岛版画研究会作品。

届版画作品展览"的巡展。

十年运动结束后,随着全国整个大政治环境的转变,艺术家压抑多年的创作激情得以释放。版画家们不仅在作品的创作内容上摆脱了种种束缚,面向生活,作品题材丰富多彩,而且在艺术形式、艺术语言上也不再满足于陈旧的模式,纷纷在自由奔放的创作浪潮中去尝试新材料、新技法、新风格。这时期,青岛的版画家们受到时代气氛的鼓舞,不甘落后,也以饱满的热情投入版画创新的洪流当中,像肖继民、计凤鸣、徐修伍、陈国贵、史新民等都在版画技法上有所创新,我所开创的拓彩版画新形式新技法也在美术界被认可。

这期间,青岛版画研究会的创作成绩可谓硕果累累,许多画家的作品不仅参加了本地的画展,而且有多人多次参加省展和全国的画展,像肖继民、刘祥成、计凤鸣、陈国贵、龚铮如、林安康、徐修伍、丁鸿、刘玉璞、杨波、魏新民、卢锡福、李万杰、何磊和我等都参加过全国级的画展和省级的画展,而且有的获奖。

这段时间姜宝星虽然升职,但依然领导着工人文化宫的美术活动。他敬畏艺术,热爱创作,善于组织活动,乐于提携人才,版画研究会的活动开展得红红火火和他的关爱支持分不开。拿我来说,他就多次在报刊上写文章宣扬我的艺术成绩,如《青岛日报》《大众日报》《工人日报》《新华文摘》都发表过

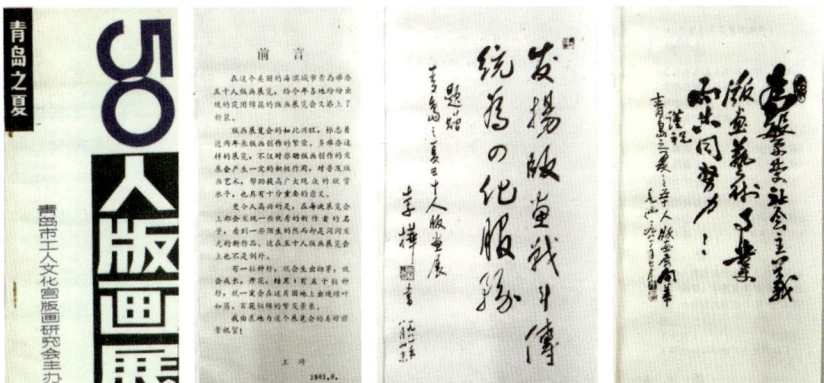

青岛版画研究会举办"青岛之夏——50人版画展"册子，版画老前辈王琦撰写前言，李桦、彦涵题词。

"青岛之夏——50人版画展"期间，姜宝星与部分画家合影。
左起依次为：李万杰、张白波、刘祥成、林安康、龚铮如、王仲、戈沙、姜宝星、王炜、魏新民、仇德杰、肖继民、杨波。
王仲——版画家、后任《美术》杂志主编；王炜——版画家，现任中国版画院院长；
戈沙——著名版画家；其余为青岛版画研究会成员。

1980年,青岛版画研究会举办画展时与著名版画家徐匡合影。
前排左一魏新民、左二徐匡、左三龚静如、左四陈锡岩。
中排左一张白波、左二张维欣、左三李万杰、左四丁鸿。
后排左一林安康、左二徐煌、左三牟敦春、左四刘祥成、左五刘玉璞。

他写的关于我的介绍文章。特别是1984年我获首届"版画技法奖杯",虽已在北京授奖,但姜宝星认为我作为会长还应当扩大"青岛版画研究会"的影响,就在文化宫举办了一次隆重的颁奖仪式,请市领导参加,由市委宣传部部长董海山同志颁奖。在姜宝星主持文化宫美术活动的几十年里,他搭建的人梯,方方面面扶持的青年画家,何止我一个人。姜宝星在推举别人时,没有私人利益,动机单纯,不求回报,令人感念。

青岛版画研究会在那个年代,随着全国的"85思潮"同步发展,可以说那十年是青岛版画的黄金时期。到了80年代末,众所周知的原因,随着全国艺术思潮的转型,全国版画群体集体退场,青岛版画研究会也趋于式微,很少有活动了。

青岛版画研究会是工人文化宫阵地上盛开的花朵,虽然随着季节它凋谢了,但它结出的果实却意义深远。由于青岛版画在界内的影响以及我一直活跃在全国版画界的上层,与全国各地的许多版画家多有联系,所以青岛的版画一直未与外界脱节。

五、青岛版画的国际视野

从1980年李平凡先生带着日本版画来青岛举办展览开始,青岛版画就打开了与国际交流的大门。

李平凡先生是中国老一代著名版画家,早年留学日本学习版画。他不仅版画作品优秀,曾荣获国际重要奖项,而且热衷于国际版画交流活动,特别是在中国和日本的版画艺术交流方面做出了重大贡献。在李先生的介绍下,我的版画作品就曾多次在日本展出。如参加1980年"日本第48回版画展"(特别展示)、"庆祝日中友好协会成立30周年版画展"、日本"第4回现代中国版画家作品展"、日本"中国木刻版画大展览"、日本"中国创作木刻50周年纪念——现代中国版画家作品展"、"鲁迅诞生100周年——第3回现代中国版画家作品展"、日本"现代中国版画展"、日本"日中国交正常化10周年——现代中国木版画展"、日本"中华人民共和国成立35周年纪念——现代中国版画展"、日本"日中和平条约缔结10周年纪念——中国现代版画展1931—1987"、日本"纪念中国新兴版画60周年——中国当代版画新作展"(5市巡展)等。1989年11月,我应日本"中国版画之会"会长小野田耕三郎的邀请第一次赴日本举办了个人版画展,与日本版画家座谈交流,并获得了一些日本的版画奖项。

1990年,我应美国"亚洲艺术合作委员会"邀请,赴美国举办"首届现代亚洲艺术家系列展——张白波展"(科罗拉多州丹佛市),并讲学。同期于美国新墨西哥州大学美术馆

1989年在日本举办版画展时留影。

举办"张白波艺术展"并举办了讲座（新墨西哥州阿尔布开基市）。

1999年春，时任中国美术家协会版画艺术委员会主任、中国版画家协会常务副主席、中央美术学院版画系主任的著名版画家宋源文教授打电话给我，询问可否由青岛来承办中国美术家协会、中国版画家协会主办的"中国优秀版画家作品展"及"鲁迅版画奖"颁奖活动。这不是一件小事，我答应和相关方面联系试试看。随后我就约青岛画院版画家杨越和时任青岛美术家协会副主席兼秘书长的徐修伍商量，然后一起去见时任中共青岛市委宣传部副部长、青岛市文化局局长的王永章同志，汇报并协商该项活动。结果不仅当场获得了王永章局长的大力支持，还商定要以此次活动为契机，通过举办国家级的大型展览，锻炼队伍，提高组织能力，积累经验，以期在青岛筹办中国的首届"国际版画双年展"。

有了市领导的支持，我们立即在青岛市文化局的领导下，组成了展览的筹备班子。筹备班子由时任青岛市文化博览中心主任魏书训负责，成员有我和徐修伍、杨越、陈国贵等。

青岛方面准备就绪，"中国优秀版画家作品展"于1999年在青岛市美术馆开幕（那时青岛市美术馆尚与青岛市博物馆一起坐落在高科园）。参展画家为1941年后出生，在20世纪80—90年代版画创作成绩突出的一批版画家，应邀前来参加活动的共有261位画家，全体都住在高科园海口路上的青岛气象度假村。还有数位在世的第一代版画元老到场，会务组为他们作了特别安排。展览举办期间，这么多全国最优秀的版画家齐聚青岛，举办展览并颁发"鲁迅版画奖"，实属规模空前，被誉为20世纪中国版画家最后一次盛会，为20世纪中国版画画了一个圆满的句号。这次参展作品全部由青岛市美术馆收藏，成为该馆的镇馆藏品。同时，这次活动的成功举办也为青岛举办下一个国际版画展树立了信心。

为筹办"2000年青岛国际版画双年展"，2000年3月开始，组成了以时任青岛市副市长马伦业、中国美术家协会版画艺委会主任、中国版画家协会常务副主席宋源文、中国文化部展览交流中心主任张宇为主任的组委会。在青岛的筹备工作人员则是在王永章局长的直接领导下，由其下属的文物局局长魏书训组织他的部属加上徐修伍、杨越、郝麒和我一起组成一个班子，在大学路上的老博物馆办公（即现在的青岛市美术馆），具体筹办展览。

由于这是我国有史以来第一次举办国际版画双年展，没有经验也没有相关的资料积累，工作难度很大。后来主要是靠中央美院提供的一些国际版画家资讯，再经过组委会全体人员8个月的努力工作，向世界50多个国家的版画家寄发了作品征集函。收件截止时，我们收到了来自43个国家和地区的400余位版画家的近800件作品，其中包括100多位中国版画家的作品100多幅。

组委会邀请国内宋源文、谭权书、广军、吴长江、齐凤阁、杨越，日本国的片野孝志、德国的TINI等8位资深版画家、理论家组成了展览评委会，评选参展作品和获奖作品。该评选在宋源文先生的主持下，经过两天紧张而缜密的评议和票选，最后评出入选作品443件，其中金奖作品4件，银奖作品10件，铜奖作品19件，优秀奖作品25件。由于作品中没有公认的特别突出的作品，原设的特别奖空缺。

"2000年青岛国际版画双年展"于2000年11月29日开幕。该展览经文化部批准，由青岛市人民政府、中国版画家协会、中国展览交流中心主办，完全按照国际惯例

1990年在美国科罗拉多州丹佛市举办画展并讲学。

"2000年青岛国际版画双年展"上合影。
左起依次为：徐修伍、张白波、杨越。

2011年，作者和广军先生在一起。

操作，是一次真正意义上的国际性版画展。"2000 年青岛国际版画双年展"是中国首次举办的国际性版画展，这不仅是青岛美术界的大事，也是中国版画界具有标志性意义的大事，该展参展大部分作品由青岛市美术馆收藏，对青岛的版画发展具有深远意义。

进入新世纪，青岛的版画文脉依然得以健康延伸，这一方面是由于 20 世纪版画活动，特别是青岛版画研究会活动的传承影响，另一方面是新一代年轻版画家的努力引领带来的，像有中央美术学院学业根基的版画家杨越，早年在青岛画院，后去青岛市美术馆任馆长，青岛大学美术学院任副院长，担任青岛市美协主席，同时还一直为中央美术学院版画系客座教授，又到北京任中国国家画院创研部副主任，中国国家画院版画院执行院长，中国美术家协会版画艺委会委员，中国国家艺术基金评审委员等，是中国当下版画的领军艺术家。杨越有浓厚的家乡情结，自然会带来青岛的版画活动的许多机会。另外长年担任青岛市美术馆馆长的郝麟，自从参加"2000 年青岛国际版画双年展"的筹办后，也结下了浓重的版画情结，在全国建立了广泛的版画家人脉关系，这也与日后青岛市美术馆能多次举办高规格的各类版画展和版画普及活动有关。

在新世纪引进的版画展览多是由青岛市美术馆举办。如，

2008 年青岛美术馆主办的"方言"邀请展；

2003 年赴韩国参加版画展，于开幕式时合影。
右起依次为：杨越、张白波、陈国贵。

2011年由中国美协、中国美协版画艺委会和青岛市美术馆共同主办的"中国版画进万家";

2011年由中国国家画院版画院和青岛美术馆主办的《我们从哪里来——名家个案》展;

2012年举办 "刻刀尖的魅力展";

2013年承办的"2013第二届中国青年版画邀请展";

2016年,青岛市美术馆举办的"星计划"版画活动。

2015年举办的"2015年第三届中国青年版画邀请展"首展;

2016年推出的"多彩的印迹——青岛市美术馆馆藏国际版画精品展",2016年推出的"星计划——青岛市美术馆2016艺术校园行"展;

2017年举办的"首届青岛国际青年版画邀请展";

2018年主办的"一带一路国际版画邀请展"等。

这期间亦有走出国门的多次版画展,如我的2001年中国文化部外展公司主办赴埃及访问并举办的个展"中国艺术家——张白波版画展",2003年应法国巴黎CHAVILLE版画学会邀请赴法国举办个展"法国·中国年——张白波版画展",还有2003年韩国大邱市邀请青岛市陈国贵、我、杨越三人举办版画展等。

这期间,赞一美术馆和宝龙美术馆曾约我举办个展,我都把它策划成了青岛市青年版画家的邀请展,意在展示青岛的版画创作新成绩,同时推动年轻版画家们成立自己的民间版画组织,更好地发扬青岛版画艺术传统,开展活动造成社会影响,繁荣新世纪青岛的版画事业。在这些年,青岛已有多位中央美院、天津美院、鲁迅美院等毕业的年轻优秀版画家,还有青岛大学美术学院早已设立版画专业培养的众多版画学生,他们大多留在青岛。虽然青岛的版画家人数不少,但是举办本地的版画展览和版画活动很少,我作为版画过来人,甚感遗

2008年，青岛工人文化宫创作组的老画友相聚在作者画室外。
左起依次为：张白波、王鸿翔、郭建庭、于普洁、纪晓峰、项维仁、汪稼华、杨克山、丁鸿、窦世魁。

憾，为此就想促成新的版画组织。但可惜的是我多次与多位版画家提及此事，皆无积极反应，只好作罢。时代变了，画家的独立意识强了，大约已不看重那些社团组织形式了吧。

在2019年中共青岛市委宣传部、青岛市文学艺术界联合会、青岛市文化和旅游局主编的《青岛美术百年》的画集中，我在为"版画卷"写的"概述"中，梳理总结了青岛市百年的版画艺术发展概况，无疑"青岛版画研究会"在青岛的版画史中是极为浓重的一笔。抚今追昔，颇有感慨。

我为自己曾经在青岛的版画史中徜徉六十年，倍感欣慰。

结束语

1988年我从青岛六中调至青岛画院，由中学美术教师成为专职画家。在我的艺术生涯中，青岛版画研究会曾经陪我度过了一段最美好的时光，虽然随着历史长河它已远去，但它在我心中却是永难忘怀的艺术故园。

日前，青岛工人文化宫的现任领导邀我回访，勾起了我对当年青岛版画研究会的许多美好回忆。我将这些亲历的往事书写下来，既是怀旧情感的寄托，也是对青岛半个世纪来版画美术史的记录和佐证。

2022年1月

世界版画艺术的盛会
——"2000青岛国际版画双年展"综述

在即将告别20世纪的时候,"2000青岛国际版画双年展"于1999年11月20日在青岛市美术馆拉开了帷幕。这是中国首次举办的国际性版画展,也是20世纪国内最后一次版画盛会。精美的展览、热情的聚会,给青岛的初冬带来了一股暖流。

2000青岛国际版画双年展是经中国文化部批准,由青岛市人民政府、中国版画家协会、中国展览交流中心主办,青岛市文化局承办的一次真正意义上的国际性版画展,完全按照国际惯例操作。年初组委会根据有关方面提供的有限资料向世界50多个国家的版画家寄发了作品征集函。收件截止时,组委会共收到了来自40多个国家和地区的400余位版画家的近800件作品,其中包括100多位中国版画家的作品100多幅。在首次举办这种展览,且又缺乏联络线索的情况下,能征集到这些作品,足以令人振奋。这或许可以证明世界各国的版画家的相互信任和乐于参加交流的热忱,也可以看出我们中国对世界艺术家是有吸引力的。

组委会邀请国内宋源文、谭权书、广军、吴长江、齐凤阁、杨越、日本国片野孝志、德国TINI等八位资深版画家、版画理论家组成了展览评委会,评选参展作品和获奖作品。评委一致认为,这些来自多国的不同种类的作品具有不同的艺术取向,不同的地域特色和个人风格,基本代表了当今世界版画多样性发展的大体面貌,汇成了多种文化聚集的盛会。评选活动由中国美协版画艺委会主任、中国版协常务副主席宋源文先生主持。宋源文认为,对于这样的国际展览,评选的出发点应该是宽泛的、宽容的,不以某种模式、某种观念、观点为局限,应尽力做到客观、公允、准确。这也符合本届国际版展主办者主张增强各国版画家的了解和友谊,推动各国版画的交流与发展的宗旨。对于入选作品,不必求全,只要有某一方面长处就可以了,或者是艺术语言的出新,或者是版画技艺的精湛,要关注每一位作者通过画面体现出来的特有的劳动成果。宋源文还建议,对于获得金奖的作品,各位评委都要充分发表意见,同时也思考别人的意见,采取先议后投票的方式评选。因为这几幅顶尖的作品必然引起国际学术界的注意,也关系到评委的声誉和本届双年展的水准,所以要慎重。金奖作品既要有艺术方面的上乘表现,又要有一定的精神内涵。评委们希望,通过这次国际版画双年展,能开个好头,以后照例办下去,在当今艺术潮流纷争的世界格局中，使我们的能占有重要一席。基于共同的认识，国内外的评委们在非常和谐的气氛中，本着客观、公允、准确的原则，经过两天紧张而缜密的评议和票选，最后评出入选作品443件，其中金奖作品4件，银奖作品10件，铜奖作品19件，优秀奖作品25件。由于作品中没有公认的特别突出的作品，原设的特别奖只好空缺。

这次荣获金奖的4件作品各有特色。日本志野和男的丝网版画《诞生谱》在简洁饱满的构图中，以微妙多变的绿色为基调，明畅、梦幻、遐思，谱写出生命的乐章，每每看过都感到视觉上心理上的吻合。在人们普遍关注环境和生命的当代，这幅极具诱惑力的作品展现了至善至美的极高境界。乌克兰康斯坦丁·考努奇的铜版画《遗忘的节奏》，幅面虽小却制作精湛，功力深厚、耐人寻味，在花样纷呈的作品中，独具专业观赏性。中国台湾钟有辉的丝网版画《白色心情》，技巧娴熟、制作到位。明快的节奏、愉悦的语境，充溢着东方文化情韵。作者撷取了人们对于美好心情的感念和向往的精神导向。《流动的墙》是中国张白波的拓彩版画作品，色彩浓郁、斑驳厚重。汉画像石上奔驰的车骑，唐墓室中行走的侍女，以及墓窟里飘逸的飞天，作为中国历史的文化符号凝结在一面正在嬗变、流动的墙上。画面不仅在视觉上能勾起人们往昔情怀的追忆，而它所流露的一些文化意蕴似乎更能给人留下回味的余地。各执不同观念和观点的评委们，能就这4幅作品达成共识，是评审工作圆满成功的标志。在艺潮进取与躁动的时风中，本届版画双年展推出这样四幅取向各异的力作，当有着深远的意义和影响。当然，获得其他奖项的中外作品以及未能获奖的作品，仍有许多是非常优秀的，有许多还是著名版画家的作品，当我们为某些作品没能获奖而遗憾时，正说明展览的整体水平不低，令人欣慰。

站在展厅纵览整个展览，作为一个版画人有着特别的感受。首先，这么多面貌各异的作品放在一起，非常好看。各种文化、各种情感状态、各种技法、趣味、风格汇于一堂，令人感觉到版画艺术是无限的，是极富生命力的。版画艺术在形式技法的传承当中，没有凝结和老化，而是仍有着广阔的创造空间，有着大可开拓的审美疆域，有着各种始料不及的可能性。说实话，我国观众少有机会欣赏版画原作，因而对版画艺术相当陌生甚而持有偏见。而当这个展览出现后，许多观众感到惊讶和叹服，表示没有想到版画竟能如此丰富精美，感受完全不同于参观其他画种的展览。这足以令我们为版画艺术自豪。另外，从专业角度来说，在中外版画装配的对照中，也能得到一些启示。中国的作品大都是严谨的、精细的、完整的，令人感到画家是倾注了全部精力来创作的。看到我们这些版画家的呕心沥血之作时，每每为这种执着的敬业精神所深深感动。

中国的版画家无愧是世界一流的艺术家。但是，我们欣赏国外版画作品时，无论其精细粗放如何，无论其形式风格如何，在总体上较之中国的作品，似乎更多一些随意，更多一些轻松，更多地流露着艺术家的激情和个性。国内作品往往让人看起来比较累，国外作品则能更多地给人以愉悦。这种差异或许与画家的观念、心态，创作方法以乃审美习惯有关，更与所处的文化环境有关。艺术不应当超地域以求同，但不同地域艺术的碰撞交流无疑会相互促进。在这个意义上青岛的国际版画双年展正好填补了国内版坛的薄弱地带，给国内版画家提供了多种样式、多种情趣、多种审美的参照，提供了多项选择和发展的启示。为了扩大和延续这次展览的影响，主办者已将参展作品编印了画集，同时收藏了相当一批作品，相信国内版画同道会因此受益。

　　素有悠久历史的中国版画，20世纪经历了从传统到现代的沧桑巨变，以其与时代紧密相关的中国特色，跻身于世界艺术之林。当今，中国版画已经在创作、教育、史论、出版、交流，以及社团和学术活动诸多方面，迎来了历史上全面繁荣发展的新时期。在中国版画历史演变的长河中，中外版画交流是促进中国版画不断向前发展的重要因素。以往有不少版画家致力于国际版画交流，做出了重要贡献，然而鉴于种种原因我国一直没有建立自己的版画国际展体制。艺术双年展是国际上广泛采用的展览体制，是与通常艺术创作周期相吻合而又能把握创作阶段性脉络，激励新作新人的一种很好的展览形式。世界许多国家都设有版画双年展，而我国却一直空缺，确实是一大遗憾。青岛是一座美丽的海滨旅游城市和著名的历史文化名城，也是经济和文化都十分活跃的城市。1999年，青岛成功地举办了中国80—90年代优秀版画家的作品展和颁奖活动，青岛市美术馆收藏了全部获奖作品。这为青岛举办更大规模的版画艺术活动和突出版画文化特色增强了信心。为此，在中国版协的支持配合下，青岛市文化局承办了这届双年展。首届的成功，无疑会鼓励我们今后长年办下去。

　　20世纪即将离我们而去，2000青岛国际版画双年展为20世纪中国轰轰烈烈的版画运动画上了一个圆满的句号。我们期待，我们祝愿，新世纪中国版画必将有新的辉煌。

张白波
2000 年 11 月 20 日

受 2000 年青岛国际版画双年展组委会委托，由作者撰写的展览新闻通稿

心路
　——回首乱山横

乱山中,依然有我心中纵观天下的那座观象山,那片远远的海,还有那轮圆圆的橙红色的落日。

从我记事的时候起，我家就住在上海路 2 号，离我们家很近有一座山，叫观象山，小时候我经常去山上玩。后来我工作了，所在的民办新华中学距离观象山也很近，还经常上山。特别是单身住校的那几年，每每下午下班后，只要没事，我总会去观象山，静静地陪伴着夕阳，放飞自我。

人到中年，我所工作的青岛六中迁址观象山，我又每天到那里上班，在那里度过了十年岁月。观象山犹如我身心的故园。

如今，我已到夕阳之年，住处也早已远离观象山，但观象山依然在我心中屹立。当年我站在山上的石碑下畅想自己的未来，而今我却是凭着这座山在回望自己的心路历程。

"回首乱山横，不见居人只见城。"时代风云，气象万千，我要在那苍茫的乱山中梳理出一个自我。

一、祖籍寻宗

我祖籍是山东掖县，现在叫莱州市。

1966 年 9 月，"文革"开始不久，单位无序，无人领导，老师无所事事，我便跟着爷爷第一次回到老家掖县西山张家村。

西山张家村在掖城以西，离县城仅几里路，是一个山村。这里的山地盛产莱州玉，即常说的"滑石"。这是一种质地松软的石料，便于雕刻，刻成的"滑石猴"早年能在石板上划出白痕，可以当粉笔用，20 世纪 50 年代以前的小学生都用过。而这种用滑石磨成的细粉就叫"滑石粉",它的用途就广了,以前土产店到处都有卖的,所以西山张家这里也叫"粉子山"。

因为西山张家风水好,明朝有一位赫赫有名的大人物就葬在这里,墓地叫"毛文简公墓园",亦统称"毛公墓"。毛公名毛纪,谥号公简,为莱州籍人士,明代官至内阁大学士、首辅,曾辅佐皇帝处理军国要务。据记载,毛纪在朝为官清廉,颇有政绩。毛纪告老还乡后留下很多民间传说,吕剧经典剧目《姊妹易嫁》演的就是毛纪婚娶的故事,在齐鲁大地家喻户晓;他命名的黑色"毛公石"还是篆刻佳品。毛纪死后葬于我们村旁的山岗之上,墓园当初规模宏大,留有石兽、石马和皇帝谕祭石碑等。现经重修,是莱州的重要文化景点。

我爷爷是1890年生人,当时已经七十六岁高龄了,带我回老家认亲。我见到了我的七十四岁的二爷爷,他早年闯过关东,他告诉我当年他在俄罗斯当劳工时见过列宁。因为这里盛产滑石,村里人大都精于滑石雕刻工艺,村里有个雕刻组,专门加工雕刻各种石雕工艺品出口。雕刻组的组长是我的三表叔,就是前面提到的毛氏家族后人,而我的二表叔则是掖县工艺美术雕刻厂的技术科长,可见我们家族颇有工艺天赋。

爷爷年轻时家境贫寒,离乡背井到青岛打工。在德国占领青岛时期,他在四方机厂做学徒,我还曾经见过德国厂方给他颁发的精美的毕业证书,证书卷放在一个圆纸筒中。爷爷读过一些书,经历过两次世界大战,对国家大事颇有一些见识。"文革"开始,他感到局势混乱,担心会有第三次世界大战,这次他带我回老家,就想和老家人商量盖房子的事。那天,爷爷和我坐在村北一块空地旁边,说这里就是咱的地。爷爷告诉我,第三次世界大战打起来,我们就回老家。爷爷退休金不高,一心攒钱回老家盖房子,让我们晚辈能得避战乱,他老人家的这番心思,我每想起来,不禁泪目。

二十多年后,我因事陪父母回过一次村里。那时村里还没完全改造,父亲指着一间厢房说,他就出生在这间屋子里。这是一处又矮又小的茅草屋,小小的院子里有一盘石磨。百年沧桑,不过如此。

按老辈人的说法,我父亲是长子,我是长孙,不管贫富在老家我都应当有

2018年，作者在莱州西山张家村祖父母墓前留影。

作者在莱州毛文简公墓留影。

六分"长孙地"。可惜我从来也没有去落实，不知我那六分地在哪里。

　　时隔三十几年后，我办画廊，为一些石雕工程常常回莱州联系业务。莱州早已从玉雕之乡发展为国家命名的"中国石都"，只是西山张家村由于矿石的过度开采，原来的生态风貌已不复存在。不过家乡的远近亲戚还在，时任莱州市教育局局长的表弟毛志林还与我来往密切，乡情依然深藏在我的心里。

二、家庭变故

　　我对自己的童年时代没有留下多少记忆，模糊记得看见解放军战士背着行李，由胶东路单行鱼贯而上；记得邻院资本家的房子住上了解放军，战士捧着铁碗蹲在院子里吃饭；记得胶州路上常常有敲锣打鼓的庆祝游行，总跑去看热闹；还有斯大林死时满街放哀乐。抗美援朝时说是美帝国主义扔细菌弹，就到处抓小虫子灭菌，家家的玻璃窗还贴上纸条，说是预防美国飞机轰炸震碎玻璃。

　　还记得上小学时，每年寒暑假都到大窑沟花五分钱坐一路公共汽车到四方

1956年的全家福。当中是作者的父母,后排左起依次为:张白波、张白露、张同华;前排左起依次为:张白珊、张惠先、张白涛。

终点站下,一个假期都住在遵化路四方机厂劳工宿舍的爷爷家。爷爷和也在四方机厂工作的三叔住在一起,每到过年都给我做一件新衣裳,他心疼大孙子。

许多往事都模糊了,不过有一件事我记忆犹新。

一天晚上,我还没入睡,听见父亲在给母亲读一首诗,好像要在单位里发表。母亲听后坚决反对,不让他拿出去,争得挺厉害。不久,父亲这篇名为《领导的拐棍》的诗连同他自己配上的漫画在单位就张贴出来了。后来,父亲就成了右派分子,再后来,父亲就被发配到月子口水库去劳动改造了。

这是1957年的事。这件事对一个家庭会产生什么样的影响,凡是经历过那个时代的人都清楚,就无需多说了。虽然父亲的右派等级不太高,只是降薪降职,还保留公职,但是我们整个家庭无论在社会地位上,还是在经济状况上都陷入了极其困难的境地。1958年街道办"代代红幼儿园",把我们家从原来住的房子里强迁了出来,迁到邻院上海路4号一个资本家的狭小房子租住。母亲在街道上备受歧视,我在学校里就怕人提"右派"二字。

我们兄妹六个,父亲三十几元的工资要养活一家八口,几乎每个月底母亲都要借钱周转,其生活窘迫可想而知。

家庭的变故和生活的艰难在我心里投下了浓重的阴影,这阴影裏挟着我的身心，催人早熟。作为家里的长子，我必须同母亲一起承受家庭灾难。

学生时代，课余和假期我都要想办法挣钱。平时除帮母亲干一些加工活外，假期就出去找活干，记得有年寒假曾去废品公司分拣回收废品，冻得手起冻疮。还有一年暑假，我们一帮家境困难的同学租借了夜里停放在陵县路的大车（即人力地排车），我背着母亲每天夜里去拉地排车运货挣钱——在小港码头装满一车砖，运送到一个工地。青岛的路，上下坡多，千斤重的大车拉起来何其费力，每天凌晨都累极而归。终于有一次半夜，我累得实在一步也走不动了，瘫在马路上，最后等同班的纪方睦同学折回来帮忙才把货送完。那年我十六岁，吃不饱，又瘦又弱。

我记得有时去父亲原单位领几块钱的困难补助，冷冷地站在那里看着科长的脸色，那种羞辱不堪的感觉刻骨铭心。我记得上高一时的班主任明知道我的家境困难，还不断地催我交学杂费（好像是三元钱），心中记恨，见了他从不鞠躬。我还记得我为了领助学金，到胶州路标牌厂刻字部刻了一枚化学图章，十分精巧，到现在我还留着。

高中毕业，虽然我的成绩是全班前几名，但这样的家庭政治背景，在当时的政审规则下，考得再好也是断然不能被大学录取的，况且就算能考上大学，我也断然不会去上大学的，我怎么能忍心不帮母亲支撑全家，还拿出钱来上学呢！而且要考浙江美院，从青岛到上海的船票是三块四毛钱，我也断然是出不起的，我不能向母亲张口。直到我工作了多年，我每月的工资都是只留五毛钱零花，其余全数交给母亲。

家庭的经济困窘持续了很多年，直到我的弟妹长大成人陆续就业后才有所缓解。但父亲出事对家庭影响最深的是子女的命运前途。"文革"期间我的弟妹陆续中学毕业，也许源于兴趣，也许源于职业前途，他们都有一些演奏器乐

作者妹妹张惠先和弟弟张白涛在家里合练二胡、扬琴伴奏。

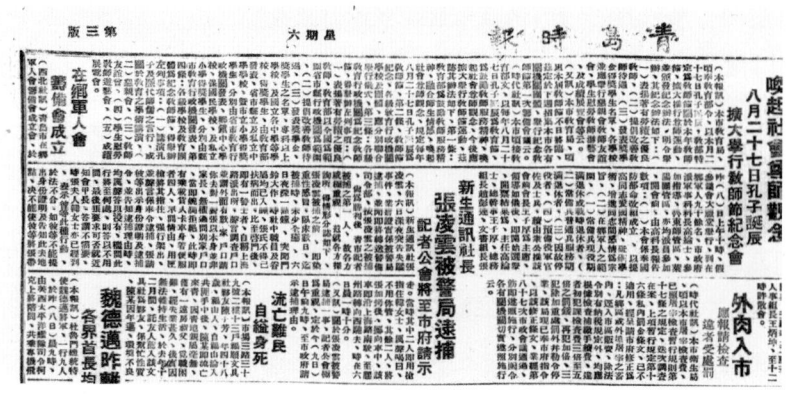

1947年8月6日,《青岛时报》报道作者父亲张凌云被迫害消息。

的专长。一个妹妹擅长扬琴,一个妹妹会弹琵琶,一个弟弟能拉二胡,而且他们的专业水平都很不错,都能上台演奏甚至独奏。其间他们多次报考专业演出团体,也到外地应试,专业上几乎获得一致好评,都被认可,但最终都因为"政审"问题而被拒绝。家庭变故的伤害何其深远。

"文革"后,由于组织上的重新审查,父亲的政治身份变了。家父在中华民国时期系青岛报业界知名记者,并创办"新生通讯社"。1947年,父亲因"通共"遭国民党军统秘密逮捕入狱,后经相关方面营救出狱。这证明我的父亲在1949年前就参加中国共产党组织的地下活动,而且入狱受过国民党政府的迫害,为革命事业做过贡献。他属于1949年前参加革命的老干部,退休也就享受离休干部待遇了。父亲晚年卸去精神上多年的压抑,心情好了,我们家这一代人也各有所归,我妹妹张白珊还创办了"白珊学校",享有很高的社会声誉,但那几十年在我们人生道路上所造成的阴影却永远定格在历史上了。

三、执教生涯

我一辈子的职业生涯只待过两个地方——青岛六中和青岛画院。高中毕业尚不满十八岁,我即到民办新华中学(青岛六中前身)就职,一干就是二十六年。这段岁月里既有"文革"十年的无所作为,也有后来创立美术班的辉煌。这一切都要从当初的做勤杂工说起。

勤杂工

  1962年,经历了"三年自然灾害",国家出台了"调整、巩固、充实、提高"的八字施政方针。当时青岛市重工局机械学校被调整"下马"了(即调整撤销了),其原址热河路29号 的校舍就由青岛市政协和青岛市工商联接收,联合办起了一所"民办新华中学",具体筹建由市政协的吕秘书和工商联的刘咨负责。

  是年7月,我刚刚从青岛九中高中毕业,恰逢新筹建的民办青岛新华中学需要人手。我父亲是青岛市工商联的职工,家庭生活困难,我又刚毕业没事干,就被父亲工商联的同事、时任新华中学负责人之一的刘咨同志叫了去干活,说不上是不是就业,先干着清理房间打扫卫生的工作。

  开学了,我作为学校的勤杂工,留在学校传达室工作。

  我每天的工作任务很繁杂。白天在传达室值班,负责看守校门兼收发报刊信件。学校除了领导办公室那里有电话外,这里有全校唯一的公用电话,来电我须通知相关人来接电话。我要负责为全校班级上下课摇铃,到点须手持一枚铜铃从前院摇到后院。传达室内设有一座大茶炉,我须每天烧开水供全校师生饮用,其间须不断为窗外的学生饮水桶添加热水,以供学生使用。为避免茶炉天天生火麻烦,需每天晚上睡前将炉火封住,第二天一早捅开炉火烧水。因学校没有食堂,许多家远的学生需自带午饭,由各班生活委员用网兜收齐,送到传达室旁的小伙房,由我按时烧起大锅蒸笼为其热饭,然后中午分发。每天下午学生放学和老师下班后,学校不能没人,于是我依然留在传达室值班。狭小的传达室里置一小单人床,每晚就打开铺盖卷睡在这里,为学校守夜,直到第二天早上打开校门,看着老师、学生到校。

  当值完夜班,在每天早上8点摇完上课铃后,我就可以离校一个小时回家,这期间的第一节课下课铃和第二节课上课铃由同事代摇。待我9点上班后,上述工作流程就又开始了。算起来我等于每天在校工作二十三小时,只有一个小时可以自由支配，另外周日轮值还不算。

那么每天我吃饭怎么办呢？是家里送饭。好在我家住上海路4号，离学校很近。路过斜对着的青岛第十一中学门口，穿过阳信路3号大院从热河路门出去，对面就是新华中学了。算起来，从我家到学校也就二百多米的距离吧，所以每天的午饭、晚饭都是家里妹妹给送。

初中学生应当设美术课，学校没有美术老师，吕秘书知道我能画画，第二年秋季开学就让我兼着给初中生上美术课了。传达室的工作依旧，也就是当我上课时，别人替我摇上下课铃铛而已，我下了课还是干传达室打杂那一套。

一个十八九岁的年轻人天天困守在这间小小的传达室里打杂，精神上难免压抑，但是我没有怨言，因为我每月能有三十块零五毛的工资收入，可以每月给我母亲上缴三十块钱帮家里维持生活，就很欣慰。那时候社会上工作贵贱不明显，没上大学的高中毕业生，特别是"家庭有问题"的人能有份工作就很不错了，我和那些下乡插队和去兵团支边的同学比起来，真是很幸运的。

正式执教

到1964年秋季开学，不知什么原因，学校决定让我全职教学了，教初中一年级新生的语文课并担任一个班的班主任，同时还教着美术课，这一年我二十岁。

摆脱了勤杂工的身份，成为教师，虽然是"民办教师"，依然体面。教语文课对我来说并不困难，当班主任倒是挺费心。民办学校招收的学生都是公办学校的落榜生，学习成绩差，又调皮，难管理，好在我也年轻，有精力，工作成效还不错。

不过当年我对教语文课真不感兴趣，上课总是那么老一套——"分析课文""段

1972年，作者带学生学军时留影。

落大意""主题思想"云云,真是无聊。于是教了两年语文后,赶上"文革",就去了学校教导处。在教导处我又成了高级"勤杂工",平时管着学生学籍,管着学校宣传方面的写写画画,"复课闹革命"时管着招生,管着给老师排课,管着"老三届"上山下乡。有的课程缺老师就让我去顶替上课,记得曾上过物理、历史、生理卫生、农业常识课等,其中教了一年的物理最为成功,因为我上中学时物理成绩甚好。

　　随着1971年新华中学改为青岛六中,以及六中由原来热河路校址迁往观象山,我的教学生涯就是这样浑浑噩噩地度过了。那个年代,是"政治挂帅"和"阶级斗争"的年代,我在政治上没有特殊的积极表现,自然也不会得到领导的好感和重用,况且自己也没有特别的工作能力。我安分守己,工作上不出差错,从来也不与人争长论短,有着良好的人缘。业余时间做我喜欢的事情,而且饶有成绩,原本我以为会因我的版画艺术专长而离开六中,没想到我在离开六中前,竟然成全了青岛六中美术特色教育的一段辉煌,甚至让青岛六中脱胎换骨成为一所全国闻名的美术学校。

作者与曾担任其班主任的新华中学1964级学生在作者2018年的画展上合影。左起依次为:李晓云、张日东、郝福利、胡永瑰、张建华、丁元和、张白波、王胜安、肖继民、单骥聪、郭培儒、李增顺。

辉煌美术班

20世纪70年代末，经过拨乱反正，百废待兴，全国面临着各方面的改革。在教育方面，大学招生容量和高中毕业生数量严重失衡，为了改变高考"千军万马挤独木桥"的局面，分流高中毕业生，中学职业教育改革浮出水面。

当时，青岛的民办学校已被国家收编，我所在的学校被改为青岛六中。六中升学率差，可谓末流学校，被列为职教改革对象。不知为什么，青岛六中似乎考虑要办美术职业班。青岛六中从建校以来，一直只有我一个美术教师，要办美术班，肯定就是冲着我来的。在20世纪70年代末，我在版画创作上已取得了不错的成绩，不仅在青岛市、山东省美术界是重点画家，而且在全国美术界亦享有盛誉，因此我在青岛市中学美术教师当中的地位和影响可想而知。似乎是市教育局和学校知道一些我的情况，才考虑由六中承办美术职业班的。

起初，青岛六中校长、书记多次与我交谈征询办美术班的意见，我均表示不支持。原因其一是我看出他们想通过办美术班来提高升学率，借此改变学校高考成绩低下的尴尬处境。但我了解当年美术院校的招生规模和升学难度，不相信让学生学两年画就会获得高的升学率（当时高中是两年制），故不支持。原因其二是当时青岛画院已成立，我担任版画水彩组组长，虽然尚没有编制，画家是业余受聘，但将来很可能建编，我也很可能被调去的，所以不想在学校担重任。原因其三是我的创作念头很强，社会活动也多，怕顾不过来。我知道我的"毛病"，办事责任心强，追求完美，一旦由我挑头干事，必全力以赴，力竭而归，后果亦可想而知，所以不愿担此重任。再者还有一个藏在内心的原因，或者说一股怨气，那就是当年这位学校领导曾经在政治上对我另眼相看，学校对我有过多次不公正对待，比如教师涨工资没我的份，学校分房子没我的事，备受歧视。现在要办班出力想起我来了，我当然不情愿。但最后市教育局还是下达决定，责令六中承办高中美术职业班，我身为学校员工，学校唯一的美术教师，当然只得承担办班的任务。其间，一位副校长诚恳地与我谈心交流，把我的怨愤情绪转达给了书记，书记随后专门对前事当面向我道歉，这才有了后来六中美术职业班的启动。

普通中学办美术职业班,而且定位是面向高考,这在青岛乃至全国是从没有的事。从学制、体例、培养目标、教学大纲、课程设置、教材内容等各个方面来说,没有任何参照,绝对是新生事物,一切都要从零做起。对我来说,办这个班,就是要创作一件另类大作品。

接这个任务时,我向学校领导提出了一个条件,就是让我来主持办美术班的话,相关的一切事宜必须听我安排,

20世纪70年代末,作者在刻印版画。

无论师资引进、招收学生,还是教学安排,一切必须我说了算,学校领导除对我大力支持外,具体事务一律不得干涉,学校领导同意了。我这样勇于担当,主要是为了避免外行领导的瞎指挥,以造成工作上不必要的麻烦和障碍,影响心情。而这对学校领导来说,他们当然也高兴,他们可以省心。

一切从头做起。

我亲自面试招生,只招一个班,建立小班制。我起草教学大纲,设立课程,确定教学内容并编写教材。我去北京采购石膏教具,让木工给学生制作画板画架。我从外校选调教师,并亲自担任第一届新生的班主任。

那个年代,学美术、唱歌、跳舞还不是社会热门行当,不像现在的家长和孩子,对这些容易出名、能挣大钱的行当趋之若鹜。当时招来的学生都是热爱绘画的孩子,学习目的很单纯。美术职业班原本的意思是培养有一定绘画能力的、能担当美术工作的从业人员。但在当时,一是美术职业培养目标模糊,无从定位;二是社会上高考情结依然很浓,学校领导也期望这个美术班将来能在高考上拿分。于是,我带的这个职业班,实际上就变成美术高考班了。

第一届学生的高考成败非常重要。为了带好这个班,我下了很大功夫。

首先在专业课教学上,为了提高教学进度和质量,我采取开放的办学方式,

老画家马龙青先生为美术班学生表演国画。

作者与兼课老师王庆平先生在美术班课堂上。

即许多课程请校外最好的老师来授课。我们请过山东纺织工学院、青岛工艺美术学校等院校的多位专业教师来上素描、彩画、图案等课程，这显然比所有课程都由我们在校的几位教师来教要好。为了提高学生的审美素养，我利用我在美术界的人脉关系曾邀请多位青岛老书画家来校为学生作书画现场演示，特别是还把当时来青岛办展览的一些全国著名画家请到课堂来，为学生讲解和演示作画。

　　我是过来人，对青年学生学艺的心路历程深有体会。我知道，学生要真正学好画画，不是靠老师教的，而是要依靠学生内心的学习动力和潜质。只靠老师传授技艺，督促学习是没用的，应当开启学生的内心，调动他们内心的学习欲望才行。于是，我在课堂内外，利用一切时间、机会，大讲特讲艺术。凭着我的学识修养，无论文学、诗歌、音乐、舞蹈、戏剧、电影，以及美术史、艺术家故事，无不随机涉猎，用真、善、美来陶冶学生的心灵，用我对艺术崇拜的激情来感染学生。我有意装扮成一个布道艺术的"神父"，头上顶着艺术光环，渲染着艺术的美妙无比和崇高神圣。我要在学生的面前点燃一盏艺术神灯，让他们心生梦想，自觉地，主动地，甚至疯狂地扑向艺术。

　　我的教育谋略果然有效，对老师崇敬有加的同时，学生的学习劲头十足。入学一年后，我对学生做过一次测试，其中一条是让学生选择，将来毕业后的理想是当美术工作者还是艺术家。结果全班只有一人选择了前者,其余全部选择要当艺术家。

学生有了内在的学习动力,又有全市最优秀的老师上课,学习成绩可想而知。

两年学完,高考来了。20世纪80年代初,国内的艺术院校很少,招生也很少,不像现在各大学都设艺术院系,还扩招。谁都没想到,连我也没想到,我们班竟然有十位同学考上了大学,其中还有连想都不敢想,只是去碰碰运气的中央工艺美院、浙江美院等,都有考生被录取。这在当年青岛市的教育界,无疑是爆了一个大冷门。

随后,六中的美术班不仅是六中的荣耀,也是市教育局的职业教育成功的典型了。学校由过去的高考"剃光头",到现在的一个班近百分之五十的升学率,打了一个漂亮的翻身仗,由此,学校领导对办美术班信心倍增,当然,对我也是更言听计从了。市教育局领导三天两头带外地取经的人来校参观,从此青岛六中美术班从招生到高考进入了良性循环。

2011年,作者与1982年毕业的第一届美术班学生在作者的画展开幕式上合影。
左起依次为:刘莉丽(老师)、李毅、王伟业、张晓、许雅柯、佟天翔(作者妻子)、张白波、李增顺、王景华、于瑶、郑敦强、王立平。

有了这个基础，从此六中的美术班越办越好，越办越有经验。调来的老师多了，我不再当班主任，而是专门协调管理美术班教学的一切。这期间连续招生，班级增加了，班级学生也多了，我三次修订职业班的教学大纲，完善了教学秩序，使美术班步入正轨。其后，随着全国美术院校的增多和扩招，六中美术班的升学率也越来越高，几乎达到了百分之九十以上，全国到青岛来招生的美术院校几乎都在六中设点报考。几年工夫，六中由一所末流学校一跃成为A类学校，竟可以与市里最牛的几所老牌名校平起平坐了。在我离开六中数年后，六中加挂了"青岛美术学校"的校牌。

青岛六中蜕变成了全国美术专业名校，原来在观象山的狭窄校址已不敷使用。根据青岛市政府的总体部署，2012年在青岛市西海岸经济新区规划建设了山东省青岛第六中学新校，新校占地面积262.44亩（原观象山校址13.7亩），总建筑面积105115平方米。学校总投资6亿元，按照山东省规范化学校建设标准要求进行设计建设，配有高标准的体育馆、游泳馆。同时结合学校办学特色，建设高水平的美术馆，为师生作品和名家作品展览提供了展示交流场所。经过四年的规划建设，一所集智能化、数字化于一体的现代化青岛六中于2017年正式投入使用了。

青岛六中美术特色办学四十年，取得了丰硕的成果，荣获了青岛市教育改革十面红旗学校等七十多项荣誉称号。据统计，到现在六中已向全国高等美术院校输送大学生过万名，其中一百六十余人被清华大学录取，五百余人被中央美院和中国美院录取，考入其他名校的不计其数。六中后来还被不少院校命名为美术生源基地，真可谓全国独具特色的美术名校。

我在青岛六中工作了二十六年，看到青岛六中现在的辉煌气象，颇有感慨。首先我感念当年的学校领导敢于放手"专家治校"，给予了我充足的施展空间，得以释放自己的教育热情，按照艺术教育规律来打造了一个良好的开端。还得感谢我六中美术组的同事团结一心、积极配合、努力工作，培养了优秀的学生。另外还要特别感谢青岛市那么多美术界的老师朋友多年来协助六中的专业课教学。我在六中工作的期间只是为六中的美术特色教育打下了一个基础而已，后面六中的辉煌则是靠历任学校领导和一代代教师勤奋工作，年复一年地辛苦付出而铸就的。

回顾那一段，我所带的学生许多都非常有出息，有的成了国家顶尖的艺术家和职业画家，有的担任了艺术院校的领导、教授。当时与我同事的一些老师，受我影响，也勤于创作，取得了成绩。念此，也颇感欣慰。

回望青岛六中美术班这段职业生涯，对我的个人艺术创作来说，没有多大的影响，但由于它是因我而设，我又在其初期打下了良好基础，以致后来成全了一所全国名校，成全了万千美术学子的艺术人生，想想还是令人欣慰的。如果说它也是我人生中的一件作品并不为过。

四、逍遥十年

回过头来，再看我在新华中学和青岛六中度过的那十年岁月吧。

1966年春，学校先是开始了"四清运动"，学生提前放假，全体教职员工都集中住在学校集训，不准回家，不准外出，学校领导靠边站，由上级派来的"四清工作组"领导开展运动。当时我年轻，被安排负责教工的伙食，需要联系安排外面食堂给老师们送餐，所以全校教工中只有我还可以外出。很快，随着中央相关文件和"人民日报社论"的下达，席卷全国的群众运动就开始了。运动初期，好在我们学校学生不多，除了高中毕业班有二十几个大孩子，其余四百多个同学都是初一、初二的小孩子，没有闹出什么大事来。学校老师也不多，虽然上演着各个学校差不多的运动剧情和节奏，也没有出现大的恶性事件。至于到后来，学校进入"复课闹革命"，新华中学改名青岛六中，学校秩序也就趋于正常化了，不过一个接一个的政治运动还在进行着。

那么在这十年中，我的境遇如何，又做了哪些事呢？

"文革"初期，在单位派性斗争不断地政治"表态"和"站队"中，由于我不愿违背良知，不愿出卖朋友，曾经承受过一些压力，一些屈辱，有时遭到领导的冷遇，但换来的是心灵坦荡，人格完整，问心无愧。想想那漫长的十年，我基本采取"逍遥"的态度，终归政治生命无大碍，身心也没遭过大的挫折，总算庆幸。在这里，我无意细数那些年代被政治运动裹挟的心路历程，只想黯然翻过那一页历史。

不过回顾那十年，我还是做了不少自己的事，值得回味。这些个人的经历证明自己没有虚度光阴，也折射着那个时代的社会生态，现在的年轻人不曾亲临那个时代，很难想象过来人当时的心境。

大串联运动伊始，我发现这是千载难逢的免费游览祖国河山的大好机会，遂约伴串联。我没有从众先赴北京，而是径直南下游览南京、上海、广州、桂林、武汉等，最后到了北京。一路饱览了祖国大好河山。串联期间我曾经写有日记，其中由上海到广州、梧州13天的日记保留下来了，现在回看恍若梦中。

1966年初，我为学校绘制了大幅的毛主席头像。运动高潮时，我班的学生约我画画参加革命宣传，我就刻了几幅带有伟大领袖毛主席形象的木刻版画，有的画幅很大，需两张纸拼接起来，同学们帮着印，印好后由同学到街上张贴。当时我班的肖继民同学最积极，他喜欢美术，一直追随我学版画，后来参加我主持的青岛版画研究会活动，任副会长兼秘书长。虽然他从未进过专业院校学习，但是他的作品参加了全国美展，并成为中国美术家协会会员，从事了专业美术设计的工作。

安抚父辈

"文革"运动一开始，曾经是"右派分子"的父亲虽然早已"摘帽"，但仍不可避免地遭到了所在单位的批判冲击。一段时间内，父亲精神状态极度低落，回家就唉声叹气。我知道，他被多年的政治运动整怕了，他无力承受那么沉重的精神压力。于是每每看到父亲的这种情形，我就主动询问他的处境，耐心地开导他，帮他分析形势，理清思路，给出应对局面的态度和办法，让他宽心。

有时父亲不知所措,我就替他撰写自我检查材料,为此,我特意模仿父亲的字体,竟能把材料写得完全像出自父亲之手,外人无法辨别。这样一是可减轻父亲的思想压力,二是即便他不再抄写,也不会被别人辨识出来,避免政治风险。就在同时,我的三叔也遭到了"历史问题"的政治压力,曾几度想寻死,我三婶也就三天两头让堂弟来找我,让我去开导三叔,直至最后渡过了难关。我的舅舅是中学语文教师,也受到冲击,我也时常去宽慰。我大姨原系第一批援藏医生,后被下放到河北省高阳县医院做医生,也遭无端批斗,我亦前往看望,做精神支持。想想那段岁月,父辈们困苦难支,我能尽其所能地去搀扶一把,算是既尽了孝心,也磨练了自己的心智。

安排弟妹就业

这期间,我的三个妹妹和一个弟弟相继中学毕业,都面临上山下乡的问题。我当老师,担任过下乡知青的安置工作,深知学生下乡命运之艰难,所以我千方百计保护着弟妹,免其遭受下乡插队之苦。那段时间,凡是来青岛招人的艺术团体(由于演样板戏的需要,许多部门招人),我都带着包括弟妹在内的数位学过乐器的孩子去应试,奔波推荐。虽然他们的专业能力都还不错,却多次因家庭"政审"问题而失去机会。最后学扬琴的妹妹因其特长就工了,学琵琶的妹妹入伍当文艺兵了,学二胡的弟弟被我安排进了工厂,另一妹妹也因学了护士专业去了公社卫生站,最后无一人下乡插队支边。这在当时那个年代似乎是消极行为,可是联系到后来的知青大都返城就业,我能让弟妹们避开那一段人生曲折,还算是尽到了做兄长的职责,为此颇感欣慰。

作者妹妹张白珊入伍当文艺兵。

学制图

那个年代，谁也不能把握自己的前途。一个人就像大海里的一只纸船，随波逐流，漫无目的，没有理想的召唤，也没有金钱的诱惑，只要没有灾难临头，能平平安安混着日子就不错了。

但我总想做点事。画画只是一种爱好，画画不能当饭吃。那年代美术作品除了出版或可挣一点稿费，没有艺术市场，美术创作不能成为一种职业。我是一所民办学校的教师，没有公职身份，万一有一天老师当不成了怎么办？于是就想学点别的本事，既为将来改行做准备，也或许能挣点业余收入。我看到工程制图不错，一是和绘画比较接近，二是业余承揽加工活还能挣钱。恰好有一个朋友干这一行，于是我就搞到教材，买了鸭嘴笔、圆规、丁字尺等一应工具，开始自学。每天拿出一个固定时间，一边做笔记，一边作制图练习，最后把一本教材学完了，能干活了，遗憾的是除了帮人家晒过一回图，从来也没揽着活，一分钱也没挣着。

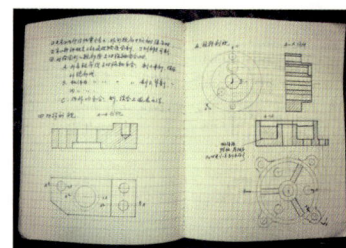 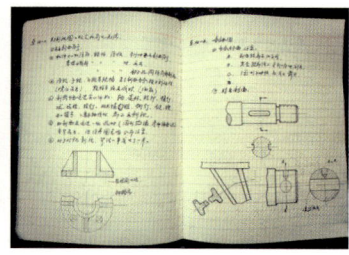

作者自学制图的笔记。

学日语

中国和日本建交了，想到将来日语会有用，就学日文。也是有这种机缘，正好我认识山东大学附属医院妇产科的邓主任，曾帮他做过琵琶，并帮他为女儿学琴找过中央音乐学院的孙维熙老师。那年医院开设了一个日语进修班，我就随他进了这个班学习，每周学两个晚上，学得挺认真，做笔记，做练习，数九寒天也不缺课。开始班上有一屋子学生，到后来学业结束时，就剩七八个人了。语言这个东西，如果没有相应的语言环境维持，学得还不如忘得快，于是学而无用，过不了多长时间，我就只能会背"啊、欸、勿、唉、奥"片假名了。

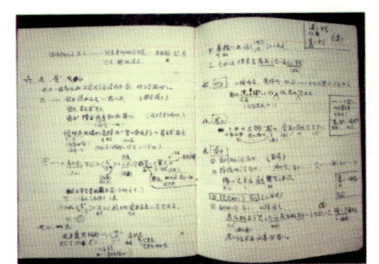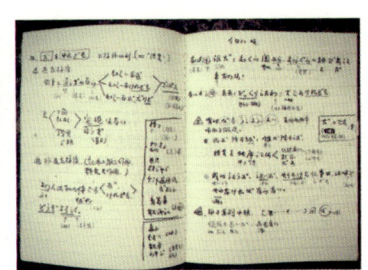

作者自学日语的笔记。

想学中医

一位非常要好的同宿舍室友王老师的父亲是老中医，我心想：跟他学中医吧。刚背了点入门的东西，一下子想到学它不合算——真要是长本事了，一个半道出家的"大夫"，给人看病谁敢相信。就算把病人的病看好了，人家也会当成是你蒙的，或把疗效记在别人账上，而且看坏了被病号赖上怎么办！何况你当不了神医，没人求你看病，而你总得求着给人家看病，何苦。不学了。

学琵琶、做琵琶、当木匠

一位来往非常密切的同班同学黄佳厚，原来也是乐队的成员，正在学弹琵琶，这又勾起了我的器乐情结。原本我就非常神往琵琶，只是一直没有机会接触，现在没事干，正好一起学。于是我借了乐器，拜了老师，抄了谱子，练了起来。一番用功，一番纵情，仗着以前弹拨乐的基础，竟然也练过几个曲子，像《春江花月夜》《阳春白雪》《塞上曲》《彝族舞曲》等。不过由于功夫太浅，只能勉强弹弹其中的慢板而已，完整曲子是断然弹不下来的。不过对我来说，能在片段的旋律中追寻古人遗韵，能有短暂的"自我陶醉"，已经很满足了。

借的琴要还，新的琴买不起。当时买一把普通的琵琶要一百八十六元，相当于我半年的工资，怎么能买得起。于是我决定自己做一把琵琶。

费尽周折搞到了做背板的槭木，木头要封蜡、浸泡、投浆、风干；要铲出外形，掏出内腔。面板是梧桐木的，要拼接刨薄加音柱黏合。还有牛角镶骨做的相，竹做的覆手和品，紫檀镶黄杨和骨片做的弦轴，还要雕刻琴头，钻洞等等。没有图纸，没有专门工具，完全是凭着感觉仿制，用最原始的劳作完成。琵琶做好了，还不错，只是音色有点闷。历时两年，乐器做完了，我的琵琶瘾也消磨殆尽，从此倒不再眷恋它了。

面临结婚，没有家具，那个年代时兴请木匠定制。我除了让学校的木匠宋师傅帮着做了一张写字台，大衣橱、书橱、床头柜都是自己动手做的。当年木料奇缺，我就把当时在工人文化宫创作《海港赞歌》套色木刻组画刻过的五合板拿回家，用作大衣橱、书橱的背板和抽屉底板。家具做好了，木匠手艺的锯、刨、榫卯、裁口，……等套活也基本掌握了，后来我又做了画室的小橱、书架若干件。自己动手制作是件乐事，但凡自己能做的事我都不愿麻烦别人。由于我懂美术，家具油漆颜色配得好，那几年每每被人请去帮忙，后来不知为多少朋友油漆过家具。

读外国名著

每年夏天我都在海水浴场消磨时光。白云、蓝天、海浪、沙滩、阳光陪伴着我，逍遥而自在，每每日落而归，全身晒得如同印度人。

我妹妹张惠先因文艺特长被分配在青岛造纸三厂工作，那时候他们厂收存了大量的废旧书籍（包括"破四旧"的书籍），以用作再造纸的原料，这就为年轻人提供了一个难得的阅读机会。我妹妹和她在同一个厂里就工的同学经常想尽办法把一些"禁书"夹带出来传阅，当然我是最得益的阅读者。像巴尔扎克、罗曼·罗兰、莫泊桑、雨果、司汤达、勃朗特、杰克·伦敦、海明威等以及俄罗斯那些文豪的诸多作品，只要是当年国内翻译出版过的外国名著，应有尽有，几年下来我几乎读了个遍，当然读的都是小说之类，几乎没有读过哲学思想经典大作，因为他们对那些书籍也不感兴趣。如果说我在青岛九中上学时在校图书馆帮忙，几乎读遍了中国古典小说是我有生第一个阅读高潮的话，那么那些年集中大量阅读外国名著则是我有生第二个阅读高潮，在那个特殊年代，这是多么幸运的事。

关于阅读想起一件趣事。由于以前听年长的朋友说过"基督山伯爵"的故事，曾经特别着迷，恰好这期间我得以读到大仲马四卷本的《基督山恩仇记》，于是我便特意将书中所有的小标题抄下来帮助记忆，以备讲述。当时我正在青岛工人文化宫创作班集中搞创作，我就给创作班的一帮画友大讲爱德蒙·邓蒂斯——基督山伯爵的故事。那时年轻，记忆力好，不仅人名、情节，就连人物对话都讲述得详尽不已，仅第一册的主人公报恩部分就绘声绘色地讲了整整一天，众人听得如痴如醉。

沉迷宋词

"文革"前期，我单身住学校宿舍，养成了每晚睡前读书的习惯，特别是有两三年每晚必读宋词。我很早就偏爱唐诗宋词，手头除有一本早年购买的《唐诗三百首详析》外，还有一本1962年11月买的《唐宋名家词选》。我尤其喜欢这本宋词，反复翻阅，或勾画圈点，或偶记心得。书快翻烂了，也背过了不少名篇佳作。那时学校的老师都是在一间大教室里开会学习，每每我都会带一张报纸，在其边角空白处默写宋词名篇，既加强记忆也是雅兴。本篇题目"回首乱山横"就是出自苏东坡的名句。后来每逢见到宋词的相关评析书籍，我都尽量收集参阅，这让我受益匪浅。脑子积累的诗句多了，感悟的诗意境界沉淀在心中，往往看到一处景致或遇到一些事物，脑子里就会马上涌现出一些古人的相关诗句，心中荡漾着一种诗情。

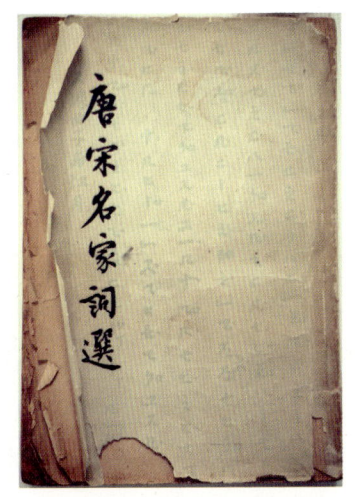

当年我读过的那本《唐宋名家词选》。

由古诗词带来的对中国传统文化的感知，对诗意境界的体悟，特别是对中国艺术气韵的追寻品味，都在潜移默化地滋养着我的性情和艺术审美，这些收益在我后来的艺术生涯中，特别是对版画创作都有着非常的意义。诗意，它诱导着构思，它下意识地融化渗透在作画的每一刀痕每一色块中，这和熟练的画画技艺感觉是不一样的。后来我的书法作品也最爱写宋词，并自治一方"梦回唐宋"的引首章以及"多情""长叹""澄怀""东流水"等闲章。

加工商品画

运动末期,有一段加工出口中国画的经历。

不知从哪年开始,每年春秋两季在广州都有由中国对外贸易部主办的对外贸易交易会,简称"广交会"。中国工艺品进出口总公司、山东工艺品进出口分公司设在青岛,公司每年都去参加广交会,分管绘画的部门就会拿回一些出口工艺绘画的订单,在国内加工后出口换外汇。外贸公司的这些出口画订单当时主要是通过李村路街道办的裱画铺来加工完成的,裱画铺当时由陈艺圃老先生负责。1975年,我在好友刘栋伦的介绍下,加入了加工出口画的作者行列。

那个年代,人们的工资收入普遍都比较低,大都只能维持最低生活水平,凡是过来人都深有体会,因此能画出口商品画对画画的人来说无疑是一个很好的挣钱机会。但是我一直搞版画,而当时外贸的出口画订单都是中国山水画,好在我以前在教师进修学院跟赫保真先生学过两年中国花鸟画,有点笔墨基础,再说毕竟有西画造型能力,最初照着画样,还能画下来。这时刘栋伦借给我一本王石谷珂罗版的山水长卷册子,临过后,画技大有长进。经过一两年的磨练,我已对清"四王"(王时敏、王鉴、王翚、王原祁)山水画的通常章法程式格局,对树的画法、山石的皴法、浅绛山水的着色等都已大体掌握了。当年在这里画商品画的有多位是岛城的才子名家、国画高手,他们也都常在这个裱画铺出入,外贸的许多仿古画都是他们出样品,广交会订货,回来批量加工的。我的水平渐渐提高后,也创作仿古样品,主要是仿"四王"风格的和唐寅

作者临摹的王翚的《山水长卷》。尺寸:27 cm × 450 cm(局部)。

及"马、夏"样式的画作,前者的披麻皴画面丰厚,后者的斧劈皴明快简洁。由于是出口工艺商品画,样品既要好看,又要有古意,还要便于加工复制、省工省时,掌握了这些规律后,后来我出的样品竟然也订货量很高,有时甚至在前几名上。

几经周折,李村路裱画铺的几位师傅都到了青岛六中裱画组工作,在杜沛霖老师带领下为外贸出口和社会服务。不过这时候已不是加工商品画,而是经营中国名家字画了,那时许多国内名家如张伯驹、潘素、田世光、陈大羽、孙其峰、穆凌飞等还有数位岛城名家都在其列,不过这已是"文革"后的事了。这时我也早已不画商品画了,只时常在裱画组浏览、观赏名画。

上面这段经历虽然对我在经济收入上有所帮助,但最重要的是得以接触中国画艺术,通过动笔演练熟悉了中国山水画的一些技法和审美趣味,在感悟中提升了鉴赏眼力,这算意外收获。

十年,漫漫长夜,生命中最美好的时光蹉跎而去了。当然,这期间我做的最有意义的事还是版画创作。

五、从木刻到拓彩

自学绘画

回顾一生,虽然我的前半生职业是中学教师,但我的主要身份还应当是画家。

学生时代我从不认为我有绘画天赋,也不曾记得有过什么"从小酷爱艺术"的童年,只不过小学、初中美术课图画作业经常受到老师表扬,对画画有些兴趣罢了。是时代环境把我推向了艺术的人生道路。

读高中时,有一件事冥冥中注定了我一生的命运。

我的亲二叔张冲云在抗日战争时期加入了八路军,后当过解放军胶东文工团团长,20世纪50年代初被调到北京担任中国人民解放军空军政治部话剧团团长，当年，这个话剧团在全国可是赫赫有名的，曾首演了《渔人之家》等许多饶有影响的剧目。1959年秋天，我读高一的时候，二叔带团来到青岛，在北海舰队俱乐部演出话剧《钢铁运输线》。二叔和中国人民解放军海军北海舰队义工团团长相熟，向他提到我喜欢画画，将来能不能去他们文工团做舞台美术工作，二叔还让我回家拿了一张画给他们看。虽然我的画很幼稚，但他们说行，团长似乎答应将来可以到他们团里去搞舞台美术。

这是一个似是而非的承诺，但对于我来说，在由家庭背景带来的对个人前途的迷茫中，犹如看到了一道阳光照耀下的美妙前景，点燃了我对戏剧舞台的极大憧憬和学习美术的热忱。从此，画画对我来说是很重要的事了。

我们班上有个同学姜宝林，他的哥哥姜宝星是青岛工人文化宫美术干部、油画家，由此就认识了他哥哥。那时姜宝星刚从中央美院吴作人工作室进修回来，带回不少习作，能看到正宗的学院派作品，这对我当时的绘画学习影响很大。

整个高中我利用一切课余时间自学绘画。当时理解舞美就是画舞台布景，自然就是要学习西画了。那时候没有条件拜师学画，学校的美术老师能力有限，辅导不了，我只好自学。由于平时我经常帮学校美术教师王老师做些事情，王老师对我非常关爱，就在学校找了间小屋作美术小组的活动场所，成全了我和几个爱好美术的同学画画的愿望。这大约是我上高中二年级的事。

20世纪五六十年代，中国的绘画艺术是唯苏联之马首是瞻，美术教育完全是学习苏联模式，我的素描也完全是按照苏联契斯恰科夫那一套自学的。我千方百计借来译自苏联的《给初学画者的信》《素描教学》《苏联高等美术学校素描》等，把一些重要的章节抄录下来，并做了学习心得笔记，以指导我的习作。这一阶段的学习，使我的绘画基础训练不仅严谨，而且正宗规范，这就为我将来的美术创作和教学打下了良好的基础。

同时，我也自学水彩画，画景物，画风景，画人物头像写生。那年代学画的教材极少，只能收集点印刷品当学习资料。中山路有一家"祥记行"古旧书店，出售并回收旧书，有时我就从那里花低价买旧画册，临完了，拿回去卖了，添点钱再买别的画册。记得从画册上临过张充仁、潘思同、汤由础的画以及英国水彩画集里的画。每到周日、假期，也经常背个破夹子到公园、街头写生。想想当年的绘画自学何其认真执着，又何其艰难清苦，不胜唏嘘。

那份对"舞台美术"职业远景的期待，不仅激励我刻苦自学绘画，还点燃了我对戏剧舞台的极大兴趣。整个高中阶段，我一直非常关注戏剧。为了将来从事的事业积累修养，我曾阅读了全套的朱生豪翻译的《莎士比亚戏剧集》等许多与戏剧相关的书，不仅留意学习舞台美术知识，还关注像表演上的"体验派""表现派"等凡是与戏剧有关的多方面知识。九中学校门口对面就是工人文化宫的阅览室，摆放着全国的杂志，市民可进去自由阅览，那时我经常下午放学后去阅览室，除了广泛阅读外，特别关注《戏剧报》，从这里窥知国内的戏剧舞台信息。

临近高中毕业，我写信给我二叔，问去北海舰队文工团的事。结果几行文字就把那个原本子虚乌有的"舞台美术"梦，彻底一笔勾销了。政治鸿沟面前，即使亲叔叔也爱莫能助。我在绘画上下了很多功夫，完全就是为了那份期待的职业，最终却职业无望，画画对我来说已经没有任何现实意义了。因为我知道，我不可能考美院走画家的路。高考，对我来说不仅是"政审"那一关断然过不了（虽然我的文化课成绩一直是班上的前几名），就算我能考上大学，我也断然不会去上大学的。我家太穷，上不起大学，作为长子我需要帮我父母挣钱养家。

高中毕业，与大学无缘，前途茫然。

那个年代，我决然没有从事艺术职业的奢望，无论将来以什么职业谋生，学生时代喜欢过的绘画、音乐，在未来的人生中，是只能作为业余爱好来自娱的。不过

作者早期的素描头像写生作品。

作者在公园写生。

即使是业余爱好，自学也得有个主要方向，在一阵权衡后，最终选择了绘画。

经过思索比较，我觉得还是学绘画优势多。一是同样是自学，器乐取得较高的成绩太难了，没有童子功，没有专业训练，学有所成几乎不可能；而绘画相对来说容易一些，更何况我已有了相当的基础。二是音乐作品不易保存，比如一支曲子，演奏完了声音就消失了，多么可惜（当时录音技术极其低下），一旦不能演奏了，就什么都没有了；而绘画作品则可以长期保留下来，永远存在，这也是优势。三是展示音乐需要当场组织听众，需要依赖外界提供机会，这多么麻烦，前景多么渺茫；可是绘画就简单了，作品永远摆在那里，多少人看，什么时候看都行——想来想去，还是在绘画上发展好，而且更适合我的性格。随着中学毕业、就业工作，精神情感就越来越寄托在画画上了。

寄情版画

从我刚刚工作开始，面对现实生活中的单调、无奈，以及屈辱和压抑，我就一直觉得，只有仰望艺术，拥抱艺术，才有可能让自己摆脱现实，投入一个自由美好的世界，获得内心安宁。那段时间，艺术创作的愿望一直缠绕着我，我自己也说不清楚，向往艺术是源于对美的追求，还是出于对现实世界的精神逃离，反正当时环境越困苦无聊，我的艺术创作愿望就越强烈。我会在我现有的条件下，竭尽全力地去做，去实现我心中那些挥之不去的如梦似幻的美。

执教后，我仍然不能长期安心于那种天天重复的、无休止消耗精力的工作。尽管教师这个行当还算是比较生动，也会有一点成就感，但把时间精力都消耗在学生身上，到头来自己一无所得，心中总有一种"落花流水春去也"的落寞空虚之感。艺术，始终如影随形陪伴着我，诱惑着我。白天的时间忙着教学工作，下班学生走了，学校空荡荡，我就想画画的事，教学工作和艺术创作，总在我生活中交集，那两年，我每每登临观象山看落日，寄托的就是这种心绪。

我需要创作，需要在创作中倾泻自己，完成自己。一开始我就把目光投向了版画，寄情于木刻版画的学习创作。

由于读高中时我曾下功夫自学过素描、水彩等，具有了一定的绘画造型能力，所以投入木刻创作并不困难。没有机会到艺术院校学习，只能业余自学。我用的第一套木刻刀是在中山路美术用品服务部买的，当时掏出一大把积攒的零钱——七元钱。记得当时售货员清点的最大面值钞票是五毛。我用的第一块板子是从一个包装箱上卸下来的三合板。我刻的第一幅作品是套色木刻《丁香花》，作于1963年，用的是油画色和誊写油墨。

那个年代，艺术生活并不普及，社会上几乎没有职业画家和艺术创作机构，在青岛，版画又是冷门，版画家极少，几乎找不到专业老师，因此，自学就是纯粹的自学。我的启蒙老师是从书店购买的李平凡的《怎样刻木刻》那本小册子。在我自学和创作木刻版画的前五年，从未有过专业老师指导，也从未见过别人演示木刻版画的制作程序。那些年，报纸杂志上经常发表版画作品，这些印刷品图片都是我学习研究的范本。为了搜集学习资料，我到图书室把过期的报纸借出来，将上面发表的版画图片剪下来，几年当中，分类粘贴了十几本"版画集"，这成了我学画初期最重要的教材。凭着这些小图片，独自一人揣摩着、分析着、领悟着黑白的妙用，练习着刀法的技巧，更探究着艺术创作表现的规律。我追踪着人家作品的趣味，尝试着自己的版画习作。由于我已经具备了一定的绘画造型基础，所以只要摸索领悟木刻的表现手段规律，并体会其中"版味""刀味"的妙用，就能比较容易地进入创作状态。

我是那么向往艺术创作，那么渴望在作品中表达一些什么，寄托一些什么，那么愿意把心中构思的积极主题、美好画面，用版画的方式表现出来。那时候，没有人告诉你去画什么，怎么画。20世纪60年代，中国艺术创作的主流就是"艺术来源于生活"，我工作在学校，当然学生、校园生活就成了我创作的主

作者在刻制木刻版画。

作者的第一幅版画作品《丁香花》。

要题材。那时候我创作的这类题材的作品有《朝气蓬勃》《老师您好》《出墙报》《舞台小姐妹》等。由于我常画水彩、风景写生,有时也就把这些习作刻成套色木刻,像《钟楼雪景》《风雨欲来》《小西湖》《港湾夜色》《林荫道》等,都是1963—1965年期间的作品。在政治热情的驱使下,我还刻过《加勒比海的英雄母亲》《雷锋》《先烈的足迹》等一些革命题材的作品。

从一开始,我的版画就很难区分"习作""创作",因为我总是在运用从别人作品中学到的东西来表达自己的创作意图,亦在创作的同时磨练积累艺术语言和趣味修养。现在回想,那个时候的创作动机十分单纯,没想参加展览,没想作品发表,没有任何功利驱使,当然也是因为社会没有提供任何机会。一切都那么单纯,那么投入,那么执着;没有怨言,没有奢望,也没有沮丧。那是一段漫长的激情暗涌的日子,是一段平静美好而又苦涩忧郁的日子。所有作品都是出于艺术表现的激情冲动,都是为了一种自我精神满足。

那年我曾请求学校的木匠李师傅帮我做了一个木箱子,我把所有刻印版画的用具都装在了里面,真是方便。"文革"初期不能住校了,我就在狭小的家中,伏在这个箱子上刻印了不少的小版画,记得有串联回来后刻印的套色木刻《广州三元里》《桂林小景》《雨花台祭》,还有那么多的青岛风景小品。

艺术是一座地狱之门,进入之后会备受煎熬。我把艺术创作的兴奋和苦恼

木刻版画《读红书》。作于1965年。

木刻版画《非洲战士》。作于1965年。

都雕刻在那些破板子上，让艺途跋涉的疲惫足迹掩埋在那些刀痕中。选择版画，我终生无悔。对于版画艺术，我不离不弃。版画艺术之舟承载着我的情感，陪我度过了人生的漫长岁月，在拥抱美的虚幻过程中，我所有的精神困苦和压抑都会化为乌有。

木刻时期

动荡的十年"文革"来了，我的版画创作进入了一个新时期。

在那个年代，奉行文艺的"二为"方向，虽然禁锢了艺术创作的自由，但也把所谓"革命文艺"提高到了一个特殊位置，也给了文艺作者一些机会。这期间，由姜宝星负责的工人文化宫美术创作这一块，成为全市美术创作的中心。市里一有活动，就会调我过去，或创作或当辅导老师，经常一去就是几个月。

1967年春，国内形势正处在一个特殊的时期。为了表现对1月22日成立青岛市革命委员会的支持，青岛市总工会决定创作一套表现夺权胜利的组画，定名为《122战歌》。那年头提倡"三结合"，盛行集体创作，就由我们几个被调上来的作者分工合作。那时我已有五年的木刻学习创作的经历，算是主力吧。我很快就完成了作品，刻的是组画的第一幅——黑白木刻《破四旧》。多年的潜心自学没有白费，对当时的主流创作模式，很能吃得透，在业余作者当中，我应当算是创作能力很强的了。

记得20世纪70年代初的一次集中创作活动，分给我的创作题材是表现先进单位青岛大港码头。从领任务，到去海港码头体验生活，确定主题，形成构思，收集素材，画出草图，以及上版面，刻出主版，套色版，最后印出来，一套油印套色木刻版画组画六幅，每幅五版套色，我仅用一个多月就完成了。差不多五天完成一幅创作，而且每幅都有人物，其中四幅是大场面的。当时年轻，

木刻版画《勇锁蛟龙》。作于1974年。

对创作怀有极大的热情,那种干劲,那种效率,现在自己回想起来,都觉得不可思议。那年山东省的一次美展,青岛入选了两件进京展的作品,其中之一就是我的这套《海港赞歌》。省里还传来指示,让作者再进一步加工这套作品,后来不知什么原因不了了之了。

"文革"运动后半期,青岛市工人文化宫几乎每年都要组织美术创作活动,而我几乎每次都得以参加。如赴黄岛考察油库的建设,到青岛国棉二厂参加职工美术创作辅导等。这期间创作了不少版画作品,最后的一次主题创作是和姜宝星合作的木刻版画。

1976年,文化部拟举办一次全国版画展,山东省在山东美术馆的组织下从各地抽调了一批作者到省城济南集中创作重点作品,我也被选调。这次集中创作,我除了要完成自己的作品,还有一项重要任务是与姜宝星合作,将他的油画作品《砥柱》刻制成版画,作为山东省的重点作品推出。时逢盛夏,酷热难当,这幅作品里面几个人物都是用素描手法刻画的,是我在木刻版画里比较下功夫的一件作品。是年9月,毛泽东主席去世,也顾不上什么版画展了,最后作品好像也就在省里展过。

我这个时期的木刻有两类,一类是带有俄罗斯风味的风景版画小品,另一类则是所谓革命题材的主题创作。

十年"文革"运动结束后,国内的文艺创作气氛空前活跃。青岛工人文化

木刻版画《迎春》。作于1974年。

木刻版画《岛城春雨》。作于1978年。

宫是我从事版画创作的发祥地，也是我和姜宝星组织全市版画活动的基地。我们成立了青岛版画研究会，我任会长，开展了一系列版画研究、创作、交流活动，还创办了自己的画刊《海砺石画刊》。青岛的版画活动在全国版画界都有影响，其影响惠及后来几十年的青岛版画事业。关于青岛这段可圈可点的版画史，我在《艺史留痕——我和青岛版画研究会》一文中有所叙述。

版画创作已然成为我生活、工作中不可或缺的内容，无论哪个时段我都在不停地创作。多年来，以艺术源于生活为圭臬，从生活中获取灵感，提炼美，成就作品，已经成为我的创作方式和经验。青岛面临大海，背靠崂山，海、山风景也曾是我常年创作的主题。

1979年，"第六届全国版画作品展"是"文革"后举办的首次版画大展，我的作品《采贝》《崂山小景》《雨后青岛》入选。这个展览除了国内元老级的版画家能入选三件作品外，只有极少作者会入选三件。1982年，中国首次参加国际著名美术大展"巴黎春季沙龙展"，我的作品《添新船》，作为1949年后三十多年来遴选的四十幅优秀版画作品之一参展。1981年出版的经典画集《中国新兴版画五十年选集》收入作品《采贝》，我是1949年后山东省唯一入选的画家。其后，国内出版的所有版画及相关画集，几乎都有我的作品入选，国内五十多种报纸杂志发表过我的作品。1980年，中国美术家协会和日本合作出版的第一部《中国现代美术家

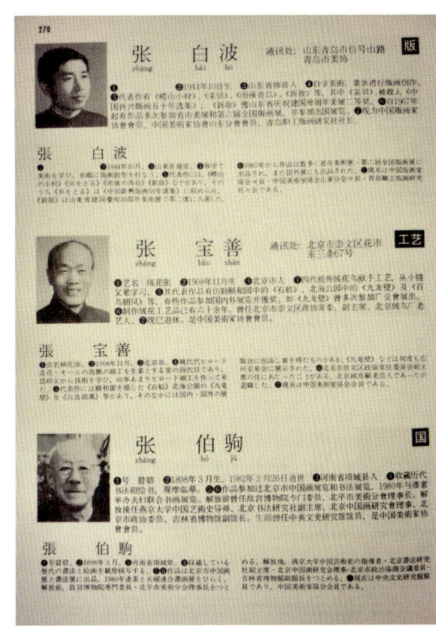

《中国现代美术家名鉴》选页。

1985年，中国美术家协会第四届美代会六届美展颁奖会现场。左起依次是：詹建俊（金奖）、郑爽（银奖）、张白波（银奖）、崔开玺（银奖）。

名鉴》（第一集），精选了全国八百名艺术家，我亦被选入其内。"文革"后，我的作品亦多次被国家选送出国展览。

1980年，我加入中国美术家协会山东分会，同年，山东版画学会成立，我当选副会长。1981年中国版画家协会成立，我是首批会员，随后当选为理事。1982年，加入中国美术家协会。自1984年起，我被聘为第六、七、八、九届全国美术作品展山东省总评委。1985年，我作为山东省美术家代表团中唯一的青岛市画家参加了中国美术家协会第四届全国代表大会，而且我可能是代表中唯一的中学教师。

回顾自己前二十年木刻阶段的作品，从幼稚到成熟，在展示自己的个性和审美取向的同时，受当时社会潮流的裹挟，许多主题创作携带着明显的时代印记，使这些作品具有了一定的文化符号价值。

虽然我的木刻版画创作渐入佳境，但同时也感到木刻版画的形式在表现上有很大局限性，大家拥挤在木版上，风格接近，既难以出新，也难以承载更多的审美理想。我知道，一个优秀的艺术家的终极目标应当是创立自己的艺术风格。在当时中国画坛空前活跃的艺术创作气氛中，我放纵自己的审美求索，心里涌动着寻找版画新形式的强烈愿望。

拓彩世界

1980年，我踏上了探索"拓彩版画"的漫长历程。

在中外版画艺术形式风格如此丰富、画家队伍如过江之鲫的竞争中，要想走出一条自己的路，是多么艰难，但总不是无路可走。长年来我挚爱中国的民族艺术，并有深切的体悟，冥冥之中，那些充盈着中国文化意味的审美理想在向我呼唤。我相信，在浩如烟海的民族艺术传统里，有取之不尽用之不竭的养分，只要钻进去，一定会有所收获。这些养分足以滋养我，让我找到自己的版画风格。鲁迅早就指出："采用外国的良规，加以发挥，使我们的作品更加丰满是一条路；择取中国的遗产，融合新机，使将来的作品别开生面也是一条路。"我是想走后一条路的。

我的目光投向汉代画像砖、画像石。

对汉代画像砖、画像石艺术，我一直非常喜爱。每每审视汉砖拓片时，都为其简约概括、沉雄大气的形象所震撼，更被那些斑驳、残缺的沧桑趣味所诱惑，特别是对砖石拓片上携带的原始痕迹越来越感兴趣。版画，不就是"痕迹"艺术吗，为什么不能借鉴呢？拓片或许本不是一种绘画形式，而是复印钟鼎砖石图形纹样的方式，那些起伏不平的纸面痕迹是拓印过程中出现的瑕疵，将来要通过装裱来处理平整。但从版画角度看，那些斑驳不平却是另一种独具趣味的版画形式。我仿佛看到了面前有一片尚未开发的艺术处女地，心中游弋多年的思绪有了依凭，我为自己的独特发现而庆幸。

于是我尝试用石膏这种材料来制版，沿着汉画像砖、画像石的艺术轨迹延伸，寻找版画艺术语言的突破。拓彩版画的创作理念在不断地创作实践中，很快就成熟了。

拓彩版画的最大特点是突破了一般版种二维的平面印痕（综合版除外）具有三维的立体痕迹。我选择用石膏制版。通过实物体积和肌理的翻制利用，加以雕刻刀法的恣意发挥，使版面上呈现出各种点、线、面、体叠加交错的痕迹。这些立体痕迹既表达着形象，又携带着激情，蕴含着力度，已然

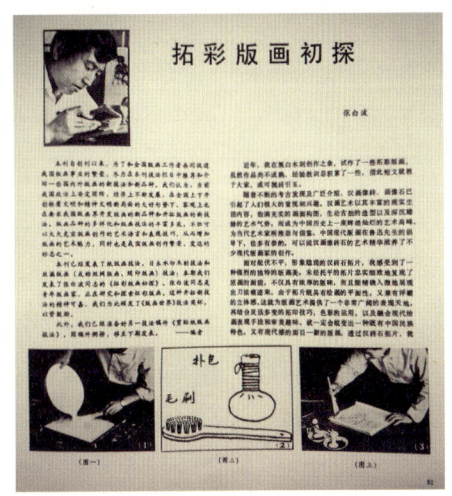

《版画世界》发表了作者的拓彩版画论文。

《崂山·冬》拓彩版画。作于1981年。

超越了常规版画的语言技术规范，充满三度的造型趣味。重要的是，这些起伏痕迹将来都会拓现并固定在作品中，使作品在二度平面和三度立体的互补中，能承载丰富的视觉信息和艺术表现力，能拓展作品的审美视野，给人以新鲜的感受。这些琳琅满目的痕迹，不仅在技术上是作品拓印的支撑，更是在语言上

为画家的情感宣泄和审美体现提供了绝好的载体。

拓彩版画的另一个突破是彩色拓印技法的创新。但显然,古人的单色拓印技术已不能满足今人的语言表达和审美需求,于是,在不同题材的版画创作中,多种拓印技法逐渐发明并成熟了。我让色彩的叠加渗化和版面的立体痕迹融为一体,浮雕的版式使色彩更加厚重斑驳,而色彩又强化了浮雕的层次深度;我在同一版面的每次拓印时,寻求随意的用色变化,于是画面在复数制作的稳定性中,又显现着印痕每每相异的生动趣味。我的创作审美指向是,要把虚实相映的立体痕迹之美,随意赋彩的拓印色彩之美,原始手工劳作的手感之美,凝结在作品中,以形成一种淋漓尽致的版画艺术风格。这种版画,既有浓厚的中国传统艺术血脉,又有时代的审美气息,它应当是中国现代版画大家庭中的新成员。

随着每一幅作品的构思、制版、拓印,我都在实验着新的画面形象表达,新的痕迹语言设计,新的拓印手法和程序,力求创造新的视觉效果。真正的创新,应当是在吸收多种艺术元素后的艺术观念的拓展,艺术形式的更新,以及艺术语言上的丰富和完善。而这一切,都应当在作品中实现。

多年来,我的拓彩版画作品从题材上大约可以分为两类,一类是关乎海的创作,一类是关乎传统文化的创作。

我生活在海边,当然要把家乡的大海、小岛、鱼、渔船、渔妇、渔村的生活作

《比目鱼·溯》拓彩版画。作于1995年。

《小岛·雪》拓彩版画。作于1986年。

为作品的主题。但是要把这些现实生活中的形象用拓彩版画的形式表现出来,确实有很大的难度。多年的创作经验告诉我,从现实物象到拓彩画面,有很大的距离,且不说不是什么东西都能入画,就是能入画的东西,也得经过特殊提炼改造,才能适合拓彩的技术语言,融入规定趣味,形成完美作品。在这里,我不可能举例来解说那些作品,但如果有兴趣的话,内行人都会从我的作品中看出画家创造性的用心。

《佛梦·月》拓彩版画。作于 1989 年。

沿袭木刻创作,我在表现现实生活的拓彩作品中,依然十分重视作品的内涵境界,视其为作品生命。作品《载月归》《新月》《夜渔》《渔忙》等都是诗意地描绘了渔家的生活。而《船》系列表现船,《小岛》系列表现环境,《比目鱼》系列表现鱼,也都赋予了它们超越现实景观的内涵,富有意趣。几十年来,在对现实生活美的发现中,我雕刻着眷恋,拓印着梦幻,让原本平常的景物诗化为版画之美。拓彩版画的长项不在于写实,而在于它能创造一个似是而非的另类空间。在这个有限的空间里,我借助一切物象,借助斑斓的痕迹,借助浮雕的起伏和

《唐诗·江雪》拓彩版画。作于 2006 年。

光影,最大限度来构建着理想的意境,完成自我的审美寓托。我在意作品的品位,而不追求作品的数量。

我的另一类作品折射着我对文化的兴趣:《佛梦》系列(风、花、雪、月、春、秋)表达人性的感悟,《生命》系列赞美生命的美好,《长城》系列抒写江山历史情怀,《战马》系列喻托人生的奋斗历程,而《唐诗》系列则在诗、书、画、印集于一体的画面上寻找对唐诗的视觉解读和欣赏。祖国的传统文化,更像是浩瀚无边的大海,她启迪我的智慧,陶冶我的情趣,传递给我厚重温蕴的无限美感。对历史沧桑的感慨,对古人诗意的向往,对佛禅的人性超越,以及对祖国山川风景的寄情,

这些情怀每每激起我的创作冲动。而当我试图用艺术作品来诠释这些情结时，并在这种极具民族传统文化意味的拓彩版画上获得了美的实现时，我感到了极大的乐趣和快慰。

1984年，由著名版画家李平凡和《版画世界》刊物确认了"拓彩版画"的名称，并发表了我的论文《拓彩版画初探》和作品，荣获了首届"版画技法奖杯"。随后几年又在《美术》《版画》《版画艺术》《齐鲁画刊》《美术向导》、日本的《版画艺术》等专业刊物多次发表相关论文。上海辞书出版社出版的《中国美术辞典》将《夜渔》作为拓彩版画新版种的范例刊于彩页上，我作为《美术辞林·版画艺术卷》撰稿人，编写了关于拓彩版画的全部条目，这一切证明拓彩版画在中国新兴版画史上获得了应有的地位。

文化部外联局印制的年历。

1990年，文化部对外文化联络局拟将中国美术馆收藏的我的拓彩版画组画《四季树》印制成年历礼品赠送各国驻华使馆，但由于拓彩画面的凹凸效果无法制作，遂印刷单位专门将其作为一个科研项目攻关解决，最后历时一年完成了1992年年历的精美印制。1991年，中国对日本发行的刊物《人民中国》亦印制了年历，随年底最后一期刊物赠送。由于拓彩版画独具特色，我的作品多为官方推崇。

《人民中国》印制的年历。

从1984年我的作品《载月归》在第六届全国美展获奖开始，后来所有全国性的美展和版画展，我的拓彩版画作品几乎都能参展，并且多次获奖。我作为山东省的重点版画作者，不仅参与省、市的几乎所有美术创作活动，而且作为中国版画家协会的理事，几乎参加了那几十年全国版画界所有的重要活动。这期间，由于频繁的国际艺术交流活动，拓彩版画浓厚的民族特色也让我的作品享誉海外，如获得日本艺术交流中心金奖，日本神户美术馆"文化功劳金杯奖"，日本国际版画研究会1997年度金奖，美国ABI"20世纪国际杰出艺术贡献奖"等，我被名列英国剑桥国际名人传记中心《世界名人录》，美国人物传记研究所《当代国李桦先生的题词。

际成就名人录》。

  1988年，我入选青岛市首批拔尖人才，终身享受政府津贴，1999年获中国版画最高奖"鲁迅版画奖"，在我退休之际又获山东省文化厅、山东省文联颁发的"山东美术创作荣誉奖"及青岛市政府颁发的"文艺精品创作突出贡献个人奖"。进入21世纪，我亦多次参加国内国际的版画活动，如作为文化部特邀画家连续参加中国艺术节画展，被聘为国家艺术基金专家委员会评委等。三十多年来，作品被国内外多家美术馆收藏，亦入选多种画集。

  在我为终于创立了自己的艺术风格，得以成为当代中国主流版画家队伍中的一员而庆幸时，深深地感念我国老一代版画家的呵护和栽培。在和上一辈老版画家相处的日子里，不仅对他们的谦和磊落的人格由衷感佩和敬重，也为他们毫无架子地提携后进而万分感激。李桦先生为我题写过"张白波版画展"；古元先生为我题写过展览贺词；王琦先生不仅为青岛版画研究会展览撰写"前言"，还为我的画廊"白波画苑"题词；彦涵先生也为青岛版画研究会的展览和"白波画苑"题词。2003年，我在青岛办第一次个展，时任中国美术家协会版画艺委会主任的宋源文先生为我撰写的"前言"，并答应以中国美术家协会版画艺委会的名义主办。2008年办个展时，又是时任版画艺委会主任的广军先生为

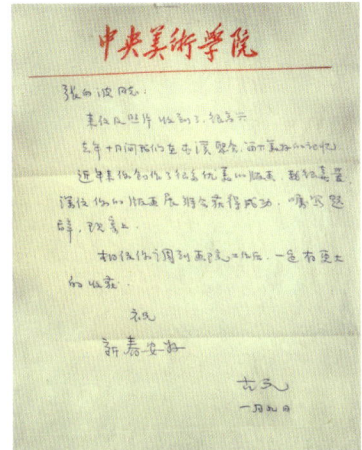

古元先生的亲笔信。

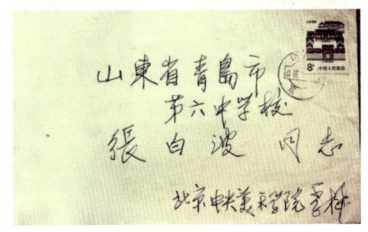

李桦先生、古元先生的邮寄信封。

我撰写的"前言"。难得的是上述题词、撰文,当年都是有求必应,通过书信往来完成的。想想古元、李桦、王琦、彦涵等老先生给晚辈题了字,还得装信封到邮局贴上邮票寄出来,这是多么大的情分!晚辈现在想起来依然唏嘘不已。

版画前辈中最令我难忘的是李平凡先生。

1980年,李平凡先生第一次来青岛办日本版画展,我在那时结识了先生,直到先生去世,我从未与他断过联系。起初李平凡先生发现我在探索拓彩版画后,就一直鼓励我,不仅多次把我的作品介绍到日本展览,还让我和日本的"中国版画之会"建立了联系。如前所述,是李平凡先生主编的《版画世界》奠定了我的拓彩版画在美术史上的地位和社会影响,对此我没齿不忘。1989年,我第一次出国赴日本举办画展是李先生安排的,后来所有和日本有关的版画活动几乎都与李先生的缘分相关。1997年,李平凡先生在《张白波荣获日本金奖致辞》中写道:

"据有关调查资料表明,张白波同志是我国版画家在国际上举办个人版画展最多的版画家之一。仅在所谓"版画国"的日本,张白波的版画展即达四十多次,成为最受欢迎的中国版画家,曾被邀在日本讲学,连续获得日中艺术交流中心金奖和日本神户美术馆金杯奖,表彰张白波同志在版画艺术上的可贵成就,和为我们祖国获得版画荣誉。他的版画为日本和欧美许多著名美术馆所收藏,是我国在国际上被收藏作品最多的版画家之一,生动地反映了国际社会对他作品的高度评价。"

艺术前辈德艺双馨,是我们这一代人的楷模。

古元先生题词。

作者和广军先生在广军为作者写的个展前言前合影。

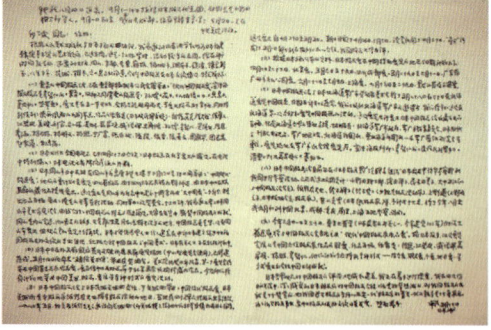

李平凡先生写给作者的亲笔信。

六、人生节点

  人生会有许多坎坷，也会有一些可能改变自己命运的机遇。在大多数情况下，由于强大的客观环境的制约和个人的弱小，一般人很难自主支配自己的命运。但是当人生的际遇出现时，能不能看到，能不能把握，能不能做出正确的选择，却是非常重要的，它或许能改变甚至决定一个人的人生走向和命运。

  我在人生命运的道路上，无论是烟雾茫茫的彷徨时，还是眼花缭乱的风光时，我既没有垂头丧气，也没有欣喜若狂。一路上，我既留心足下道路的凹凸不平，也纵观远处风景的山峦起伏，还时而仰望天际的风云变幻。我既没有奢望，也不甘心虚度，在人生的一些节点上，我有自己的判断和选择。我失去了一些，但得到的更多。

不识抬举

  由于创办美术班取得的良好业绩，加之版画创作屡屡获奖，特别是能得到市委书记、市教育局党委书记亲自家庭拜访，解决住房问题，我已成为市里文化教育界的"红人"，更是学校的"大红人"，于是学校领导当然也就对我另眼相看了。当时在任的学校党支部书记几次对我表示要在政治上"提携"我，想改变我作为一个普通美术教师的身份，我均不置可否。终于有一次，他约我在他的办公室正式谈话，苦口婆心地引导我应当在政治上更上一层楼。这一次我明确表示拒绝，因为我知道这是人生方向的重要选择。我当然明白这一切是领导对我的关心爱护，是在为我开启一条仕途上升的通道，我甚至都能想象出由此我或许会"如虎添翼"步入下一段的人生辉煌。但这意味着我今后会"粉墨登场"，会在一个众人瞩目的舞台上表演，更会在一个权力圈子里与人争斗，会不得安宁。我从不贪恋那些社会虚荣，与其将来厌倦或败下阵来，不如我现在选择回避。

没想到我的"不识抬举"立刻就带来了后者效应。1987年，在确定我连任青岛市第七届政协委员时，政协工作人员来学校盖章，书记不同意，执意要换另一位美术老师取代我。工作人员不敢作主，回去请示后，表示同意两位美术老师都可以成为市政协委员。结果书记还不答应，一心要把我拿下，说还要再加一人才行，加上他欣赏的另一位老师，上面又同意了。最后书记还不同意，拒绝发通知给我，我是自行到市教育局党委书记宋国云那里去取的通知，宋书记告诉我：你不要和他一般见识。结果最后小小的青岛六中在这一届政协会上就有三位市政协委员。事后市政协主席杨书记曾对我开玩笑说过：白波你真行，你的事还得市常委会研究啊！

接着学校开始搞第一次教师职称评定，像我这种情况，高级教师职称竟然没我的份，原因不说自明。当然后来还是补上了。

1988年，中共青岛市委、青岛市政府出台了选拔任命"青岛市专业技术优秀人才"（即"拔尖人才"）的政策，我被选为首批"拔尖人才"。当市委组织部的人到青岛六中盖章确认时，该书记又不同意，不予盖章。当然这种事岂是一个基层单位的支部书记说了算的，他不可能得逞。

对以上这些烂事我从来也没在这位书记面前提过，一句都没提，更不要说去争辩讨个说法了，因为我认为不值。我只觉得过去五六年来，书记同志曾经对我的工作那么支持、关爱，最后竟然就为"不识抬举"而背后翻脸，屡屡作梗，真是心胸太狭隘了，我为他的做人失尊惋惜。

上面这件事可以说是我人生的一个重要节点，我还没有登台，放弃与人竞争，就有了这么多的麻烦，倘若我热衷追慕名利虚荣，真还不知道会有什么下场。这种基于对现实的深刻认知，就无须细说了。

不争

1988年秋，山东省美术家协会在烟台召开美协领导换届大会。省美协事前在全省摸底调查候选人名单，我排在全省第三名，当然就是这届省美协主席班子的候选人了，而且是代表青岛地区的唯一候选人，看来我当选省美副主席是十拿九稳的事。按当年的规矩，省美协的主席班子，除省直（省直属相关单位，如省机关、省属大专院校等）有多位名额外，下面各地市只有一个名额，不像后来主席团动辄几十人。凑巧当时我刚调至青岛画院任创作部主任，宋新涛也刚任院长。倘若青岛画院创作部主任当选省美协副主席，而院长却不是，这是很尴尬的。于是在参会时，宋院长就带一位非常有能力的办公室人员（非与会代表）前往，专门在会议期间做工作，争取当选省美协副主席。

这一切我很清楚，本来我应当在各组代表中示好，争取选票，但我什么事也没做。我不能为宋院长的竞选制造障碍，最后选举结果可想而知。文化艺术圈里的人都知道，这种官方专业团体的身份对艺术家来说多么重要，多么诱人，多少人不惜一切削尖脑袋地去谋求职务。这次选举我虽有失落之感，倒也安心。在这之前我与宋新涛先生是多年相互尊重的好友，他在职期间亦几次劝我加入组织，以作他的接班人。直到他退休前最后一次会后，郑重告诉我，他要撤换青岛市美协秘书长（他时任青岛市美协主席，我任副主席），让我接任，主持青岛市美协工作。我断然拒绝，我不会跳入人事争斗的火坑。

不谋连任

20世纪90年代初，青岛画院宋新涛院长退休离任，院长职位已空缺一年多。可能是我的人缘好吧，画院的画家除当任的副院长和我以外，八位画家中的六位画家联名给市委宣传部写信，极力推荐我为画院院长。不久画院的主管部门青岛市文联党委委员尤凤伟同志到画院代表组织找我谈话，告诉我：白波啊，你先干着画院的副院长吧，主管画院业务。当时虽然大家知道我不愿意当官，但我出于对众画友的热心信任，不能有拂众意，就上任了。

哪一个单位没有是非，没有潜规则？自然画院也不例外。由于我不屑去适应潜规则，自然很快就被边缘化了，三年任期届满，我就面临被离职。当时包括市文联个别领导在内，对此颇有异议，认为对一个没犯任何错误的人这样处理，没有先例。其间有社会好友甚至为我约好了市里主管领导和我面谈，以求申诉。对这一切的外界的不平和善意挽回努力,我都拒绝了。原本我就不在意官场虚名,更何况我感觉在职期间工作处处掣肘,毫无作为,实在无须再去内斗谋求连任。结果无官一身轻,乐得半生逍遥自在。

不出国定居

20世纪90年代,正是出国热的高潮,许多演艺明星、艺术家纷纷出国谋求发展。1992年,我的一位好友,曾就职北京人民美术出版社的青年版画家姜旗已定居美国,他来信告诉我美国刚出了一个优秀人才移民新政十条,只要符合其中三项条款,就可以拿到美国绿卡。而且他还为我推荐了美国方面的律师,费用三千美元,可先预付一半即一千五百美元,就可以到广州的美国领事馆直接拿到绿卡,不必像很多人那样去美国排队几年等待。姜旗寄来的美国绿卡条文,我一看,十条中我竟然有六条符合,这是多么好的机会。

但是权衡之下,我犹豫了。去,如此便捷,还可以带着儿子入籍美国(儿子当时不满十八周岁),是难得的机会。可是在这之前,我于1990年曾应美国"亚洲艺术合作委员会"邀请,赴美国举办"首届现代亚洲艺术家系列展——张白波展"(丹佛)和新墨西哥州大学美术馆画展并讲学时,曾经在美国的亲戚家住过三个月,比较深入地了解美国的社会状况和华人在那里生活的艰辛,不像有些没去过的人对美国充满美好憧憬。我知道像我这样的人在那里打拼会非常艰难,我在中国获得的一切生存资本在那里会全部归零,我何必舍弃在中国体制内的稳定生活而去美国从头做起呢。犹豫之际,我遇到了青岛九中的学兄谢立信,他在美国工

20世纪80年代,作者与版画家朋友在青岛留影。
右一为姜旗,右二为王仲。

作多年，在青岛创立眼科医院，是中国工程院院士。我将此事征求他的意见，谢立信断然告诉我不能去，并说明了理由。自此，我断了赴美长居的念头。后来我知道许多赴美的画家朋友在那里辗转多年，最后还是回到了国内。我庆幸这一决定，没有误入歧途。

以上都是一些决定半生命运的节点选择，还有些选择虽不重大，但也饶有影响。

大约1981年，中央美术学院办第一届版画进修班，招收的学员都是"文革"后国内崛起的成绩显著的青年版画家。中央美院版画系的系主任梁栋先生亲自写信并寄来表格，邀我参加这个班。但当时我正致力于办青岛六中的第一届美术班，怎么能开口请假，放手离开？于是失去了一次极好的学习机会。

20世纪80年代初，山东艺术学院单应桂老师来信，说山东艺术学院要开设版画专业，想借调我去授课。我知道，那是想将来调我过去创建主持版画系。我以青岛六中事务繁忙离不开婉拒了。其实真实的理由是我不喜欢在济南工作。青岛靠海，我的版画创作离不开大海，大海是我的半条命，离开大海我的艺术生命会萎缩的，纵使到大学执教连升三级，我也不会去济南定居。后来他们约了另一位烟台版画家去了，不过他没被留下。

还有一件事。1984年，人民美术出版社聘请我担任《版画系列丛刊》的编委。按当时的约定，我们十位编委每人可以免费为自己出版一套作品专辑。这可是一个绝好的机会，人民美术出版社——这在那个年代可不是一般画家可以高攀的，能被认可入编出版画册，就是身份的象征。很快几位编委就推出了自己的专辑，但是我决定放弃。当时我总觉得作品不理想，除新作的几幅作品尚可外，以前的作品都不行。如果出版了专辑，这样的作品流散到全国（人美的画刊是全国发行，

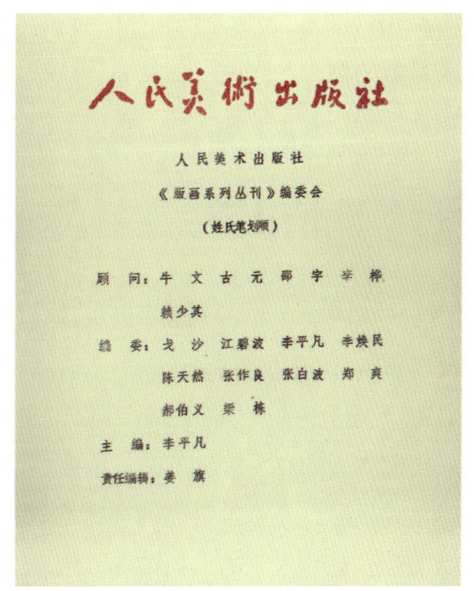

作者受聘《版画系列丛刊》编委的通知。

影响甚大），事后我肯定会悔恨不已，我不能贪眼前小利而对自己和读者不负责任。

还记起在评奖事宜上面临的一些选择。如 1987 年，山东省首次设立文艺创作的"泰山奖"，我是评委。当时我的版画《小岛晨》有机会获奖，但我觉得该作品已在全国的版画展上获过奖，就推辞了。1994 年的第八届全国美术作品展览的评奖规则有所变化，不设金、银、铜等奖项，只要省美协选送全国展的作品都算获"优秀作品奖"。我是这次山东省选送作品的总评委，完全可以让自己的作品获奖，但我觉得我已经在前两届全国美展上获过银奖、铜奖，这次既然在很大程度上我可以说了算，就把机会让给别人吧。事后在晚宴上，好心的评委朋友都说我傻，说这种事哪有推让的。摆在眼前的全国美展大奖不拿白不拿，后来我也觉得自己确实有点迂腐。

回望人生，总是在算计得失。人有得必有失，但也可以说有失，方有得。在人生道路进退的选择上，面对功利我大多是选择退，由此肯定减少或避免了许多麻烦，才得到了我在绘画事业上的那一点成功，得到了内心的安宁。当然，有些事情的选择还是出于对社会有深刻认知的原因，就不必细说了。与我关系甚好的画院画家朋友徐立忠曾这样评说："白波知进退。"我颇以为然。

七、性情人生

大家生活在同一个现实世界里，虽然贫富不同，但社会环境和物质需求都差不多，皆可谓芸芸众生。一个人在宇宙时空中就是一粒尘土，微不足道。但是每一个活着的人却都在珍惜自己，珍惜自己的生命，创造自己的生命价值。

随着人的"三观"不同，智商、情商不同，每个人都会有一个属于他自己的精神世界，显示着自己的存在价值。我已步入古稀之年，回望梳理自己的生命历程，品味人生的百般滋味，记录下来，也算是对自己负责，对友人、亲人有个交代，也是对自己曾经存在的一个印证。

炽热的创作欲

　　回首半个多世纪的人生，从真正懂事起，孤独、压抑、苦闷、失望、自卑包围着我；美好、艺术、高贵、尊严又诱惑着我。在当时那个家庭和社会环境中，我曾想挣脱，但深知自己身世的凡俗和低下，深知美好的东西不会属于我，因而倍加失望。年轻时代的我，毫无理想可言，眼前看不到一丝光明，我不知道将走向哪里，内心充满迷惘和痛苦。

　　受到一些偶然的鼓励，从高中时代开始，我曾试图学习绘画，由不自觉到自觉。我尝试用美术创作来求得心灵激情的寄托，可以使自己不用仰仗别人而能偷偷地接近美。我从来不敢奢望当画家，当艺术家，连想都不敢想。因为我自知没有才能，更没有机会——人生的成功和美好离我太远太远，我无法看到，也根本看不到。尤其是那个时代，人连梦想的权力都没有，根本就没有梦。

　　强烈的创作欲、狭窄的学习环境以及贫困，使我选择了版画。诚挚和努力渐渐让我获得了机会，使原本认为不可能的事，有了可能，因而也有了一点点自信。就是这点自信鼓励我坚持下去，坚持再坚持。随着一件件作品的完成，一次次美的实现，人生的前途也渐渐光明了。特别是我的作品获得了社会的认可，创立了自己的艺术风格，并且时到中年有了专业画家的身份。这就使我终于摆脱了年轻时代的压抑、困顿，而感受到个人的价值和尊严了。

　　随之，我原本的性情也完全获得了释放。我回到了自我。

　　我在艺术的天地里驰骋，这里没有障碍，虽然有时代世俗的局限和制约，但总可以找到适合的途径奔向自己的理想审美世界。艺术创作须要执着坚持，须要心灵澄澈，须要真诚热情。个人生命是艺术的根本依托，艺术会带给生命美好，我让有限的生命与艺术共舞，沉醉于创造的快乐，此生足矣。

　　我是真诚的。回想过去岁月，在不断地诱惑和选择中，我坚守本分。经历人生困苦的底蕴在起着稳定人心的作用，不至于使自己膨胀忘形，飘飘然而误入歧途。在事业上，对于成绩、荣誉、地位，以及社会职务，从未有过一次违心取巧、疏通关系、厚颜乞求，也从未有过一次金钱买卖或变相交易。我为自己心底的这份干净而深感自慰，特别是在当下这个浮躁而又浑浊的社会环境里。

1995 年开办的"白波画苑"。

2003 年,作者在法国举办画展时与法国版画家朋友交流。

20 世纪 80 年代初,日本"中国版画之会"在赏析作者版画作品,立者为会长小野田耕三郎。

开办画廊

在我几次出国交流中,看到国外那么多精美的画廊,十分羡慕,于是在青岛市政协会上多次写提案创办画廊街,但无结果。1995 年,我有机会借助学生的帮助,在高科园建设银行的支持下创办了一个画廊——"白波画苑"。画廊位于高科园石老人海滨,环境极其优美。画廊仿照国际格式,经营画家的原创作品。由于品位高雅,氛围温馨,并且不断地开展国际艺术交流,凝聚着业内人气,使我的"白波画苑"成为当时省内屈指可数的专业画廊。创办画廊,为朋友作品开拓市场,也经营一些艺术制作装修项目,前后历时十年。开办画廊使我在版画创作之余,也体验了一番艺术市场的味道,丰富了人生阅历。

国际交流

我注重开阔视野,充分利用机会开展国际艺术交流。20 世纪 80 年代初开始,在李平凡先生的介绍下结识了日本"中国版画之会"的小野田耕三郎、大中五江等人,和"日本国际版画研究会"的片野孝志以及"日中艺术交流中心"等的多位日本版画界朋友,开展了长达三十多年的版画艺术交流活动,时至现在,仍与个别朋友保持联系。我与韩国方面的版画亦有多渠道的交流,不仅作品多次参加交流画展,而且我作为代表中国方面的策展委员,还帮助他们的国际画展组织过中国画家的作品参展。

回顾四十多年来，先后到日本、美国、法国、德国、埃及、韩国等多个国家举办多次画展、讲学。到国外举办画展是很有意思的事，由于我的拓彩版画有着浓重的中华民族传统的文化特色，所到之处颇受欢迎，让我体悟到东方艺术在世界文化中的地位和自己的艺术成就感。借着举办画展的机会，我在他国受到朋友们的热情款待，领略异国风情；他们来到青岛我陪他们浏览岛城风光，畅饮青岛啤酒，这一切都留下了极为美好的回忆。现在回想起来，每一次的交流都有不一样的故事，可惜不能在这里占用篇幅讲述。这些往事沉淀在我的记忆里，成为我的一份宝贵的精神收藏。

收藏雅兴

20世纪90年代初，我到画院不久，在文物小商贩的串访推销下，逐渐喜欢上了古陶瓷文物的收藏。陶瓷是中国传统文化的瑰宝，作为画家很难拒绝它的诱惑。从表面浅层次地喜爱，简单地收藏，到逐渐入迷，翻阅大量的相关专业知识出版物；从五大窑口、民窑、官窑到青花、釉里红、粉彩、窑变；从喜字罐、将军罐、嫁妆瓶到鱼盘、佛头、彩陶……研究越来越深，兴趣越来越广，收藏的物件也越来越多，直到痴迷。收藏是雅兴，我从来也没指望"捡漏"而在收藏倒卖中获利。但收藏总是要有资金投入的，过度痴迷以致"玩物丧志""倾家荡产"就并非好事了。我总认为收藏是一种精神消费满足，当适可而止，绝不能陷入物质占有欲的泥淖不拔。特别是随着专业知识的积累，眼界提升，发现假文物太多，且在金钱的诱惑下业内多有陋习，遂收藏兴致渐淡，以致戒瘾收手。

通过收藏积累了一些知识，也陶冶了性情。家中、画室摆放这些物件不仅是赏心悦目的装饰，更由于其浓缩的民族文化而为环境增添了幽雅沧桑的气息。后来我每每参观博物馆就有了特别关注其相关文物的兴致，辨识赏析，内心会荡漾着一种似曾相识的亲切温馨之感。

作者的书房一角。

浪迹天涯

我愿意旅游。旅游是讲究层次的,低级的旅游满足游玩娱乐,而高级的旅游则是开阔人的精神视野,充实"三观",满足人的精神需求。我们这一代人早年受政治环境和经济条件的制约,没有旅游的概念,一般人不可能旅游,更不可能出国旅游。我是从20世纪80年代末第一次赴日本办展览开始,走出了国门放眼外部世界的。从此一发不可收,多次到过美国,去过俄罗斯、德国、法国、比利时、丹麦、奥地利、匈牙利……几乎走遍了东欧、西欧,像埃菲尔铁塔就上过三次。更曾顺着尼罗河看埃及,环着地中海串南欧,饱览了无数的华美教堂、美术馆和博物馆。还乘坐环加勒比海的豪华游轮经过南美的哥伦比亚、洪都拉斯诸国。到过寒冷的阿拉斯加,炎热的夏威夷;还有东南亚的菲律宾、印尼、缅甸、斯里兰卡……不同的国度风光不同、文化各异,阅历世界风情,感觉没有枉活一世。

作者与好友李洁在尼泊尔加德满都。

临近退休我考取了汽车驾照,大大地开阔了自己的活动空间。特别是我有一帮文化修养深厚又志趣相投、"三观"高度一致的文化精英朋友,每每相约自驾同游,真是其乐无穷。这几年我们一起驾车穿行在人文江南,翻越在西藏荒山,奔驰在蒙古草原,一路上饱览山河之美,游走名胜古迹、探访文化遗存,寻觅先贤故址,其收获和愉悦无法形容。这个年龄的游走,不仅是享受到了亲近大自然的愉悦,增加见识,更是抒发和寄托了自己勃郁的文化情怀。

作者六十八岁时在西藏5000米海拔高处纵身一跳。

寄情花木

母亲喜欢养花,但环境所限,只有三五盆。我也喜欢花木,到画院工作后,画室和走廊里摆满了盆栽花木,是全院画家当中养花最多的人。后来退休住在白珊学校,室内室外地方大了,更是成全了我的盆景情结,竟然有了几处小的盆景园。

我喜欢莳养树桩盆景。栽培植物,是我们身居城市的人日常亲近自然的最好方式。我特别愿意培养老树桩子盆景,多年来在网上邮购天南地北的生桩材,回来培植。花木是有生命的,在养护的过程中,在对植株的生命期待和美好向往中,养护者能得以寄托情致,陶冶心性,还考验着人的耐心和勤劳,从而获得了修身养性的愉悦,甚至可延年益寿。在养育盆景的岁月里,我已形成一些与众不同的养护理念和审美趣味。对于我这个年龄的人来说,已历经人生的岁月沧桑,犹如盆景里的那些斑驳嶙峋的老树桩,备受风雨摧残和惯看春秋轮回,由此对新芽的萌生和枝叶的伸展格外地钟爱和珍惜,特别崇尚盆景的生命自然之美,不愿像盆景界流行的那样,为了观赏悦目而强行将植株扭曲成一些套路造型。

苍老的树桩给人以沧桑之美,枝叶萌发给人以生命之美,光影婆娑给人以安静之美。春来秋去,伴随缓慢的花木生命节奏,昭示我体悟人生的从容。在盆景花木和我相互守望之际,我常常感到一种超然尘世天人合一的快乐。我的院子、平台、画室养满了花木,有七十余个品种数百棵,由此我的画室名为"伴绿阁"。十年前,青岛市电视台专门以我的盆景为题

龟甲冬青盆景。

作者栽培的"黄荆"盆景。

材做了一期"花木白波"的节目。

多年来，徜徉在千姿百态的盆景天地里，面对不同植株，多有感悟，于是时以文字记之，并于四季拍照留念，这既不负花木为我呈现的天趣之美，又得以在记忆里存留遗韵，不知不觉间我竟积累了多篇散文作品。如来得及，我会编辑出版一本图文并茂的有关花木盆景的书。

书法情结

我喜欢书法。在中学任教时临过一些碑帖，后来喜欢隶书，也下过一点功夫。到画院任专职画家后，常有笔会活动，开始是画中国山水画，感觉太麻烦，后就改写书法应酬，于是一发不可收，在书法研习上更加用心了。大约是20世纪90年代初吧，忽然发现汉简帛书很有趣，古朴而生动，且有绘画美感，结合自己在版画创作中对金石趣味的感悟和以往的隶书功底，渐渐融会贯通演化出一种与众不同的字体风格。

作为"中国文化核心中的核心"的中国书法，有着无穷的艺术魅力，亦有着丰富的文化内涵。长期的书写实践和思考已形成了一套自己的书法创作理念。简单来说，第一，书艺首先要讲究"书法功底"，不能以画家的随意涂抹来取代书法的基本规范；第二，要熟谙书法的审美经验，讲究书法的审美品位，不

作者的书法作品。

能以粗俗冒充书法创新；第三，书法艺术不同于汉字的抄写，作品要融入书者的性情。作品笔墨造型和文本内涵高度融合且要互补，要有气息，要有境界，要在有限的作品视觉空间创造出尽量丰富，尽量博大的艺术效果。由此我的书法作品法无定法，在充分尊重书法传统之美的同时尽量展现自我性情。我特别喜欢书写优秀的古典文本，如唐诗宋词之类，在书写文字的同时，追慕先贤的心境，赋予书作以不朽人性的温度。我每每可以从中获得书法创作的乐趣。

几年前我与两位资深书画家举办了书法联展，并出版了书法作品集，作品还应邀参加了一些全国级别的书法展。近年更是多以书法作品参加本地的各种书画展，并为相关单位部门题字。我为自己能在书法艺术天地里游走，并得到社会的认可而高兴。

音乐情缘

音乐，似乎与我有着一种扯不断的缘分。学生时代在兴趣的驱使下，接触过一些民族乐器，如扬琴、三弦等。十年闲散期间，把玩过吉他、琵琶，并且亲手制作过琵琶。平日创作版画时，特别是刻制木刻版画时，由于追求"刀味"，我往往是听着音乐，特别是西方音乐（录音带）来动刀的。这时展现的刀法极

2021年，乐汇版画音乐会演出现场。

具节奏感，圆口刀、三角刀、平刀的穿插呼应，刀口的长短方圆、留痕的粗细对比、斑点错落等，都会随着音乐的旋律节奏产生一种莫名的感应，从而使画面格外生动，闪现灵气。后来我写书法，作品常常不尽人意，可是一旦听着音乐，而且是听着中国民族器乐，心思马上就会收拢起来，无论是古琴、二胡、琵琶、竹笛……乐声响起，还是乐队的古今名曲演奏，只要乐曲在我画室回荡，我笔下的文字就仿佛找到了自己的家，会从容稳妥地显现在纸面上，而且各具风采。

我与音乐的缘分还不止于此。万万没有想到，人到古稀之年，蛰伏在心底之中的那份音乐情结会再度发酵，与著名作曲家朋友和青岛最优秀的中青年民乐演奏家联袂推出了一场独具特色的"乐汇版画——画家张白波与八骏国乐的对话"民族器乐音乐会。我多年积累的题材广泛且内涵深厚的版画作品有了新的用场，音乐会上，形式独特的版画影像在舞台上极具视觉冲击力；根据画面主题创作的乐曲在精美细腻的配器和技艺高超的演奏中，竹笛、二胡、扬琴、琵琶、阮、筝、鼓……各种乐器各具音色，演绎出了一种音画高度融合，令人耳目一新的舞台艺术场景。这场音乐会在相关的学术研讨会上被专家高度认可，并被评为青岛市文艺精品扶持项目。我作为音乐会总策划人之一，作为版画作者，作为总撰稿，作为屏幕书法作者，借这场音乐会释放了毕生对音乐的眷恋情怀，何其有幸。音乐、绘画在审美上本是一家，它们在我的心底深处拥抱交融，相互滋养，相互慰藉，给我的人生带来极大的充实和快乐。

时政情怀

从年轻时代开始，也许是个人处境以及性格的关系，我一直特别关心"时政"，有着无法摆脱的"史政情结"，所以多年来对自己所处的社会政治环境会有比较清醒的认识和判断。近年，感谢互联网时代，让我们得以便捷地获得大量的信息，可以满足自己对所处世界真相有所了解和"围观"的愿望。一个艺术家不应当脱离社会、脱离时代，应当具有广阔的精神视野，怀有起码的社会良知和正义感。艺术作品往往会与现实保持距离，但艺术家内心还应当是热切的，是应当具有人文关怀和社会担当情怀的，艺术家的作品应当是其人格和境界的折射。

  2010年，时近辛亥百年，著名文史作家、好友李洁相约，出版相关专著和画作以示纪念，于是年内我与朋友两次壮游寻访辛亥遗迹，获取感受，终于如期完成了一套大型历史组画《共和之梦》（九幅）。2011年10月10日，辛亥革命武昌起义百年纪念的当日，我举办了名为"共和之梦——辛亥百年·张白波拓彩版画展"的个人画展，展出了拓彩版画新作《共和之梦》等。我知道，无论什么绘画作品，对偌大的社会来说，几乎没有什么意义，但对于艺术家本人来说，却是性情和意志的表达，体现着艺术家的人文关怀。花费颇多时间精力完成没有任何功利和市场价值的《共和之梦》，我自认为是自己版画创作生涯中的辉煌一笔。

笔耕心声

  我喜欢写作。版画作品是以视觉审美的方式表达自己，肯定有着很大的局限性。而文字写作则可以充分地、清楚准确地表述自己的所有心声。画画之余，莳弄花木的闲暇，或睹物生情，或思绪纷至，或偶有断想，总想记录下来，于是时断时续，日积月累地就留下了一些散乱文章，后来我把这些东西抄录在一个本子上，取名叫《伴绿阁絮语》。前些年，兴之所至，亲自排版配图，竟付梓印了出来，以供好友分享品评。后来到了网络时代，我又不弃弄潮，玩起了电脑码字，在博客上开辟了一方文字乐土。不管是出访游记，还是见解评论，都可以及时地在网络上与读者交流，何其畅快。网上的便捷通信交流真正地体现了"天涯若比邻"，竟然能与素不相识的人成为知己朋友而密切交流，我们真应当感恩时代科技的进步。

  回看以往的文字，一类是关于自己艺术创作的论文，多有发表；一类是为他人写的艺术评介文章以及为一些画集、文集写的序言等。由于自己在青岛美术界徜徉半个多世纪，比较知情，于是参与主编撰写了青岛百年美术史。再一类文字则是自己随意写的散文以及诗歌等，这些文字部分发表于报刊以及网络。

我发现，我的散文《海棠》入选人教部编版的小学三年级下册语文课本教材，这是对我写作的认可，令人高兴。

散文写作，是我的业余爱好，不吐不快，这些文字都是性情心迹，正如我在《絮语》的后记里所说：

回顾前面的文字，其实只有两个关键词，那就是"美"和"生命"。美，缥缈着，是永远的诱惑和寄托；生命，流逝着，是不可追回的短促和宝贵。美和生命在时空中相互映衬、交融，犹如清丽跳荡的竖琴和沉郁舒缓的大提琴的二重奏，委婉而深情。我让优美的音乐流淌在心中，凝结在字里行间，感到一种满足和宽慰。

结束语

在中国社会形态剧烈而又深刻的历史转变中，中国的传统文化依然在我们这一代的知识分子身上留下了深深的烙印：儒家的入世思想使自己内心摆脱不了社会责任感的潜意识，并依然时时涌动着普世价值的人文关怀；道家的无为理念始终诱导着去寻求超然物外、天人合一的潇洒境界；而禅的智慧又那么适合中国文人的胃口，使人不由自主地浸淫其中，在心灵的自由中找到自己的精神归宿。中国的传统文化精神像一块巨大的磁石吸引着，使人无可抗拒地向她皈依。我自然不能逃脱。

当代中国在短短的几十年中，正完成着由封闭的农耕社会向开放的信息社会的大跨度的急速转型。在当下社会进步的同时，泥沙俱下，中国人文精神的沦落使传统的价值观在消解。社会道德底线的迷失，充斥现实的种种利益诱惑，人性恶质的泛滥，不得不使人在纷乱的现实中清醒地作出属于自己的选择，构架自己的精神世界。我不愿随波逐流，我珍惜着自己心灵的那份干净和宁静，珍惜着这唯一的人生机会，于是，我会在悲剧意识的陪伴下享受生命的快乐，在诗情的沉醉中品味人生的伤感和大自然的赐予，让自己在生命的最后阶段活得从容而有滋有味。

在山清水秀的地方，我已为自己准备了一块墓地，并撰写好了碑文。我生活过的社会环境虽然有许许多多恶浊之处，但对生养我一世的自然大地，我还是充满着感恩和眷恋。

归属源于选择。

我选择远离，选择不争，选择淡泊，选择安静，选择自然，选择无为，选择丰富，选择韵致，选择珍惜，选择感恩，选择快乐……于是，我有了自己必然的归属，有了现在的自我。

在人生的终极追求中，在人格的完善和美的实现中，对我来说，版画艺术创作已经不是唯一途径了，艺术创作已经不那么重要了。尽管，创作美的作品是我生命中永远的诱惑，是我人生价值的巨大支撑。得鱼忘筌，渡河弃舟。我愿享有更多选择的可能——伴随着生命去接近和体验人生的大美。也许这是人生的最后的最有意思的事。

回首乱山横。

乱山中，依然有我心中纵观天下的那座观象山，那片远远的海，还有那轮圆圆的橙红色的落日。

《回首乱山横》一稿发表于2016年第12期《青岛文学》

2022年4月二次增删

个展琐记

我看到，前面还有广阔的艺术空间，心里也总涌动着许多美好的图像，只是不知道能不能去实现它。

2003年我第一次在青岛举办个人画展。当时以为大约是在家乡唯一的展览吧，2006年就啰唆地写了一篇感怀文字，并收录在散文集《伴绿阁絮语》里。没想到后来竟然又在青岛办了大小不同形式的数次画展，每次展览都各有缘由，各有特色，也就已无需记录了。不过其中 2011 年举办的"共和之梦——辛亥百年张白波拓彩版画展"似乎还有些多余的话可以诉诸文字。

"共和之梦——辛亥百年张白波拓彩版画展"牵扯中国辛亥革命这个重大题材，从背后创作到展览的过程都不是那么容易，特别是它的主办规格也比较高，由中国民主同盟青岛市委、《青岛早报》《青岛晚报》、青岛市美术家协会联合主办，青岛出版艺术馆、海情美术馆承办，对我的艺术经历来说也很重要，应当专门写一篇文字来记述。但是想到，它与我的第一次个人画展的办展目的不同，心境不同，意义不同，两个展览对照来看，也不失相映成趣，人格互补，就索性把两篇文字放在一起罢。

一

清理仓库，看到那年自己举办个人画展的前言展牌，想起了在青岛举办的首次，也可能是今生在青岛办的唯一画展。

2003 年，青岛市博物馆拟举办大师系列展，首展就是"大师——齐白石画展"，当时主办单位邀我同时举办个展。可能是为了丰富展览内容，让前来参观大师展的观众可以多看一点东西，也可能是用我的画展来填填空，以壮大活动规模。哦，也许是黄耀华馆长特别欣赏我的作品吧。2002 年青岛市博物馆曾作为交流项目，将馆藏的全国优秀版画家作品带到广东湛江博物馆做过

2002年，作者在湛江举办画展时致辞。

一次展览，同时也举办了我的一次个人展览，名为"汉砖延续——张白波拓彩版画展"。我的画展获得好评，特别湛江博物馆的馆长冯兆平先生还是我非常熟悉的版画老朋友，是湛江市美协主席，自然十分热情地接待我们，留下了美好印象。也许，我的版画影响力黄馆长深以为然，才决定此时借机举办我的个展吧！

我本无意在本市办展，经不住馆长一再邀请，倘若再婉辞就有"不识抬举"之嫌了，于是只得同意。反正我的主要作品早已装框，挂在我的六楼展室，一切都是现成的，无需费时准备，顺水推舟，也就成全好事吧。更何况，与大师同展还算是一种荣幸呢。

要在自己居住的城市办画展总得有个说法。且不说自己的作品怎么看怎么不满意，总觉得好画太少，出去办展也就罢了，在本市办展总觉得底气不足。再说看到当下流行的那套办展程序我就感到厌烦。什么印发请柬，请领导，备饭局，拜托媒体等应酬，在外地办展由人家操持，可在自家地总得自己来办吧。不大张旗鼓张罗没有面子，张罗又实在不情愿。办展览目的何在？要说学术交流，弘扬艺术，还不到那个层次。为了增加个人知名度，扩大影响？我没那个要求。就算时下盛行办画展开拓市场，吸引买家，我也完全没有那个兴趣以及可能。再说若是出于总结一生的艺事而"金盆洗手"，我还没到那个年纪，更不是。第一次在父老乡亲、同道好友面前办展，我要有个定位，心里才踏实。

好了，最终我和馆长约定，提出两点要求，一是请馆里派车（或租车请搬家公司）来帮我从六楼上把画搬运到博物馆展厅，完事后再负责运回来；二是不举办开幕式，不发请柬，不请任何人（包括官员、领导），只是在媒体上发发消息，愿意来看就看，不作铺张炒作，展期一个月。

何以如此，我是想到了"魏晋风度"。

身为画家，其作品应当向世人展示，到一定时候集中起来举办个展也是很有必要的。特别是在居住地、在家乡办展更是顺理成章的事，这犹如正常人一生总得结婚一次一样，这叫自我完成。所以，我想既然早晚要办，有这个机会就认真地准备，充分展示自己的艺术成绩吧，这既是对自己负责，又是对他人的尊重。至于届时观众多少，人气如何，他人作何评判，或褒或贬，我都不会介意，我只注重过程的自我感受就是了。

晋人王子猷雪夜饮酒，忽然想起朋友戴安道，"时戴在剡，即便乘小船就之。经宿方至，造门不前而返。人问其故，王曰：'吾本乘兴而来，兴尽而返，何必见戴？'"——这是王公意在体验雪夜访友的心境，重过程而不拘泥于事果。阮籍醉眠邻家美妇之侧，而终无他意。——这是阮公人格坦荡、情性恣意的自然流露，完全不管他人的非议。"嵇康临刑东市，神气不变，索琴弹之，奏广陵散，曲终曰：'袁孝尼尝请学此散，吾靳固不与，广陵散于今绝矣！'"——这更是嵇康从容面对死亡，生命美丽的灿然写照。魏晋人皆崇尚卓立独行、清正高洁，借债前去还账时，若对方不收，即将铜钱掷地而去，这是何意，是一种风骨清白的自我表达。至于陶渊明、王羲之等这些先贤的淡远澄澈、超逸绝俗更是流韵千年尽人皆知的了。魏晋先人的这种潇洒旷达、简约玄澹，这种自我的唯美追求、自我的人格完善就是魏晋风度。

我以这种心境，只管堂皇地举办画展就是了。把自己半生的心血之作悬之于大厅，体味作品坦陈于世的快乐，享受自我展示的美的过程，而不谋社会的追捧热闹，不求他人的青睐赞赏，将结果置之度外，何等洒脱，岂不美哉！想到这里，于心绪释然之际，自我感觉好像真有点魏晋风度的意思了。尽管，我知道，以我们今人的浮躁凡俗之心，远不能近先贤其一二，一些想法未免虚妄浅薄。但是，能这么想想也好，至少还能去去俗气，接近一点清高，让心里舒服。

画家举办个展，一般认为是画家人生的大事，犹如结婚是人生大事一样。

哪个不大事张罗，宁好勿坏，宁大勿小，上请尽可能高级别的官员来提升规格，下请尽可能多的朋友观众捧场恭维，中间花费银两请媒体大肆鼓吹宣传、吸引买主，殚精竭虑似大病一场般地以求展览"大获成功"。而我这次办展却淡然一拂，将这一切俗套都免掉了，真是既省心又省力。

我无意轻蔑他人之所为。当今是个物欲横流、急功近利、精神贬值的消费社会，艺术家随波逐流也不足怪。我知道，我的这些想法，是多么不入时流，甚至是多么迂腐可笑。各人有各人的"成功"标准，各人有各人的人生价值观。我的这种选择，将人生事业的所谓大事掉以轻心，将谋名求利淡然处之，是我的心境使然，是我性情所致，是自己对自己的负责。当然，我也知道，周围能理解我这种想法的人是少之又少，我又不愿别人误解，所以自始至终也就从未对人提及所谓"魏晋风度"云云。何况，自知浅薄，邯郸学步而已，当羞于提及。

也巧，正值开展前几天，"非典"之风突然袭来，且愈演愈烈，人人惊恐，直至街头巷尾空无一人。几乎与我同一天在他处举办个展的于普洁兄，对此严峻局势，当机立断，临时停止开幕，真是英明果断无比。而我依然故我，按原定时间，"木刻与拓彩——张白波版画展"悄然开展。凡喜爱我作品的人必当冒险而来，不知、不爱的人不来也就罢了。至于时逢恶疫，不助人气，那是天意，自是说不得的。观众人多人少无所谓，重要的是我的人生旅途中，在家乡办过了一次个人画展。

我在展厅作品首处挂了三块展牌。一块是由中国版画家协会常务副主席、中国美术家协会版画艺委会主任宋源文先生撰写的展览前言。由于事前我征得了宋源文先生的同意，他对我的作品比较放心，就同意展览主办单位可以挂中国美协版画艺委会的大名，这样，我的展览档次可就大大地抬高了。另一块展牌写有我的艺术简历。第三块展牌的上面是一幅我的照片，下面写了一段"自述"。两个展厅总共展出自己早期的（20世纪六七十年代）木刻版画近三十幅和后期的（20世纪80年代后）拓彩版画五十余幅，共计八十五件作品，这些都是还可以拿得出来的代表性作品。

谨把展览前面那段文字录下，以作纪念。

自述

从 20 世纪 60 年代初刻第一张版画算起，到现在不觉已过了四十年。翻翻旧作，除了一些或浅陋或不合时宜的画作外，竟然找不出几件像样的作品，实在羞愧。

开始，迷恋着木味、刀味，钟情于黑白，在创作欲的驱使下，刻了不少东西，但总觉得不满意。后来，深为汉画像砖、画像石艺术所动，又总想自辟蹊径，于是探索实验着拓彩版画的样式和技法。一路走下来，也就积累了一些作品。

我看到，前面还有广阔的艺术空间，心里也总涌动着许多美好的图像，只是不知道能不能去实现它。不管怎样，过去的作品是自己心灵的记录和艺途的足迹，坦陈给大家，也算是一次无言的交流吧。

2006 年 5 月

二

2009 年夏，好友李洁约我在青岛雕塑美术馆海边见面，说即将辛亥百年，他要写一部关于辛亥革命的专著，想与我合作，让我为其大作画一些辛亥革命史迹的插图。

李洁是当今我国著名的中国近代史研究专家，早在 1999 年就被中央电视台"读书时间"栏目约为访谈嘉宾，其著作《百年独语》《文武北洋》《晚清三国》以翔实的史料，亲临现场的遗迹考察，独立的思考见解和灵动的书写文采，在国内文史界享有盛名，学术影响深远。能和全国一流学者合作当然是一件美事，但我拒绝了。我说我没做过这种插图，不擅长。

书籍插图拒绝了，可是辛亥革命这件事却一直盘旋在我的脑际，不知不觉竟然朦胧中形成了几幅画面的构思。我对辛亥革命那段历史有些认识，最早是从"文

2010 年，作者南下考察在秋瑾塑像前留影。

革"前李六如写的《六十年的变迁》那本书上得到的,后来知道的多了,特别是读了李洁的《文武北洋》后,对那段历史有了新的认识,更是对当年的一些历史人物有一种肃然起敬之感,人文情怀在胸中涌动,自然也就萌生了一种表现欲。一段时间下来创作冲动越来越强烈,竟然欲罢不能,插图可以不画,但我想创作一套组画了。

面对这么一个大的创作主题,不是靠灵机一动或闷头苦干就能完成的。这需要有对历史的深刻了解,有对历史重大节点的把握,有对历史场景的直观感受,才能完成具有丰厚内涵的画面创作。这就必须走出去到现场考察。

李洁是中国近代史专家,腿脚勤快,足迹早已踏遍大江南北文化遗迹,他又是我最亲密的游伴之一,我们早已国内外同游多回,这次我要创作《共和之梦》外出考察,他就是当仁不让的导游和导师了。为这套组画创作,我们进行了两次专程游走考察。第一次是2010年3月初,我们二人结伴先到长沙从时务学堂故址、黄兴墓看起,一路走来再到成都、资中对保路运动探源。回来没几天,3月22日我与李洁并谭泽兄弟共四人又开车自驾再度南下。谭泽是青岛日报报业集团老总,资深媒体人,见多识广,一起出行更是在学识上受益匪浅。我们经河南游项城(袁世凯故里),穿扬州,到杭州,再驱车武汉三镇,后转湖南抵上海,在李洁导游下走走停停,一路看尽相关历史遗迹,满载而归。当然,我的组画构思也已大体成型。

有了素材不一定就能拼凑出好画,构思是关键,回想起来,组画中的每幅作品都动了脑筋。

比如,《共和之梦之六·清帝逊位》,开始构思的画面是京城故宫大厦歪歪斜斜,小皇帝仓皇出走,喻中国两千年的封建王朝分崩离析,结束帝制,但感觉不对,太肤浅。北京故宫,不仅是帝王的象征,同时也是中华民族的历史符号。中华历史有封建糟粕,但也有我们祖先的勤劳传承,也有汉赋唐诗宋词等优秀灿烂的文化,不能一概推翻抛弃,否定祖先。于是我在画面上将壮丽的故宫完整地隐于漫天风雪之中,端庄而凄美。清朝的宣统小皇帝和皇太后则背对着观众,隔着一条历史长河告别皇宫,暗示非暴力下的王朝结束。画面里的形象既具体写实,又都具符号象征意义,既好看又耐寻味。

我对组画的每幅作品都尽量赋予深厚的内涵以及象征意义。比如,组画第一幅《山河日下》画面是夕阳下长城和圆明园残迹的组合;第二幅《志士同盟》是当年革命志士孙中山、黄兴、宋教仁、蔡元培、章太元立于中国版图前;第三幅《喋血中华》表现的是秋风秋雨中的秋瑾英姿;第四幅《民怨如潮》画面是保路运动中的民众形象;第五幅《武昌首义》则是辛亥革命场面的拼图;第七幅《历史曙光》画面上一线曙光斜掠在五色旗上,但袁世凯依然立于龙坛的残石上。第八幅《壮志未酬》孙中山殁于青山绿水之间,"天下为公"的题字赫然在目。最后一幅《百年遗梦》画面上一百只鸽子飞过天安门前的华表,远处红色风云正在升起,预示着新的革命风暴即将来临。

为了更完善地表达画面未尽之意和引导观众赏析,我还为每幅作品撰写了"题记",以帮助观众更深刻地理解和品味作品。

画展就在 2011 年 10 月 10 日辛亥革命百年纪念日开幕。主展厅陈列《共和之梦》组画九幅,其他三个展室陈列我的其他新作和旧作。观众济济一堂,无须细说。

展览尚未结束,青岛市美术馆的时任馆长郝麒先生和我商议,能不能将我的画展直接转到他们那里长期陈列。我当然同意了,这不仅是对我作品的认可,

作者与李洁(左)、谭泽(右)在展厅合影。

更是对画家个人身份的特别尊重。于是撤展时我就直接把作品运到了青岛市美术馆。美术馆在罗马厅的二楼开辟了三间展室专门陈列我的作品,一间陈列《共和之梦》组画,一间陈列我的关于海的题材的拓彩版画,另一间陈列关于文化的拓彩版画作品。这三间展室陈列着我的版画精品,长年对外开放,直到几年后美术馆大装修,才停止展览。

我的这次个展竟能延续数年,实属难得,甚感荣幸。

下面我把画展"导言"抄录于后,算是留存纪念。

辛亥百年——拓彩版画《共和之梦》导言

人类的农耕文明已经衰败,其封建政治体制也已走到尽头。民主共和作为现代文明的政体,正向古老的中华民族走来。共和,这是二十世纪初,中国现代史的文明曙光。中华民族有权利融入人类现代文明的洪流。

辛亥革命是世界结束封建统治的三大革命之一,是人类文明进程的重要里程碑。辛亥共和,以其波澜壮阔、汪洋恣意的神采,书写了中华历史一段华章。

民主共和是一个梦,它激起了中华民族有识之士的无限向往。

为实现这个美丽的梦,为冲破中国封建势力的重重障碍,中国几代志士仁人前仆后继,喋血而前行。他们的人格和业绩,在这个梦的灵光照耀下,熠熠生辉,我们不应当忘记他们,尽管他们不可避免的还携带着历史的尘埃。

民主共和是一个梦,这个梦寄托着民族繁荣昌盛的希望。

为实现这个美丽的梦,曲折跌宕的历史积累了无数的教训,留下了许多宝贵的遗产。历史正指向光明的未来。

百年回首,那是一个美丽梦幻和严酷现实交织的时代。在昏暗的背景下,这个梦尤其显得生动而诱人,尽管这个梦有着太多的破绽和无奈,太多的荒谬和不尽人意。

百年之前的那个梦,并没有完结,一直徘徊在中华大地上。她依然召唤后来者奋勇而前行。追念那个远去的梦,希冀未来,是一个画家的情怀。

梦,不会是历史场景的如实陈述;

梦,当是历史碎片的闪现和拼接;

梦,是今人对往事的回忆和判断。

环境是虚拟的,人物是模糊的,一切都是历史的符号。百年前的人物不再活灵活现,他们停留在画面上,只是为了引发人们的思考。

色调应单纯而又沉着,因为是历史;

色彩和痕迹是斑斓的,因为是梦。

画面要好看而又耐看,因为是视觉艺术,因为在视觉后面还有思想。

2011年10月10日

《共和之梦六·清帝逊位》

紫禁城里,红墙玉栏。曾经辉煌了两千年的封建大厦,在风雪中,巍然而又凄美。象征着封建皇权的宫殿依然在,可已再不属于帝王。隆裕皇太后偕末代皇帝溥仪黯然退位,中国两千多年的封建帝制宣告结束。

白波题记

梦断画廊

没有痕迹的梦是美的梦,是纯粹的梦。尽管,在我心头还有那么一丝淡淡的眷恋和惆怅。

蓝蓝天下，那座白色的建筑荡然无存了！白楼上，"白波画苑"荡然无存了！

我的画廊梦结束了。

由于石老人海水浴场要彻底改造，原先海边上的 A、B 两座建筑物需全部拆除，位于 B 座上的画廊"白波画苑"也就消失了。2006 年 4 月 29 日，我在围墙外面拍下了画廊所在大楼拆除的场面。

偌大的铲车铁臂轻轻一碰，墙壁就裂开了，一片一片坍塌下来，像剥落熟鸡蛋的蛋壳一样。没想到原本结结实实的楼房竟然这么脆弱，就这么轻易地被推倒了！是楼不坚固呢还是外力太强，我无从知道，反正我的画廊就这么顷刻间变成了一堆瓦砾。这时，我忽然想起，在这之前的十年里，我怎么就没有拍过一张大楼的完整照片呢！也没好好积累画廊的照片资料。现在可好，一切都将消失了，来不及了。大楼的形象，画廊的面貌，将只能从记忆中去寻找了。

我久久不能忘怀我的"白波画苑"。

这栋楼的二层是高科园中间建设银行的房产，由于当时没有用处，时任行长是我早年的学生，他就慷慨地把一段很好的楼面无偿地借给了我。一是成全了我办画廊的愿望，二是也体现了银行对文化事业的关心支持。这是多么难得的机遇啊！

白波画苑外景。

1995年，楼刚刚盖好，坐落在属于国家级旅游度假区的石老人海水浴场宽阔的海滩上。楼分四层，建筑造型很现代，有着奢侈的宽敞露天平台和灯柱，白色的楼体在空阔的蓝天大海映衬下，散发着别样的浪漫气息。我所在的画廊门前有一块三百多平方米的露天平台，凭栏南望，眼下是一片开阔的金色沙滩和无际的大海，远处石老人的礁石遥遥相望。除了夏天游泳季节海滩上人多热闹外，一年中大半时间海滩寂寥无人。远处的海浪翻卷着白色的泡沫向沙滩涌来，永不停息，永不疲倦。有时风急浪高，咆哮的涛声不绝于耳；有时大雾弥漫，如置身海市蜃楼。夕阳西下，沙滩铺金；细雨霏霏，海天一色。这里无处不是风景画，无时不牵动人的情思；这里天生是一块艺术宝地，分明是做梦的好地方，我的画廊美梦就在这里开始了。

　　房子是新的，任我随意装修。门旁白色大理石铺就的墙面上镶着我题写的"白波画苑"四个锻铜大字，下边是BAIBO GALLERY一行英文字样。两面大窗封着卷花图案的铁艺格栏，既安全又典雅。画廊室内分了三个区间——展厅、办公室（兼接待）和库房。展厅约一百五十平方米，用展墙和活动隔段将其分隔成四个空间，分别为油画区、水彩画区、国画区以及我自己的版画作品区。每个展区拐角处都摆放着不同材质的雕塑作品。画廊的格局是西式的，每幅作品前都配有射灯，所有的陈列品都是艺术家的原作。精美的作品，疏朗的布局，在淡雅的环境里散发着浓浓的艺术气息。

　　画廊开张那天，可真是热闹。门前摆着许多祝贺花篮、高楼上垂下多条贺幛不说，光外省市美协及国外来的祝贺名单就抄了五十多条，加上美术界领导王琦、彦涵、力群、古元及市委书记的题词，十分壮观。画界的许多朋友都来了，大平台上熙熙攘攘的，还有市、区许多部门领导也应邀

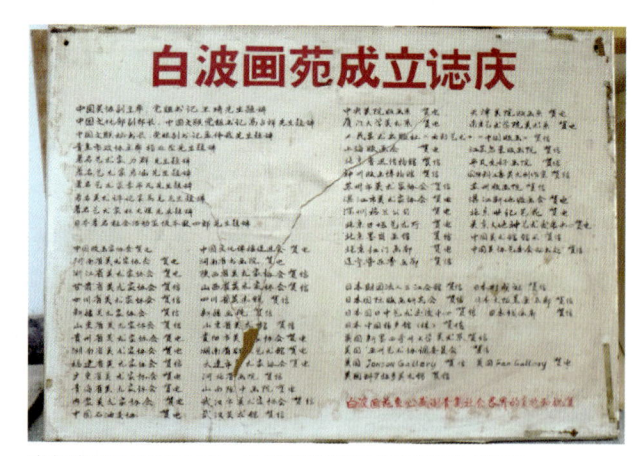

当年白波画苑成立时，外界致贺的标牌竟然还保留着。

而至。曾数过路边上停放的来客小汽车，有五十七辆之多，这在还没有多少私家车的十年前，可是够体面的啊！开张仪式前，先在室内举行了一个新闻发布会，仪式后又大宴宾朋。不管怎么说，当时以我的身份创办这么个画廊，也不是个小事，热闹也是正常的。

不过开张归开张，喧嚣过去之后就是平静。画廊的位置远离市中心，平时光顾的人很少，所以绝大部分时间这里是空无一人。这倒很像国外的画廊，画廊就应当是淡静的。

画廊清净，正合我意。我经常愿意一个人在这里独处。

每当把展厅的灯全部打开，这里立刻变成了另一个世界。一盏盏射灯将柔和的暖光铺在画面上，每幅作品都显得特别精彩，特别高贵。背景音乐轻轻地流淌着，弥漫在温馨的空间里，仿佛给每件作品又蒙上了一层诗意。作品不会说话，不会与人交流，但它们始终静静地陪伴着你，使你绝不会感到孤独，不会感到寂寞。在这里，现实的空间和心理的空间都是那么充实，那么丰富，那么纯净。此刻没有人打扰你，社会上那些乱七八糟的闲事没能渗透到这里，个人的一些心事和烦恼也都放在门外，这里真是一片净土，一片温柔的梦乡。画廊是完全属于我的一块天地，我在这天地里徜徉着，享受着，安静而又满足，每每不舍得离去。

白波画苑的前厅。

20世纪90年代初,中国的艺术市场刚刚起步,国内的画廊还很少。无疑,"白波画苑"当时在全市乃至全省是品位最高、场面最规范的画廊。早先我出访日本、美国时,看到人家的城市有那么多漂亮的画廊,十分羡慕。回来在政协会上曾多次提议呼吁发展青岛市的画廊业,以繁荣我市的艺术市场和提升城市文化品位,但一直也没有结果。现在有机会了,我就想按自己的理念办一个"真正的"画廊,一个我在国外看到的、高雅的、体面的画廊,而不是像国内那些只是为作品配画框和装裱字画的那种画店。我想作一种示范,让岛城画界知道国外的画廊是什么样子的。结果画廊成立后,本市的朋友,以及省内外的朋友来访,无不称赞有加,这每每令人非常高兴,非常欣慰。毕竟这是以我自己名字命名的画廊,这里有我精力的付出,有我情感的投入,有我梦想的寄托,还有我自己作品的充分展现。我发现,由于创建画廊,自己作为画家的身份增加了一些新的内容,具有了画家和画商的双重身份——在画家圈里,可以说我对市场是最有发言权的,而在画商圈里,我又似乎是最懂画的,于是人生价值有了一种延伸,这种人生体验是很新鲜很有趣的。

也许是我的社会身份使然,或是天生性情使然,"白波画苑"办得始终不曾是一个纯粹的商业画廊,倒更像是一个小的美术展览馆,像是一处艺术沙龙。我聘用了一位退休的教师在画廊日常上班打理,我嘱咐他只办好两件事就行。一是每天按时来开门,走时锁好门,保证画廊的安全。二是来了客人笑脸相待,有要事的话或给我打电话或留下电话号码。我并不指望他来卖画,更没有要求他去设法开拓艺术市场。由于我还要在画院上班做我分内的事,没事是不来画廊的,自然画廊的"生意"就不会那么兴隆。平日除长期性的作品陈列销售外,时不时地会搞一些展览活动,像配合政府文化部门做过展览,像联合

展厅一角。

中央美术学院设计学院、青岛市美术馆举办过四次"荣花边杯"美术新人作品展（日本企业出资）等。

  国内的社会环境不同于国外，艺术市场也不成熟，当然画廊经营不可能套用外国的那些规范的模式。头两年，出于新鲜感和兴致，这里还有些书画交易，到后来不求进取，特别是我不花费时间精力在社会层面钻营人际关系，经济效益肯定就不行了。不过后期凭借画廊这个门面倒开辟了另一条经营渠道，即承揽一些相关的工程项目，像制作一些浮雕壁画之类，倒是有一些收入，大体能平衡画廊的开支。回想起来，为完成这些项目曾经与莱州、曲阳、惠安等石雕之乡的多位艺人合作过，作品分布在相应的公共场所，由于我不愿把这些商业作品算在自己从艺业绩上，从不提及，所以知道的人很少。现在时过境迁不

1999年，数位获"鲁迅版画奖"的外地画家在画廊合影。左二为中国版协副主席齐凤阁。

作者与水彩画家李连一教授在画廊楼前留影。

妨略举一例，当人们在游览小鱼山的时候可能会看到一组青岛著名老建筑的微缩景观，那就是白波画苑的作品。这组景观有青岛迎宾馆、江苏路基督教堂、老火车站、圣弥厄尔大教堂、花石楼、公主楼、公安局钟楼等八处标志性建筑。这组景观做得极为准确精致，有的建筑因为没有图纸，竟然是我亲自测绘的，连外墙的砖石拼贴都准确无误。可惜这组景观置于室外，历经风雨，估计不会长久留存的。

  从回忆中回来。那些经营活动早已烟消云散，我最看重的还是曾经的艺术交流活动和那些艺友的聚会。本市的新老朋友多有来过不说，李平凡先生、片野孝志先生来过，常州的魏华邦先生来过，安徽的师松龄先生来过，哦，

作者在青岛小鱼山上的天主大教堂景观前留影。

1999年中国美协、中国版协召开中国优秀版画家作品展及授奖大会时，由于与会画家住处离画廊很近，很多获"鲁迅版画奖"的全国著名版画家都来过。所有造访的客人对画廊无不交口称赞，这是多么大的心理满足，现在回想起来恍若梦中。

想想已经十年了，冗长的画廊梦也该结束了。只是没有想到，一切竟会以这种方式来结束。今天我从那长长的围墙的缝隙中看过去，画廊已然消失了，原来的楼址已是一片平地。原先的大楼没有留下只砖片瓦，好像这里从来就没有过建筑，从来就没有过"白波画苑"似的。恍惚间，我觉得画廊的事竟是那么遥远，仿佛是若干年前的一个故事，犹如隔世，似有若无，真的像梦一样了。人们旧地重游，凭借往昔的环境、遗存，睹物生情，会油然而生怀旧的感慨。而我现在的眼前，空荡荡的，找不出一丁点追忆的依据，往事就像断了线的风筝，飘散得无影无踪了。梦断，梦断，既然是梦，醒后当然是无踪可寻了。

不，这里有过"白波画苑"，确实有过一个精致的画廊。眼前分明还看见那门头泛着铜锈的大字，那精美的花窗；展厅里什么位置挂的什么画，那柔柔的灯光，那办公室里的沙发、茶几、摆设，也都历历在目；还有天天上班的张老先生的音容笑貌……我确实可以随时用钥匙开门进去，在里面装框、挂画，干任何想干的事；可以在里面接待朋友，聊天、畅谈，留下无尽的快乐和惬意。

这一切都确确实实存在过，怎么会是梦呢！

白波画苑楼座拆除现场。

然而画廊真真的是没有了,那往日的一切也都烟消云散了。

我倒是很欣赏画廊的这种结束方式——荡然无存!痛快!不留一丝痕迹,一切都从现实中彻底抹去,一切都变成真正的梦。其实何止一段画廊经历如梦,人生的所有往事,所有经历不都是梦吗?"人生如梦",人不断地做梦,又不断地送梦远去,不就是人生的一切吗?没有痕迹的梦是美的梦,纯粹的梦,尽管,在我心头还有那么一丝抹不去的淡淡的眷恋和惆怅。

我时常驾车路过画廊旧址,有时会有意无意地望去一眼,向那空荡荡的方向望一眼。日前我仿照苏东坡《江城子》悼亡妻词,步其韵也聊写了一首《江城子》,算是一声叹息吧。

词曰:

十年画苑已茫茫,海依旧,楼空荡。重寻无处,何人诉衷肠。

仿佛门头依然在,铁花窗,粉白墙。

东海路上忆画廊,画满壁,灯辉煌。高朋雅聚,谈笑声朗朗。

往事如烟何足惜,人尚健,鬓如霜。

2006 年 9 月

琴缘新韵

对民族器乐的感悟一直在心中蛰伏,
所以古稀之年能成就这场音乐会
既是偶然也非偶然,
我只能将其归为天意。

我一直喜欢中国的民族器乐，在上中学时以及"文革"时期，都曾经不时把玩过一些乐器，算是与民乐有缘吧。在 16 年前曾写过一组相关文章收集在我的散文集《伴绿阁絮语》中，后来这些文字又以《琴缘四题》为题发表于 2017 年第 11 期的《青岛文学》上。

　　万万没有想到时隔半个多世纪的那段情缘又会再度发酵，竟然衍生出我和民乐的又一段缘分。这就是我和著名音乐家、优秀民乐演奏家合作推出的"乐汇版画——画家张白波与八骏国乐的对话"音乐会。这台原创的全新音乐会横空出世，技惊四座，很快引起了岛城文化界的关注，并以高票被评为 2021 年青岛市文艺精品扶持项目。新的时代有新的艺术创意，这对我来说，真可谓琴缘新韵，令人兴奋。

　　在记述这场音乐会时，我不能割舍前面我和民乐的缘分，就把"扬琴缘""三弦缘""琵琶缘""吉他缘"也呈现在这里。抚今追昔，别有滋味。

一、扬琴缘

　　学生时代，我曾对扬琴喜爱到痴迷的程度。

　　那是 1959 年夏，我时临初中毕业，天天和高中三年级的一个大同学一起在九中废弃的原自行车车棚里复习功课，我备考高中，他备考大学。有一天，从车棚斜对面已经停止使用的、原来学校传达室小屋里传出二胡和扬琴合奏的声音，一支曲子反复演奏着，像是在排练。苍郁舒展的二胡旋律由清脆如珠的扬琴伴奏着，是那么和谐，那么悠扬，虽然不知道是什么曲子，可好听极了，犹如仙乐。一连几天，他们都在这里排练，我听得如痴如醉，并且知道了那是刘天华的曲子《良宵》《光明行》。别忘了，那是一个音乐生活多么匮乏的时代，在简单的收音机里听那失真的音乐广播，都不是人人可以得到的享受，而我能近距离地聆听原声演奏，而且是第一次听到扬琴伴奏的声音效果，那种感受深刻极了，至今不能忘怀。后来我知道二胡演奏者是高三级的同学林寅之，他在备考音乐学院。

从此，我迷上了扬琴，志在必学。

其实还有一层。那时，心智初开的我已开始崇尚艺术，向往艺术。自己曾经接触过一点弹拨乐器，如三弦等，但总觉得不能尽意。而扬琴演奏，则可双手挥洒，纵情宣泄；扬琴又有那么宽的音域，那么强的音乐表现力，好像更能接近和实现一种音乐理想。这应当是我学琴欲望的内在动力吧。随后升入九中高中，得知学校有一架扬琴，并终于把它弄到手了。

这是一架什么琴啊！又原始又破旧，自身带有盖子，合上盖可以像一只扁扁的箱子一样提着走。这件琴只有两条连在一起的弦码，没有变调装置，调不出半音，所以只能演奏一个调的曲子。且在"4""7"（半音）的码子另一面，弦音肯定是不准的。还有，琴的面板是平的，山口和码子是铁丝垫的，敲出来的音色竟声如破铁。总的感觉，这与其说是一件乐器，毋宁说是一个旧玩具。后来我想想，这种琴大约是所谓旧社会民间艺人用的东西罢。一个瞎眼老汉提着它走街串巷卖艺，撂地摊唱个"柳腔""茂腔"什么的，倒是挺合适。尽管如此，当时我能得到它，还是欣喜若狂——毕竟是有扬琴了啊！

那时没有老师教，也不知道找老师，也找不到老师，更找不到教科书，就那么自己凭感觉瞎练。起初连轮键都弄不清楚，竟长时间误以为靠竹键的弹性颤击即可，十分可笑。想想现在的少年儿童学艺，不仅家长支持着、鼓励着，给买上高级的乐器，而且有少年宫辅导，有各种培训班学习，有的还可以请家教面授，真是幸福！相比之下，那时的学子真是可怜哪！

然而，一个十五岁的贫穷学生当时一点也不觉得琴差，也不在乎有无老师，只是爱不释手地天天练习着，追寻着一个模糊的梦想。记得高一下乡劳动时，背着行李还不辞辛苦地提着琴,就是为了干活之余可以练习。那次下乡原本还带着本雨果的《悲惨世界》,准备阅读,结果休息时间都练琴了,小说没翻几页就带回来了。

不久,我竟然能与二胡合练并演奏了。

同届不同班的同学毕元和,二胡拉得相当好。他每天放学都路过我家,就经常带着二胡在我家合练。记得当时他有带扬琴伴奏的二胡曲谱,我们就按谱子练合。我们练过的曲子中印象最深的有《怀乡行》《在草原上》和《牧羊姑娘》等。当然练的都是曲子的片段,而且都是比较简单的部分,因为难度稍微一大,我就弹不下来了,况且琴也不受使。毕元和二胡拉得很好,极有韵致,我的扬琴水平与其肯定大不相配,然而他每每很耐心地屈就和我同练。一路练下来,我似乎触摸到了一年前听到仙乐的那种感觉,为能亲自弹奏而感到无比惬意舒畅。尽管我知道其实自己弹得很差,琴的音色也不堪入耳,但有种梦想成真的幸福感。

后来我发现九中对面的工人文化宫里,晚上常有乐队排练,乐队里就有扬琴演奏。那时我性格十分内向,极腼腆,不敢相求于人,想去看人家排练,又羞于开口。于是一到人家排练的日子,晚自习就不上了,趁人不注意溜进去,站在扬琴近处,定睛看人家演奏。当时怕人家撵,脸上挂不住,每次去还总是戴一大口罩(那年头冬天兴戴口罩)。

人家那架琴可真好啊,又宽又大,四排弦码都是柱状的,两端还配有滚轴,可即时变调,音色声如钢琴,圆润而洪亮,好听极了。人家弹琴技术也好,左右逢源,双键如飞,但见双手一飘就带出一串如铃的琶音,双手高低音区轮奏,浑厚清越,珠落玉盘,美妙绝伦。我多次默立在那里观摩,竟然从未被人过问驱逐,想想那时候的人真是善良宽厚啊!后来我工作了,时常在工人文化宫美术组活动,大家

《后台》(水印木刻版画)。作于1965年。

都成了朋友。那位我崇拜的扬琴演奏者叫陈松曾，更是我的好朋友。陈君为人忠厚极了，演奏水平也极高，是超专业水准，但可惜也是生不逢时，终身都未能从事音乐专业工作。

在我高中毕业前，青岛九中的民乐队水平达到了历史的最高峰，不仅同学中有许多演奏高手，而且排练演出过许多高水平的曲子，像大型组曲《洪湖赤卫队》等。其间我一直担任扬琴演奏。每次排练和演出，都是我双臂一抬，作为乐曲演奏开始的信号。想想当年位居舞台乐队中央的感觉，恍如昨日，也是人生的一段景致罢。

说实在，我自认我的扬琴演奏水平始终不高，说滥竽充数有点苛刻，但一首独奏曲都不能演奏确是真的。一来一直没有拜师系统学过，二来没有好琴，三来毕竟志不在此，无意苦学。高中毕业后，生活坎坷，又专心于绘画创作，就再也没动过扬琴。扬琴梦也就永远结束了。呜呼！

2006 年春

二、三弦缘

要说接触的乐器，最早应当是三弦。

不知从哪里来的，家里原先就有一把叫"弦子"的乐器。长长的柄下面是一个方形的鼓状发声体，前后蒙着羊皮，三根弦，当然就是三弦了。上小学时，觉得好玩，父亲告诉怎么弹，就试着弹了。

那是 20 世纪 50 年代中期，父亲尚未处于逆境，好像参加了单位的业余乐队，排练过一些民族器乐，因此家里就有一些民乐曲谱。记得有《打黄年》《梅花三弄》《小桃红》《夜深沉》等，曲子短小简单，正适合练习。弹奏时，只要左手按准了音位，右手用拨子来回拨着弹就行了。"拨子"是自己做的，把写作业用的化学垫板剪出一个小三角形，就是一个有弹性的"拨子"了。记得当时学得很起劲，进步很快，不长时间就能弹小曲了。还记着对门邻居任先生曾经夸奖过我，自己也很是得意，他夸我的那几句话，直到现在我还能想着。

其实到后来，上了中学，看见真正的三弦后才知道原来家里的那个叫弦子的琴不是三弦。真正的中国三弦柄很长，发声体为椭圆形，蒙蟒皮，音色嘹亮。后来忘了听谁说的，我家那个是日本弦子，属于日本乐器。现在我判断，那个弦子应当是日本艺妓用的乐器，音色松软，柔和，琴柄也不长，制作讲究，很适合女人弹奏。特别是琴柄可以断开插接，大概也是便于艺人携带赴场罢了。这种看法，已经在我见过的日本"浮世绘"里得到了证实，后来更有专业朋友告诉我，这东西在日本叫"三味线"，上面蒙的也不是羊皮，而是白色的猫皮，且每过几年都要更换的，真是讲究。

我们家以前在上海路2号住的是一处很讲究的日本洋房，据说日伪时期住着一个日本将军。于是我又猜想，这个弦子很可能就是日军投降撤离时遗留下的东西。曾几何时，这柄东洋弦子伴着和服木屐的轻歌曼舞，在日本艺妓纤纤细手的抚弄下，演奏过多少凄迷的日本小调啊！然而随着"大东亚共荣圈"的谜梦破灭，它也终被遗弃了，永远不得回归故土了。后来，不知什么时候，这柄弦子不见了，也许在搬家时被人偷走了罢。现在想想也怪可惜的，毕竟还是件文物嘛。

我参加学校的乐队是打扬琴，就把那柄日本弦子借给同班同学苏奇白了，一段时间苏奇白就拿这东西在乐队里当三弦弹。这种日本弦子不仅那样子可笑，登不得大雅之堂，而且它的音色松软，也融不进乐队，但那时学校乐队都是自带乐器，苏奇白初学，也只好凑合着用了一阵子。

后来我在青岛新华中学工作，学校组织演出队也弹过一阵三弦，用的是从父亲原先单位，也就是学校主办方青岛市工商联那里借的。弹真正的三弦不能用那种软拨子，得到乐器店买专用的骨质的方形硬拨子。而又到后来我才知道，其实三弦的专业弹法是右手拇指和食指捻着夹弹。没想到的是，我下着功夫练的夹弹技巧，竟给以后的学习琵琶打下了基础。

演奏三弦留下印象最深的曲子是广东音乐《旱天雷》。

三弦的音色是那么嘹亮和独特，饱含着浓浓的民族音乐风味。至今每每听到三弦的声音，都像是打开了心中窖藏的一坛陈酒，沉醉并感动着。

2006 年夏

三、琵琶缘

学弹琵琶，已经是"文革"中的事了。

"文革"初期激烈的政治运动之后，学校"复课闹革命"，教师的情绪也进入一种相对轻松的状态。这期间我依然单身住在学校宿舍，无论白天晚上都有很多空闲的时间，没想到这段时间我竟然与琵琶结缘，不仅学习了弹奏，而且亲自动手全过程地制作了一个琵琶。

学生时代我就喜欢器乐，中国的弹拨乐器，什么三弦、阮、柳琴、秦琴、月琴等我都玩过，就是没玩过琵琶，主要是没有乐器，没机会接触。那年头民间很难见到琵琶，会弹的人很少，所以对琵琶一直怀有一种可望而不可即的向往。

终于机会来了。

大约是 20 世纪 60 年代末，那段时间经常去同学家串门。同班最要好的同学之一黄佳厚，也是当年九中乐队的成员，他正在学琵琶。太好了！

于是我千方百计找乐器，终于辗转从渔业公司业余宣传队那里借到了一个非常廉价的琵琶，虽然音色不佳，但是能用。同时，通过同学又认识了市歌舞团乐队的琵琶演奏员桑玉宝老师。大约那时桑老师就是全市的琵琶高手了，毕竟是干专业的嘛。我们很快成为朋友，就开始了学琵琶的历程。

一个人能做自己非常想做的事是很幸福的。琵琶是我神往已久的乐器。无论是白居易的"大弦嘈嘈如急雨，小弦切切如私语，嘈嘈切切错杂弹，大珠小珠落玉盘"的精微描述，还是敦煌壁画上反弹琵琶的优美舞姿；还有那《十面埋伏》的壮烈雄奇，《春江花月夜》的典雅幽远，早就使我对琵琶怀有一种神秘的美感。今朝琵琶在手，可以亲手抚弄了，能不兴奋吗？

琵琶真美。

琵琶只有四根弦，却有着复杂的指法技巧。古往今来，作为民族音乐的主要乐器，琵琶积淀了丰厚的艺术内涵，其音乐语汇的丰富和艺术表现力的强度都为其他弹拨乐器所不及，可以说琵琶是中国弹拨乐的顶级乐器。琵琶弹奏很难学，好在我有其他的民族弹拨乐演奏基础，入门倒也不难。于是就怀抱琵琶不遮面地天天练呀——反正没别的事可干。

1968年，作者练习琵琶弹奏。

与演奏其他弹拨乐器不同，弹琵琶须十指并用。别的技巧不说，单说右手，最基础的基本功就是"轮"，四个手指依次向外弹拨同一根弦，然后拇指向上一挑，这五次触弦时间须间隔均匀，力度一样，如此连续重复下去，均匀地弹奏出一个连续的音程，要达到分不出五指的区别才合标准。轮指看起来简单，可练好真不容易，就这一基本功，我不仅在琴上练，且时不时地扯着衣襟演练或空手五指翻花旋转。识者知我在练习琵琶指法，不知者以为半身不遂在活动筋骨是也。这时，我将琵琶的传统曲谱文武"十三大套"全部精心抄在了一个自制的大本子上。能弹不能弹且不说，单就说拥有这些曲谱，让我的本子里藏着这么多美好的旋律，而且这些旋律与我有关，就是一种满足。

学习器乐往往都需要"童子功"，从小学习，心手并用，方能掌握高难度技巧。在我这把年纪，显然已经来不及从头开始一步步练起了——要是循序渐进，那得练到何时！于是就在弹奏正曲的过程中同时练基本功，遇上什么技巧就顺便练这种技巧，妄求演奏和基本功，在最经济的意义上获得"双丰收"。

于是我先弹《春江》（这是《春江花月夜》的简称，只有行内人才这么说啊）——这是文曲，那旋律何其优美典雅、从容委婉，像一幅古代山水画；

我又弹《阳春白雪》——这是武曲,清脆跳荡、舒畅迂回,像激越欢快的溪泉流水;我弹《塞上曲》——幽怨悱恻,沉郁苍凉,仿佛在与古人怅然交流;我还弹《彝族舞曲》——让那悠长的引子,婀娜的舞姿,朦胧的夜色,缠绵的恋情随着揉弦和半轮在胸怀中缓缓流淌……这些曲子我都敢弹。每只曲子里总有一些最优美最抒情的段落,我就先在这些地方下功夫。我自认为还有一定的艺术修养和乐感悟性,虽然手头的技巧跟不上,可心里有了,"得意而忘形""未成曲调先有情",依然可以自我陶醉着。我自知力不从心,每只曲子就只弹那些优美的慢板旋律部分,一旦碰到快节奏、难度大的地方,特别是花彩乐段,断定是弹不下去、练不出来的,就放弃,不难为自己。至于武曲大套,像《十面埋伏》《霸王卸甲》之类,则只能望曲兴叹,不敢问津了。

借人家的琴总是要还的。正学在兴头上没了乐器怎么办?当时要买一个最便宜的琵琶也要186元,在那年代,这可是个大额数字,是我整整半年的工资。想想半年不吃不喝不养家,去买一件乐器玩,那等于是患精神病!不可思议!

但我实在太想有一件琵琶了。

怎么办?自己动手做吧。

那年头,木头是稀罕物资,更不要说是特殊木料了,遇到的第一个大难题就是找材料。事情就怕有心人,功到自然成。同事大曹的亲戚在纺织配件厂当"革委会主任",他们那里生产纺机锭子需要购进特种圆木,我就从他那里选了一棵很粗的槭树圆木,在轨道锯上锯出两块8厘米厚的宽板。这种木料材质很硬,且木纹甚好,据说小提琴的背板就用这种木料,虽比不上花梨红木,但可用。当时搞了两块,是怕万一一块做坏了,另一块好替补使用。

新料怕裂,回来后立即在两头断面上封了蜡,放在鱼池子里压上重物浸泡。泡了一段时间后要捞出来晾,晾一阵子再泡,反复几次投出木浆来,木料才能定性,否则将来做出的东西要变形的。泡得差不多了,要干透才能使用。按说自然"风干"最好,可那得几年工夫,谁能等得及。于是就冒险把木头就放在学校茶炉边烘着——得十分小心,需天天翻看,就怕干裂,若有一点裂纹就全完了。最后直烘到感觉干透了为止。事后想起来木头竟然没有裂,真是幸运！

这只是琴背板料，还有面板料是梧桐木的，弦轴是紫檀的，"相"是牛角的，"品"和"覆手"是竹的……各种料都得下功夫去找，不容易啊！记得当时拜托在屠宰厂工作的朋友想办法搞牛角，结果他没听明白，搞来一只大牛蹄子（牛脚），晚上在灯下打开，黑乎乎的，毛毛的，把在场的人吓了一大跳。

再说图纸，哪有图纸！借了别人的琴画出形状，定出尺寸"临摹"就是了。当时我住在学校宿舍，白天"革命"晚上就做琴。在地下室的木工房里，借用宋师傅的工具，一切自己动手。先用锯锯出大样，再用斧头剁出大形，凭着眼力和感觉，用扁铲一点点修整找正，最后锉光，呈一瓢形。外形差不多了，就挖内腔。内腔什么样？腔壁有多厚？不知道，凭感觉挖吧。一点点凿，一点点铲，没有任何机械帮助，完全用最简单最原始的工具，完全凭借体力劳动，完全靠成功的愿望来支撑着，真是艰难啊！背板做成了，用木刻刀刻出凹边，裁出口，要装面板。面板要研缝拼接，接缝要刨得极精细，用热的骨胶快速黏合才行，这可是技术含量很高的活。然而这一切，我竟然都做到了。

外观还好说，内部结构呢？不可能把人家的东西打开看，没有任何人可以请教，没有任何技术资料。按常识这种发音箱当有音柱，我知道小提琴就有，可以从琴的F孔看到。可琵琶的音柱什么样，按在什么位置谁也不知道。没办法，我就反复在人家的琴上敲，听声音的虚实，再计算泛音的尺寸，凭着浅陋的物理知识来揣测判断音柱的位置。就这样，硬是把琴体做出来了。

说实在，直到四十年后的今天，我也没见过琵琶内部的结构是怎样，不知道音柱的位置应当在哪里。刚刚在互联网上查了查，才得知琴腔内应有两条横的音梁和三个音柱。呜呼哀哉！当时我怎么可能知道！一板之隔竟造成这么大的失误，这是历史的遗憾和悲哀啊！

至于琴上的附件弦轴、相、品和覆手等也都一一做出来了，都是手工细细打磨成的，地道而精美。山口和牛角相都镶有骨条，山口、六相、24品以及覆手的间距都严格按照标准尺寸粘贴，丝毫不差。不知道的东西没法做，凡是看得见的东西凭我的巧手会做得很好。特别想到当时那弦轴制作得十分规范精致，六棱带槽的紫檀轴顶端镶有黄羊木片和骨片，现在拿出来看，连我自己都不敢相信是我自己亲手做的。当时工具极简陋，连个电钻都没有，琴头上插轴的那八个斜度微妙的洞竟然是用掏炉子的铁"火钩子"烧红了烙穿，再用小锉锉成的。现在想想，我是用倒退了几千年的原始工艺在苦苦制作啊，唏嘘不已！我为自己的专注和耐心感到骄傲，同时又不禁伤感。

琴，终于做好了，大约历时近两年吧。外观样式、油漆、色泽都很好。琵琶的琴头上都镶有一个很漂亮的传统纹样，我有不少的画画朋友在"贝雕工艺品厂"工作，可以请他们帮忙磨制一个精美的贝雕纹样配件，但是，我实在没有耐心了，先用着，装饰以后再说吧！

终于有自己的琴了。

这个琵琶配上弦就可以弹了，弹起来，还不错，是琵琶的音色，只是声音稍闷了一点，可能是内腔挖得不够，背板厚了，另外毕竟内部结构有缺陷嘛。

当时，我曾经幻想：等哪一天有了自己的房子，月夜中，我会在凉台上抱琴弹奏，就弹《春江花月夜》。《夕阳箫鼓》《枫荻秋声》《泂澜泊岸》《渔舟唱晚》《欸乃归舟》——一节一节地款款而弹，琴声悠扬。我想，定然会有人在路旁驻足倾听⋯⋯

我没有实现这个梦境，因为多年都没有住房，更不用说是有自己的带凉台的房子。再说，琴做好后，弹琴的兴致也大减了，大约在漫长的乐器制作过程中把迷恋琵琶的那点热度都耗尽了吧。不久，我把精心抄录的琵琶曲谱都送给了妹妹白珊，因为她很快弹得就比我好了。

我始终没有登台演奏过，因为我从来也没能练出一首完整的曲子，但是我并不遗憾。今生今世曾经怀抱过琵琶，曾经在琴弦上徜徉于悠远曼妙的音乐意境中，曾经能在几段旋律里与古人心韵幽会过，于我就很满足了。

2006 年夏

拓彩版画《唐诗·白居易·琵琶行》。作于 2006 年。

附记

  琵琶，一直是我的一个心结。事隔近四十年后，我创作了一幅拓彩版画《唐诗·白居易·琵琶行》。

  我在这幅作品里表现着——江水茫茫，荻花瑟瑟，月光迷离，美人初现。江面波纹，犹如琵琶"轮指"的连绵轻柔，苇叶错落，恰似琵琶弹挑的奔突跳荡。

  沉浮于波光水色的诗句文字，驶入江心月下的小舟琴女，痕迹起伏之间，画里、画外的光影若实若虚——既拓印出独特的版画趣味，更营造出意蕴无尽的美妙诗意。

  也许，这就是我那未了的琵琶缘。

2015 年冬

四、吉他缘

家里墙上总挂着一把吉他，算是一段吉他缘的纪念吧。

高中毕业刚刚工作，是在民办新华中学的传达室当勤杂工。每天的工作是烧茶炉、收发、打铃，给学生蒸饭并睡在传达室整夜值班。我每天只有上午8点到9点这一个小时可以离校，是属于自己支配的时间，算起来我等于每天在校工作二十三个小时。对于一个不满二十岁的年轻人来说，整天在那个只有六平方米的小屋里转转，无论在时间上和空间上都会感觉十分束缚和压抑。但是我需要工作，我需要挣钱帮我父母维持一家人的生活，所以这一切我都能容忍。

我要适应这种生活，我在寻找一些乐趣。

由于我的这份工作，老师们每天上班的时候都会和我打招呼，有的老师会把饭盒放到茶炉上让我帮着热饭，有的老师课间或来与我聊天，同事关系相处不错。学生们依然像尊重他们的老师那样对待我，这让我觉得工作不那么枯燥。

一天，一位叫刘宝树的老师带来一把吉他，在传达室弹奏着玩。

刘宝树老师原先是青岛九中的物理老师，也算是名师，我在那里上学时曾给我们上过工业基础课，后来在1957年因政治问题离开了学校，现在应聘在新华中学代课，所以说我和刘老师还算有些缘分。

青岛市建制时间短，在历史上有过德国占领时期，所以受到西方文化的浸润较深，像美术方面很早就有油画、水彩画传播，音乐方面小提琴、钢琴的兴盛也胜过其他内地城市。吉他，是西方乐器，也就有些传承，不过流传不广，属小众艺术爱好。我以前随兴把玩过一些民族弹拨乐器，却从未接触过吉他，这次看刘老师弹吉他自然很高兴。

刘老师弹的是夏威夷式吉他。演奏时坐着，琴平放在身前大腿上，左手握一圆钢柱压弦揉弦，右手三个手指戴铁指板拨弦。钢柱轻轻触弦，揉着，并滑动着；手指来回在六根弦上弹奏旋律，时而划出串串装饰和弦。他弹的都是一些舒缓的小曲，旋律优美，音色婉转华丽、轻柔细腻，十分动听。于是我顿感兴趣，萌生了学习的念头。

由于过去有民族弹拨乐的基础，学起来也不难，况且夏威夷弹法技巧有限，很容易就能演奏一些小曲子了。记得当时弹得多是印度、印尼的歌曲，像《划船曲》《哎呀，妈妈》等，曲调都是柔柔的，充满热带异国情调。这种弹法音量小，特别适合自我欣赏。随着钢柱轻柔的滑动，六根弦上流淌着清丽的旋律，这在当时那压抑沉闷的生活中，也算是吹过了一阵清风罢。

然而真正精彩的吉他演奏应是西班牙式吉他。西班牙吉他抱着弹奏，无须钢柱和铁指甲，十指并用，有高难度的指法技巧，能演奏出丰实的和弦和节奏，完成真正的独奏音乐作品。无疑，西班牙吉他更富有诱惑力。

20世纪60年代末，虽然也是在"文革"中，但"急风暴雨"式的革命斗争已经过去，老百姓中的政治气氛已经缓和，大家也都"逍遥"起来了。同寝室的王永长老师不知从什么地方又弄来一把吉他。

王老师是英语教师，比较崇尚西方文化，我们就一起学起了西班牙吉他。

依然是自学，然而却有了一本教科书，方便多了。一切从头开始。什么大调、小调、"大三和弦"、"小三和弦"、"下属和弦"、"属七和弦"……完全按书上写的指法操作，并循序渐进地弹奏书上的练习曲。什么"马祖卡""波尔卡"以及一些简单的外国歌曲等，慢慢都练出来了。两个人用同一把吉他轮流练，他练，我就自学制图课，我练，他就自学英语，倒也有趣。那个年代，社会上会弹吉他的人很少，我们也算先行者了吧。

应当承认，尽管练，但毕竟不是童子功了，我的手指又笨，难得深入掌握技巧。再说也是玩着练，不甚刻苦，所以到最后也是只能弹点小曲而已。记得我最乐意弹的有《鸽子》《荒城之月》

作者于20世纪70年代末留影。

《西波涅》《献给爱丽丝》等。这些曲子都不复杂，然而好听。《荒城之月》那分解和弦演绎的日本情调无比伤感；《西波涅》那伦巴节奏又是那么明快热烈。这一切足以让我陶醉了。不管别人评论是什么水平，自己获得乐趣是最重要的。

后来，弟弟要学弹吉他，开始我不支持，我怕小孩子不知深浅。在那个"革命"年代中，所有的文化都带有阶级性，乐器也不例外，吉他，带有明显的西方资产阶级文化色彩，弹吉他招摇过市还是很不合时宜的。然而也不便反对。最后我还是把精心抄录的两本吉他五线曲谱都送给了他。

同时，玩乐器的兴趣已转移到琵琶上，也就很少再动吉他了。

2006 年 6 月

五、乐汇版画

2018 年夏末，几位音乐界的朋友约我一起在笙演奏家胡文卿的茶室喝茶聊天。聊到高兴时，忽发奇想，想将版画、民乐、茶道联袂举办一场音乐沙龙，作为"八骏国乐"演出的一个艺术创新项目。

所谓"八骏国乐"是最初由青岛广播电台的一档节目集结起的一支业余国乐团队。团队的十几位演奏家均毕业于国内知名专业音乐院校，师出名门，学有所长，堪称岛城顶尖的年轻民族器乐演奏家，现都任教于青岛的艺术院校。乐团成立一年多来参加多场演出，深获好评。乐团的领头人是郭亮老师，音乐艺术总监是刘锡钢先生。

当时喝茶在场的就有刘锡钢先生和郭亮老师。刘锡钢比我小三岁，也已七十开外，早年以演奏琵琶专长进入中国人民解放军原济南军区前卫文工团，后师承中国音乐学院名教授学习作曲，成为国家一级作曲家、中国音乐家协会会员、中国民族管弦乐学会理事。当年的前卫文工团的民乐在全国可真是赫赫有名，拥有多位民乐大师。刘锡钢作为创作骨干，在音乐创作方面涉猎广泛，创作有多场大型的舞剧音乐作品，担任过多次大型活动的主创作曲及音乐总监，曾谱写舞蹈音乐一百多部，为多部电视剧、动画片作曲，作品获全国、全军的大奖无数，在中国民族器乐界饶有影响。五十多年前我妹妹跟他学过琵琶，所以我们是老熟人，退休后他已定居青岛，多参与岛城的音乐活动。

郭亮算是"70后"的年轻人，本科毕业于中央音乐学院民乐系，青年笙演奏家、指挥家、中国海洋大学艺术系副教授、民乐教研室主任、博士、中国海洋大学民族管弦乐团常任指挥、中国民族管弦乐学会笙专业委员会理事、青岛民族管弦乐学会副会长、韩国国立全北大学笙专业客座教授。曾获"上海之春"国际音乐节室内乐比赛一等奖第一名，文化部全国第二届民族器乐民间乐种展演最高奖等奖项，并创作、出版多部民族音乐作品和参加过多次国际国内重大演出活动。

有了举办音乐沙龙这个想法，随后我们就积极准备。我先选出了认为可以和音乐搭配的十七幅版画作品，由他们选配曲目。为了使演奏家和观众有亲近互动的氛围，演出我们想在美术馆里进行，为此我们还特地联系考察了两处美术馆，其间我还选购了观众茶道的小桌样品等。

虽然我们在准备着，但随着时间的推移，我也在不断地思考，开始对先前的想法产生怀疑，并逐渐形成了新的演出思路。因为这场音乐会的原创出发点是版画，我想要根据自己的版画作品资源，整合、推出一场具有特色和分量的音乐会，而不是小打小闹的娱乐节目。

长话短说。我、刘锡钢、郭亮是这场音乐会的总策划，我们一致认为原来的想法太小气，以我们的修养和能力，版画作品的艺术品位，演奏家的专业水准和艺术总监刘锡钢的专业素养，完全可以创办一场独具特色的高规格的民族音乐会，

作者与刘锡钢在策划音乐会第二版。

名称就叫"乐汇版画"。于是我们几个人按各自所长,我来根据我的版画作品构思音乐会的框架并承担文字撰写,刘锡钢把控音乐和画作的衔接以及音乐的创作配器总体效果,郭亮除了演奏还要负责引领指挥乐队排练并参与相应创作,我们三个人是搭配绝妙的一个创作班子。

很快我根据我的版画作品资源,构思安排出了这场音乐会的内容。音乐会选有六十六幅版画作品,上半场从展现祖国江山开始,画面与音乐高度契合,都是展现和赞美祖国的传统文化。下半场以《佛梦》组画和《生命》组画为依托,进入"形而上"的文化精神层次,奏响人的世俗信仰境界和对生命的热爱。整场音乐会的主题就是颂扬我们优秀的民族文化,意味浓浓。

根据这个构思序列,刘锡钢和郭亮精心编配了相应的乐曲。音乐除了合奏外,分别突出了各种乐器的特色。在筹备的过程中特别庆幸的是刘锡钢还精于电脑制作,把版画作品按音乐节奏做了特技处理,以强烈的视觉效果非常生动地显示在 LED 大屏幕上。他还设计了舞台上每位演奏家前置放一盏红灯笼,渲染了浓厚的民族气氛。一切准备就绪。

2019 年 1 月 12 日由青岛市市南区文化广电新闻出版局主办,在青岛音乐厅举办了"乐汇版画——张白波与八骏国乐的对话"音乐会首场演出。

《乐汇版画》音乐会在烟台胶东大剧院演出剧照。

2019年4月4日,"乐汇版画——张白波与八骏国乐的对话学术研讨会"留影。限于篇幅,参加研讨会的专家的身份暂不一一介绍,排名亦不分先后。他们是:刘锡钢、邵秀崇、张开明、王家栋、王沛东、李燕、连新国、黄钢、王金岭、王平、李明、张祚臣、张彤、臧杰、郭亮、公延伟、王云飞、董婷、张白波。

演出大获成功,观众众口一词——震撼!

随后,我们为这场音乐会举办了一次学术研讨会,邀请了二十二位青岛市音乐界专家和相关的知名文化学者参加。会上大家给予音乐会高度评价并提出了一些建议。

虽然首演成功,但我觉得那首先是出于形式新颖,观众在视觉上、听觉上同时获得了感官的满足,这是在审美的"量"上成功的效果。那么在审美的"质"上呢,我们会不会让音乐会审美内涵更丰富更精彩呢?我认为我们还应当深入挖掘和完善。

这是一场开创性的音乐会,首先创作理念要明晰,于是我进行了深入地思考,推出了乐汇版画音乐会的第二个版本。

先说版画。

作为要出现在音乐会上的版画作品,首先要考虑版画和音乐的关系。音乐是听觉艺术,它直击受众的心底,无须思考而引起审美感应。因此,出现在音乐会上的作为视觉艺术的版画作品,也应当形象十分鲜明地让受众不加思考地直接获得感受,与音乐同时产生互补性的审美共鸣。这样一来,对版画的使用就要有所选择,比如一些具有情节陈述的主题绘画就不适合放在里面,它会分散受众对音乐的感受力度,形成审美的停顿和隔离,或使音乐沦为"背景音乐"。其次,在音乐会上呈现的版画作品要形象简洁单纯而又富有意味才好,这样的作品不会与音乐形成冲突,反而有增势互补的效应,会诠释音乐的内涵和强化其感染力。当下许多音画节目为了舞台效果,要么配备背景画面,要么利用现代科技手段制造华丽的光影空间,这一切营造的都是表面视觉效应,往往和节目主体没有本质的联系,我们的音乐会坚决排斥那种场面。

第一场的音乐会虽然从版画到音乐都是满满的民族文化,但总体内容还是显得单一,过于高雅,有点不接地气之憾。另外,我还有很多表现现实生活的版画资源没有利用,也甚为可惜。于是在第二版音乐会的架构上我作了大幅度的调整,将上一版的全部内容压缩到上半场,名曰"古风";同时增加了大量的表现青岛的现实生活元素的版画作品作为下半场,名曰"乡情"。这样就形成了古今两个时空的相映对照,大大充实和拓宽了音乐会的内涵和音乐表现空间。

另外,这样调整还有社会现实意义上的考虑。下半场着力表现青岛的生活内容不仅能够让青岛的受众感到亲切,获得更多的欣赏满足,它的这种地域特色还能提升音乐会的品位,享有一种不可复制的原创优势。我曾这样设想,我们的音乐会或许会成为青岛市的一个经典文化符号,无论青岛市的领导出访或参加国际文化交流,带上这场音乐会,就会既兼有绘画艺术和音乐艺术的合璧特色,又具有人员队伍短小精悍的便捷优势,何其美哉!我的这个想法曾与青岛市文化旅游局主管这方面工作的王霖副局长交流过,竟不谋而合。

在新的版本中共展示版画116幅。

乐汇版画音乐会在青岛市工人文化宫演出剧照。

上半场的"古风"篇章里，版画和音乐还是从多角度颂扬我们民族的优秀传统文化。

开头，第一章《关山回响》，从我们中华民族最具代表性的符号长城进入。连绵的山峦，巍峨的长城，随着演奏家深情地吹奏，把我们带入祖国辽阔的时空，唤起心中壮美的家国情怀。

第二章《古城夕阳》，画面和音乐把我们的思绪带进历史深处，古塔、苍柏、角楼、雄关，在夕阳下，斑驳沧桑，引发我们心中对岁月的感叹和怀古的幽思。

第三章《战马嘶鸣》，战马就是改朝换代历史进程的符号，它驰骋、长啸、踯躅、回归，我们会在琵琶激越的弹奏中，感受历史的烈烈回声。

第四章《丝绸古道》，放眼中华民族的历史，是一部多民族融合的历史，丝绸之路不仅带来通商的繁荣，也是多民族文化交流的重要渠道。江南水乡，驼铃阵阵，用西域传来的二胡、琵琶演绎那段远古的旅程韵味浓浓。

第五章《灿烂文化》，展示我们中华古老的文化。它浩如烟海美不胜收，唐诗、宋词、绘画、音乐、书法……融汇成灿然于世的东方之美，艺术家以其独创的拓彩版画和精美的旋律，虔诚地匍匐于中国传统文化的大美之下，继往开来。

第六章《生命诗篇》，以版画作品和诗句展现着艺术家的人文情怀和精神追求。热爱生命，颂扬生命，祈愿生命的祥和美好，是艺术永恒的主题。上半场在诗意中结束。

在下半场"乡情"篇章里，赞美家乡青岛的山、海和渔家风情，展现新时代青岛的风貌，也是在凸显音乐会的地域文化特色。

第七章《四季》，让我们的心境穿过千年的历史，回到生活的现实世界，看那四季更替，生机盎然，大自然正回荡着婉转多情的旋律。

第八章《山色》，随着琴声走进崂山，它东临大海峭然矗立，它岩石嶙峋草木丰茂，它庙宇深藏仙气缭绕，它以亿万年坚硬的花岗岩，托起年轻秀丽的新城青岛。

剧照——笙演奏家郭亮

剧照——竹笛演奏家公延伟

剧照——古筝演奏家罗旻

第九章《海恋》，看那日出月升的大海，礁石横陈，小船摇曳，夕阳归帆，渔家灯火，这一切寄托着我们对大海永难忘怀的眷恋。

第十章《渔歌》，画面中的渔家女，养殖、采贝、晒鱼、织网，洁白的头巾随风飘啊，演绎着半岛渔家的诗意风情。渔家姑娘翩然起舞，伴以歌唱，唤起人们梦中萦回的那份浓浓乡情。

尾声《大美青岛》，在系列的版画中怀恋青岛的昔日风光，更期待青岛灿烂的未来，时代巨变、改天换地，青岛正彰显着现代大都市的风采。由版画转向实景，音乐会最后在高歌大美青岛的音画中结束。

再说音乐。

"八骏国乐"是一支非常优秀的民乐团队。除了我前面介绍的团长郭亮是笙演奏家，竹笛演奏家公延伟山东艺术学院本科、硕士毕业，青岛大学音乐学院竹笛专业教师。古筝演奏家罗旻青岛大学音乐学院古筝专业教师，山东省音乐家协会古筝专业委员会副秘书长。琵琶演奏家王一平中国音乐学院琵琶专业硕士，师从琵琶大师刘德海先生，青岛科技大学艺术学院专业教师，曾获"敦煌杯"全国琵琶比赛金奖。二胡演奏家王云飞中央音乐学院二胡专业硕士，中国海洋大学艺术系二胡、板胡、胡琴室内乐副教授，曾获北京国际民族器乐大赛二胡专业青年组金奖。青年作曲家、扬琴演奏家姜媛媛毕业于中国戏曲学院，受聘青岛科技大学艺术学院,曾获第八届世界扬琴大赛金奖。青年唢呐演奏家李康毕业于中国音乐学院国乐系,中国海洋大学艺术系专业教师,非物质文化遗产"胶州秧歌吹打"传承人。青年打击乐演奏家彭辉,中国海洋大学艺术系民族打击乐专业教师。青年阮演奏家高明璐,中国民族管弦乐协会阮专业委员会会员,连续两届获山东省民族器乐大赛弹拨专业组一等奖。可以看出,以上所列八位演奏家都是青岛民乐演奏的精英人物。

剧照——琵琶演奏家王一平

还有四位他们的优秀学生也参加演出,十三人组成的乐队短小精悍,但艺术能量甚大,曾多次应中央电视台之邀录制民乐节目。一场音乐会无论构思如何,最终都是要靠演奏家在舞台上来实现的,有这样优秀的团队,音乐会焉能不获成功。

为了音乐和版画作品的审美内涵保持高度一致,也为了彰显音乐会的原创性,根据以上我设计的第二版音乐会的内容架构和版画作品,刘锡钢鼓励"八骏国乐"的演奏家们积极创作曲目。这些年轻演奏家大都科班出身,除了有高超的器乐演奏专长,自然也有一定的创作能力。在整场音乐会中,大部分曲目都是刘锡钢和演奏家创作的,另外一部分则是由古曲编配的,尽显民族器乐的魅力。

剧照——二胡演奏家王云飞

像《古城夕阳》中的乐曲《梦回故里》,就是公延伟创作,由刘锡钢配器,中胡、古筝、中阮合奏完成的。王云飞那略带沙哑的中胡宛若在陈述岁月往事，罗旻的古筝琴弦仿佛在声声叹息，而高明璐那中阮滚动的弹拨，温厚圆润，深沉委婉，似与中胡对话。古城，是历史空间的符号；夕阳，是过往时间的象征，她们的精湛演奏，如怨如慕，随着大屏幕画面的移动，道尽历史的斑驳沧桑。

像《灿烂文化》中的《步宫廷》，是刘锡钢创作的笙独奏曲，曾在全军第五届文艺汇演获创作一等奖，用在这里恰如其分。郭亮的笙吹奏气息饱满，声声不息，雅乐调式的旋律弥漫着华丽的宫廷色彩，烘托着画面徐徐展现的中华瑰宝。而下半场公延伟创作的笛子独奏曲《旭照观云》表现《四季》的生机盎然；郭亮、王云飞创作的《渔歌》甜美欢快等都紧贴画面的气氛，而又尽显不同乐器各自的魅力以及总体效果。

经典古曲有着永恒的魅力，一经重新编配会注入新的美感。在《战马嘶鸣》章节里，王一平将古曲《十面埋伏》重新创编，按照画面调整节奏，调动琵琶的各种弹奏技巧，嘈嘈切切，将战马的不同生命形态演绎得淋漓尽致。《山色》配合那一组黑白木刻《崂山行》选用的是古琴曲《广陵散》。罗旻在古筝演奏时既注重扫弦铿锵有力，又不失泛音空灵缥缈，表现山势的挺拔峻峭和云雾缭绕，与黑白木刻淋漓的刀法相映，极为谐调高雅。尤其是刘锡钢为这首节拍变化自由的古曲首创性地编配了乐队伴奏，虽然演奏难度甚大，却让古曲更丰满多彩，别有风韵。

音乐是无法用语言描述的。整场音乐会的曲目在艺术总监刘锡钢的编配指导下，排练过程在郭亮的指挥调整下，不断修改磨合，精益求精。乐队的每次排练我几乎都在场，看到他们随排随改曲谱，人人心领神会，相互默契而又虚心切磋，展现了演奏家深厚的专业素养，让我大开眼界，敬羡不已。

原定的2020年演出因疫情取消。2021年"乐汇版画"被评为2021年青岛市文艺精品扶持项目而演出了四场，深获好评自不必说。

总结这次版画和音乐相结合的艺术创新活动，首先我庆幸有这些高水平的合作伙伴。刘锡钢和我都是有五十多年创作经验的老艺术家，志趣相投，见解高度一致且各有所长艺术互补；"八骏国乐"的年轻演奏家们德艺双馨，热爱

作者谢场。

艺术，技艺精湛，追求卓越，这是这场音乐会成功的根本保证。我也庆幸自己过去积累了题材宽泛丰富的版画作品，能组合成比较完整的两个可以和音乐搭配的专题系列。特别有意思的是我独创的拓彩版画，它的发端就是汉画像砖画像石，所有作品从内容到形式满满的中国民族文化元素，这和中国的民族器乐有着先天的审美契合。尤其我的这种版画布满立体肌理痕迹，在大屏幕上放大后极具视觉冲击力，开启了一个匪夷所思的审美先验空间。这场音乐会我的版画和"八骏国乐"真可谓天作之合。

　　回顾我的六十年的艺术创作生涯，自始至终浸润在中国优秀文化之中，其中对民族器乐的感悟一直在心中蛰伏，所以古稀之年能成就这场音乐会既是偶然也并非偶然，我只能将其归为天意。

　　乐汇版画音乐会以其形式新颖、民族属性、地域特色和品位高雅获得成功，相信它会在青岛音乐艺术史上留下艳丽浓重的一笔。

2022 年 5 月

夕阳观象山

凄美是一种境界，不仅是艺术境界，也是一种人生境界。

我时常想起观象山。

早先家住在上海路,离观象山很近,几分钟就能走到。我最初工作所在的学校也离观象山不远,只有不到五分钟的路程。从小长到大,我对这山是太熟悉了,这里贮存了我太多的记忆。

小时候,春天来这里摘槐花,夏天到山上捏蜻蜓,雨后在松下找蘑菇,平日还经常来挖黄泥回家拌煤烧火……这山,就是我的乐园。几十年过去了,我的住所和工作地点都已远离观象山,许多往事已化为朦胧的记忆,不去说了。只是20世纪60年代初,我在新华中学任教时,每每登山看落日的情景总是难以忘怀,以至于对我终生都有影响。

我高中一毕业,不到十八岁就到民办新华中学工作了。

学校在热河路上,出校门左拐不到百米就是胶东路、江苏路、观象二路、胶州路、上海路、热河路六条马路的交叉口。路过红砖砌成的,有着高高的方形钟楼的圣保罗大教堂,再沿观象二路上行不到两分钟,就到了观象山脚下。

从观象二路开始,山前只有一条窄窄的马路,可以开汽车由东边绕到山顶早年德国建的像古堡一样的观象台石楼。当时的观象台是军事禁区,是海军用于军事气象的基地。进山的路前立着用中、英、日三国文字书写的禁行标志,我清楚地记得,日文是"立入禁止"的字样。有这种牌子立着,百姓不得近前,所以上山等于是没有路的。

1964年,作者在观象山石碑前留影。

四十多年前的观象山可不是现在这种样子，山上完全是原始风貌。满山是树，大多是槐树和松树。槐树大小不一，或疏或密，无规则地杂乱生长着，好像是原先野生的，从来都没人管过。没有槐树的地方一律是松树，像是20世纪50年代补种的，尚未长大，一丛一丛的，横枝都能触地。那年代，城市人少，也没有上山晨练的风气，人连饭都吃不饱，面黄肌瘦的，谁还有力气上山锻炼身体。所以，虽然山位于市中心，却很少有人上去，况且又没有路，也不好上。山上人影罕见，十分寂静，寂静得有点荒凉。

1964年，二十岁，我开始教语文课和美术课，并担任初中一年级的班主任。终于结束了两年来的勤杂工工作，可以正常上下班了。我住校，下班后到回家吃晚饭前，有一段空闲时间，这段时间去哪里？那时候没有地方可去，只有去观象山，而且我是那么惦记着、那么愿意去观象山。

从东面上山，先爬一个小坡，穿过矮松林，再下到沟底——那是淌洪水的谷地，还有一个很神秘的山洞。然后再攀过槐树林，登上一段陡坡绕行一百多米就到了另一个山头的西面。这个山顶与东边的山头相连，也是不能上去的，那上面有一座圆顶的天文观测台，也是当年德国人建造的，常人不得近前。但山顶稍下一点，有一座水泥柱处，却可以停留。

四方形的水泥柱细细的，高五六米，像古埃及的方尖碑。不知什么年代修建的，但已破损，露着带锈的钢筋。水泥底座也被雨水冲刷得裸露着石块，一派沧桑的气象。当时好像听说，这方柱是做日晷用的。日晷是古代的天文计时设施，现代天文学已不使用，可能这座日晷只是个天文台的象征物吧。其实，后来才知道，这是20世纪20年代观象台代表中国参加万国经度测量留下的纪念碑。怪不得多年来，我怎么看它都像一座纪念碑呢！

每次上山，我必到这破败的纪念碑处停留。

站在碑座上，向西面山下望去，近前是一片槐树林，越过树梢，是山下一片红瓦顶，再望过去，就是胶州湾小港了。那时候，城市没有高楼，纵目望去，无遮无拦，小港停泊的船只历历在目，胶州湾里锚地的大船也清晰可数，甚至大风起时海上卷起的白浪都能看见。站在山上，视平线把海面高高抬起，好像海湾就在近前,天、海、房子、树尽收眼底,一幅绝美的风景画。

我总是倚着碑柱,静静地等待日落。

上山时,天还大亮着。慢慢地,太阳西移,由耀眼到变白、变橙黄、变橙红。当夕阳还未到天边时,海天相接处早已升起一道灰蓝色的暮霭。落日像一只红盘子一样,慢慢浸入暮霭,最后,一下子沉入,消失了。这时,原来映着金光的海面骤然变暗,呈深深的普鲁士蓝色,而此刻天空却依然明亮着,只是已经彩霞满天,棉絮般的云层底下染着一片轻柔的玫瑰红。周围暗下来了,天边落日撒下的余晖已由柠檬黄色变为一道血色的光带。它告诉我,太阳已到地球那边,离我远去了。市区的灯已开始零零星星地闪亮,夜色就要降临了。

每当倚着碑柱等待日落,我会有足够的时间冥想和思索。

那个年代,是个多么特殊的年代。平静而又多事,贫困而又知足,惊恐陪伴着怯懦,愚昧支撑着谎言,顺从掩盖着屈辱……那年代,国人的处境和心情,不仅现代的年轻人绝对想象不出,就是像我这样切身经历过一切的过来人,现在要想说清楚都很困难。那时的社会环境、政治气氛,是那样的闭塞和压抑,除了集体无意识,几乎不允许有任何个人的独立意识和思想空间。特别对所谓

《观象山初雪》(套色木刻)。作于 1974 年。

家庭出身不好的人来说,不仅不能享有正常的社会地位和平等的人格,而且几乎随时都有大祸临头的可能。当时我感觉自己就像一只小船,漂浮在浓雾弥漫的大海上,没有目标,没有方向,无所作为,不知道哪儿是岸,不知道自己的归宿,而且不知道什么时候就会浪起船翻,沉入海底。年轻人,一个读过许多国内外文学名著的年轻人,一个热爱艺术追求美好的年轻人,一个因家庭困窘早早踏入社会挣钱养家的年轻人,一个性格敏感内向而且早熟的年轻人,这个时候能想些什么、能做些什么呢!他内心骚动,不甘安于现状,却又完全无能为力;他感情丰富思绪万千,却又无处寄托无处宣泄。孤独、抑郁、多愁、伤感,没有人可以倾诉交流。怎么办?到山上去,到观象山上去吧!那里没有人,没有社会,那里只有风景,只有充满野味的美丽的风景,还有夕阳,灿烂而温暖的夕阳。

夕阳悬在天边,景色瑰丽而生动。我有足够的空间放飞想象。

我想自己。自己和自己对话,给自己编造了无穷无尽的故事,哀伤自己,快乐自己,让自己飘荡在这美丽的风景中,让自己沉浸在白日的梦幻里。我想

《海湾暮色》(套色木刻)。
作于1967年。

周围。给周围的人和事作出种种假设和判断，吸取教训，警诫自己，企图让自己更成熟，更能在现实中把握好自己。我想国家大事。"处江湖之远，则忧其君"，"念天地之悠悠，独怆然而涕下"，常以小人物的身份妄作"杞人忧天"的思虑，任一腔青年热血在胸中无声奔流。

我想艺术，想我自己的水彩画和版画。我想着我所知道的大画家们，崇拜他们的人格，向往他们的艺术人生。我有时回味文学名著、中外电影，回味那一次次震撼灵魂的感动；有时浮想联翩，联想戏剧、诗歌、音乐……让自己陶醉在艺术的思考和美的幻觉中。现实越是压抑、乏味，内心越是向往艺术、向往美。在这里，置身于日复一日的壮美而绚烂的日落场景，一个年轻艺术学子的心，怎么能不骚动，怎么能不漫天飞扬。

我想大自然，想各种美丽的风景；我想外地，向往那未曾去过的地方；我想国外，揣测那些与我终生无缘的遥远世界；我想宇宙，感叹自己的渺小和无奈。我胡思乱想，信马由缰，不受任何管束；而有时又什么都不想，任脑子一片空白，呆呆地站在那里，让灵魂随风飘荡。只有在这山上，我才感到无限的心灵自由。更何况，俯视着这样的景色畅想，心际总是浸润着一种伤感的诗情，自己陶醉着自己，自己温存着自己，所以从来不感到枯寂。

夕阳正在下沉，天色慢慢变化，还有时间欣赏和寄情。

居高临下，眼前的风景是那么好看，百看不厌。槐树发芽了，开花了，刚刚浓荫一片，转眼又落木萧萧了。远处的房子错落着，都是那么熟悉的街区。而晚霞或有或无，或浓或淡，每天一个样，总是从来都不会重复的。这里永远是一幅不必构图剪裁就非常完美的风景画。

每当我站到这里，无论当天曾是何等心绪，一看到这熟悉的景致，心情马上就会变得轻松了。我感觉好像回到了一处自己的私密领地，见到了最亲近的朋友。遥望着眼前西沉的落日、摇摆的树林、平静的海湾，我什么话也不说，但内心却在向它们倾诉，与它们默默地交流。我把心中的一切都消溶化解在这景色里，而那辉煌温暖的夕阳和弥漫的暮色则抚摸着我的心灵，给我无限慰藉。我一个人长时间地站在这里，一点也不孤独，一点也不寂寞，反而感到一种说不出的充实和满足。在那个贫乏和枯燥的年代，我庆幸有这么一块净土，一块心灵的安栖地。在这里，没有争斗，没有陷阱，没有偷窥，我无须担心什么，害怕什么，没有谁能妨碍我去自由自在地遐想。我让心绪随着日落，随着云起，随着天色的变化慢慢流淌，享受着这一段美丽的生命时光。我在这里消磨着，什么事都不做，一点也不觉得浪费时间，从来也不后悔。

《海城夜色》（套色木刻）。作于1968年。

夕阳西下，一天在最后的辉煌中结束了。

当我看到那红红的圆盘似的太阳沉没在苍茫的天际，常有一种黯然、怅然的感觉。光明消失了，美丽消失了，辉煌只能留存在记忆中。

观象山那残破的碑柱是给地球经度定位的纪念，但它竟也暗喻着我的人生定位。观象山不仅给了我一方精神世界的净土，安抚着我，纵容着我，让我度过年轻时的一段骚动的时期。同时，观象山的落日还滋润了我的审美心态，酿就了影响我一生的审美情结——凄美情结。凄美，不是眼睛看到的表象之美；凄美，是透到人的心底深处的，能让心灵为之颤抖的那种美，是最具人性的至美。以后几十年，我在版画创作中，无论是在潜意识里，还是在作品的表现上，总是徘徊着这个情结，画面上总是流露着凄美的情调。这是不自觉的，是人生的阅历积淀成的。直到今天，我仍然喜欢凄美，迷恋凄美。尽管在有些创作里我力图表现壮美，比如近期在第十届全国美展获奖的作品《须晴日》，就是表现北国雪晴壮美的，但那一望无际的殷红的群山浸透着悲壮气氛，依然有凄美的影子。我认为，凄美是一种境界，不仅是艺术境界，也是一种人生境界。因为我知道，我的凄美境界是那夕阳，是年轻时那观象山上灿然而又寂然的夕阳给予我的，并且将它深深浸融到我骨子里的。

《雪晴观象山》（套色木刻）。作于 1967 年。

    大约有两三年吧，只要不是阴天下雨或有事情，我就上山陪伴落日。哦，是让落日陪伴我。后来"文革"中，就偶尔上山了。我前后以那景色为题材刻过六幅版画。第一幅是黑白木刻，画面是秋天的槐树林，天上有浓云，一派风雨将至的气氛。第二幅是套色木刻，表现的完全是日落时的瑰丽景象。由于画面太写实了，很像舞台布景，我不喜欢，只印了两张。第三幅是华灯初上的夜景。第四、五、六幅都是夕阳下的雪景，带有俄罗斯版画风味，很好看，我一直很喜欢。

2006 年 10 月

艺术年表

1962年青岛九中美术小组,作者与任锡海、闫卫平等同学合影。

20世纪80年代初,作者在精心创作版画。

20世纪80年代初,作者和青岛版画研究会的部分成员在一起。

1944 年　　出生于山东省青岛市。

1950 年—1956 年

　　　　　就读青岛市上海路小学。

1956 年—1962 年

　　　　　就读青岛第九中学初中、高中。

1962 年　　就职于青岛民办新华中学(青岛六中前身),任教语文课、美术课。

　　　　　开始自学版画。

1966 年—1976 年

　　　　　"文革"期间多次被借调到省、市级组织的美术创作班,创作多幅木刻版画作品。作品参加多次展览。

1978 年　　作品《华罗庚在征途上》参加六省一市"肖像画展览"。

1979 年　　青岛版画研究会成立,担任会长;

　　　　　作品《采贝》《崂山小村》《雨后青岛》入选"第六届全国版画展览"(中国美协主办);

　　　　　《新妆》参展"庆祝建国 30 周年山东美展"获二等奖。

1980 年　　中国版画家协会成立,为首批会员。山东省版画学会成立,当选为副会长;

　　　　　被吸收为中国美术家协会山东分会会员;

　　　　　青岛画院成立,聘为画院成员(画院画家均系外聘画家),任版画组组长;

　　　　　创建青岛六中美术职业班,负责美术教学活动;

　　　　　作品《崂山小村》参加"日本第 48 回版画展(特别展示)";

　　　　　《崂山小景》参加日本"庆祝日中友好协会成立三十周年版画展"(东京);

《春水》等3幅参展日本"第四回现代中国版画家作品展"（东京主办）；

《神女》4幅参展澳大利亚、新西兰、加纳等国"中国版画展"（文化部、中国美协主办）。

1981年　作品《添新船》《沙漠驼铃》入选"第七届全国版画展览"（中国美协、中国版协主办）；

《采贝》入编《中国新兴版画五十年选集》（1931—1981年）；

《神女》等6幅参展日本"中国木刻版画大展览"（神户）；

《崂山行》等15幅作品参展日本"中国创作木刻50周年纪念——现代中国版画家作品展"；

《神女》等2幅参展日本"鲁迅诞生100周年·第三回现代中国版画家作品展"（栃木市）；

《崂山小村》参展法国"中国木刻五十年展"（中国美协主办）；

《生命》组画4幅参展利比亚等非洲七国"中国艺术展"（文化部主办）；

《采贝》参展罗马尼亚"中国现代版画展"（中国美协主办）；

《雨后青岛》参展赴美国"中国版画展"（纽约）。

1982年　被吸收为中国美术家协会会员。入选中国美协、日本天名堂合编的《中国现代美术家名鉴第一集》（青岛另有赫保真、马龙青、张朋入选）；

作品《春水》入编《中国现代黑白木刻选》；

《添新船》由中国美协、法国美协选入赴法国参展"1982法国春季沙龙展"；

《雨后青岛》等2幅作品参展日本"现代中国版画展"（神奈川、中国美协主办）；

《神女》等6幅参展日本"日中国交正常化10周年·现代中国木版画展"（带广）；

1987年，著名版画家李平凡先生夫妇和姜宝星先生在作者家中做客。

1985年中国美术家协会第四届美代会期间，作者与版画家合影。左起依次为：牛文、张白波、徐匡、李少言、晁楣。

1985年全国美代会期间，作者与著名版画家彦涵交谈。

1989 年，作者在日本神户举办第一次个展。

1990 年，作者在美国科罗拉多州丹佛市举办画展并讲学。

1990 年，作者在美国新墨西哥州阿尔伯克基与版画家交流。

《崂山行》组画等 11 幅参展日本"日本梨之里版画展"（关城）；

《采贝》参展日本"稻城市第二回现代中国版画家作品展"。

1983 年　被选担任第六届青岛市政协委员（任期 1983—1987 年）；

作品《小岛月夜》入选"第八届全国版画展览"；

《暮归》入选"中国版画展览"（广州）；

《荷》等 5 幅作品参展 "姑苏之秋·全国中青年版画家作品邀请展"；

《版画艺术》期刊发表论文《借鉴、融合、新境》；

作为山东省重点作者参加由中国美协组织的"第六届全国美展创作座谈会"（6 月 11 日—18 日）。

1984 年　担任第六届全国美展山东省总评委员会委员；

应聘为人民美术出版社《版画系列丛刊》编委；

应聘为中国人民解放军艺术学院讲学；

《版画世界》期刊发表论文"拓彩版画初探"，并获首届"版画世界"版画技法奖杯；

《美术》期刊发表论文《谈拓彩版画》；

日本版画专业期刊《版画艺术》（总第 47 期）发表论文《中国的新版画技法—拓彩版画》；

《新华文摘》期刊专栏介绍；

作品《载月归》入选"第六届全国美术作品展览" 并获银奖，中国美术馆收藏；

作品《夜渔》入选"全国职工业余美术书法摄影作品展"并获奖；

多幅作品参展日本"戈沙、张白波、冯兆平、莫测版画联展"；日本"中华人民共和国成立 35 周年纪念·现代中国版画展"（神户）。

1985 年　作为青岛唯一当选代表出席"中国美术家协会第四次会员代表大会"；

接受文化部第六届全国美展作品授奖；

被聘为山东省青年美协顾问、青岛市青年美协顾问；

《小岛大雪》等 2 幅作品参展"姑苏之秋·全国水印版画邀请展";

《崂山秋》等 5 幅作品参展"十六人版画展览"(中国版协主办);

《山秋》参展日本仙台、尼崎、南足柄、东京、厚木五市巡回"中国国画版画展";

《版画艺术》期刊发表论文《构思从这里开始》,《山东画报》发表文章《画我心中的海》;

《采贝》入选《中国新文艺大系·美术集》。

1986 年　参加中国版画家第二届会员代表大会,当选为中国版画家协会理事;

参加全国版画创作座谈会;

作为山东画家代表参加中国美协举办的"全国美术理论会";

被聘为青岛市城市雕塑艺术委员会委员,被任命为青岛市政协书画工作组副组长;

作品《小岛晨》入选"第九届全国版画展览"并获优秀创作奖(最高奖);

山东电视台对外部录制《张白波的拓彩版画》电视专题片,对国外发行。

1987 年　青岛市美学学会成立,任理事,后任副会长;

在青岛六中获中学高级教师职称(相当于副教授级);

《载月归》参展第一届中国艺术节"中国美术馆藏品陈列展";

《海风》等 8 幅作品参展中国美协"首届全国新人新作展";

《小岛晨》等 2 幅参展德国"柏林第 8 届国际艺术博览会·版画 87"(中国美协选送);

《小岛晨》等 2 幅参展日本"中国现代版画展"(东京);

《崂山小景》等 3 幅参展日本"日中版画展";

《小岛雪》参展加拿大"中国造型艺术展"(文化部主办);

1985 年,中国美协第六届全国美展颁奖会现场,左起依次为:詹建俊(金奖)、郑爽(银奖)、张白波(银奖)、崔开玺(银奖)。

1986 年,作者在黄山屯溪与版画老前辈合影。左起依次为:王琦、古元、李桦、力群。

1988 年,上海科教电影制片厂在拍摄作者的拓彩版画创作过程。

1986年中国版画家协会第二届版代会期间，作者与画家李平凡、周新如、郑爽合影。

作者与王琦先生、马克先生在黄山合影。

1995年，作者参加中国版画家协会第三次会员代表大会。

《晚潮》等5幅参展"东西南北十人版画展"（中国版协主办）；

上海辞书出版社大型辞书《中国美术辞典》收入"拓彩版画"条目，并以《夜渔》作为拓彩版画经典范例刊以彩页；

《齐鲁画刊》发表论文《拓彩版画技法》。

1988年　青岛画院正式建编，由青岛六中调入青岛画院，为专职画家（职称副高），任青岛画院创作部主任；

参加青岛市第三届文代会，以得票第一名当选为青岛市文联委员；

青岛市美术家协会成立，当选任首届副主席（后连任）；

当选为山东美协理事，应聘为山东画院高级画师；

被中共青岛市委、青岛市政府授予首批"青岛市专业技术优秀人才"称号；

连续担任第七届青岛市政协委员（任期1988—1992年）；

出席"全国版画艺术研讨会"（中国美协主办）发表论文《版画——痕迹的世界》；

参展文化部社文局主办"青岛美术书法作品展"（北京），《四季树组画》由中国美术馆收藏；

举办个展"张白波版画作品展"（青海西宁）；

《生命》组画参展台湾"中国当代版画展"；

《小岛晨》参展"日中和平条约缔结10周年纪念·中国现代版画展1931-1987"（町田）；

《残阳》参展"第12回国际美术展"并获奖（日本）；

上海科教电影制片厂摄制《中国水印版画》专题电影，拍摄了"拓彩版画"印制全过程，以六国语言版本在国际发行；

《美术向导》期刊发表论文《拓彩版画技法》。

1989年　担任第七届全国美展山东总评委员会委员；

《新月》入选"第七届全国美术作品展览"并获铜奖；

《新月》参展香港"第七届全国美展部分获奖作品展";

参加奥地利"中国版画展"（维也纳）;

《瑞雪》参展"山东庆祝建国40周年展"并获奖;

出访日本并举办"现代中国鬼才版画家——张白波来日纪念展"（大阪、40幅作品参展）;

日本"第十五回现代中国版画展——来日纪念张白波版画展"并讲学（神户）;

《生命》获日本日中艺术交流中心金奖,并获日本神户美术馆文化功劳金杯奖;

部分作品参展日本"中国鬼才版画4人展"（神户）;

日本"中国现代版画秀作展"（神户）;

日本"现代中国版画展——张白波、杨忠义"（大阪）;

日本"现代中国版画展"（京都、张白波等4人）;

《四季树》组画参展赴墨西哥"中国艺术展"（文化部选送）。

1990年　应美国"亚洲艺术合作委员会"邀请,赴美国举办"首届现代亚洲艺术家系列展——张白波展"（丹佛）,并讲学。同期于美国新墨西哥州大学美术馆举办"张白波艺术展"并讲学（阿尔布开基）;

《新月》参展赴日本"中国现代美术展（第七届全国美展获奖作品展）"于东京、福冈、静冈巡展（文化部、中国美协主办）;

《雪》入选"全国第十届版画作品展览"（中国美协、中国版协）;

《新月》参展台湾"大陆百人名版画家作品联展";

《佛梦》组画参展赴美国"中国艺术展"、印度"中国艺术展"（文化部选送）;

日本举办"张白波石膏版画展"（神户）;

"中国现代版画之巨匠——黄丕谟、张白波版画展"（名古屋、佐世保、大分市、奈良、冈崎、大阪六市巡展）;

2003年,作者在法国举办画展,与巴黎版画协会的画家交流。

2003年,作者在法国巴黎举办画展时设在街头的海报。

1990年,作者在美国举办画展时,参观好莱坞并与演员合影。

2001年，作者在埃及开罗举办画展，于金字塔前留影。

2009年，作者与朋友李洁、李明、张彤在俄罗斯圣彼得堡留影。

2012年，作者在希腊雅典帕特农神庙前留影。

在澳大利亚举办"张白波、张白涛艺术展"；

《版画艺术》期刊发表论文《版画——痕迹的世界》，《山东美术通讯》发表文章；

日本形成社出版《张白波的世界》年历。

1991年　出任青岛美学学会副会长；

《载月归》获青岛市首届文学艺术奖特别荣誉奖、《新月》获首届创作一等奖；

《关山》入选"庆祝中国共产党成立70周年·全国美术作品展览"（文化部、中国美协主办），并获山东展二等奖；

《采贝》入选"中国新兴版画60年回顾展"（文化部、中国美协、中国版协主办）；

《佛梦》入选"中国当代版画精品邀请展"（中国美协、中国版协主办）；

《油港之晨》入选"第二届中国工业版画展"；

《新月》入选"华东六省一市美术展览"；

《新月》赴日本"中国现代美术展"（文化部、中国美协主办）（静冈、福冈）；

赴日本个展"现代中国版画展——张白波展"（东京）；

《岁月》入选日本"纪念中国新兴版画运动60周年——中国当代版画新作展"（东京、大阪、神户、千叶、青森五市巡展）；

中国对日本期刊《人民中国》印制《张白波的拓彩版画》年历随刊物发行；

《山东美术通讯》发表文章《访美散记》。

1992年　应聘任青岛画院副院长，主持画院业务工作；

被评定为国家一级美术师（正高职称）；

应聘任大型辞书《美术辞林·版画艺术卷》撰稿人，编写全部关于"拓彩版画"的条目；

中国文化部外联局选用《四季树》组画精印年历，作为赠送各国驻华使馆的国际礼品；

《夕归》入选"全国第十一届版画作品展览"；

日本个展"中国版画界的鬼才——张白波石膏版画展"（大阪）；

《新月》入编《中国当代版画》画集。

1993年 第三次连任青岛市政协委员（第八届任期 1993—1997 年）；

《比目鱼系列之三》入选"中国版画版种大展"暨"全国第五届三版展"。

1994年 担任第八届全国美展山东总评委员会委员；

获美国 ABI"20 世纪国际杰出艺术贡献奖"；

入选美国人物传记研究所《当代国际成就名人录》第 5 版；

《渔家五月》入选"第八届全国美术作品展览"；

《穿过栅栏》入选"第十二届全国版画作品展览" 并获铜奖；

《崂山暮》《新月》等参展瑞士"中国山东文化艺术展"；

《新月》参展韩国、新加坡"中国艺术展"。

1995年 参加"中国版画家协会第三次会员代表大会"（北戴河）；

入选英国剑桥国际名人传记中心《世界名人录》第 23 版；

在中国建设银行青岛高科园支行的支持下，成立画廊"白波画苑"，经销艺术家原创作品。成立时获外省市美协等五十多个单位及外国画廊祝贺，国内美术界领导王琦、彦涵、力群、古元等为之题词；

《雪之舟》等参展"95 中国艺术博览会" 作品获银奖。

1996年 应聘担任韩国"亚洲艺术展"中方委员，应邀携中国艺术家作品赴韩国参展（汉城，今首尔）。

1997年 开始向国家知识产权局申报"拓彩版画及其制造方法"发明 专利（申请号 95112126.X）；

举办个展"张白波拓彩版画展"，获日本国际版画研究会 1997 年度金奖。

2004 年，作者应邀赴韩国举办画展。

青岛美亚国际学校师生参观作者画室留影。

2012 年，在中国当代画院版画展"自信与坚守"上，作者与版画家朋友陈玉平、赵海鹏、刘硕海合影。

1995年创办的"白波画苑"其展室场景。

2006年,中央电视台"美术星空"栏目在作者画室采访。

2007年,国际友人画家在作者画室参观交流。

1998年　第四次连任青岛市政协委员(第九届任期1998—2002年);

《载月归》入编《中国现代美术全集》(版画卷);

《流动的墙》入选"第十四届全国版画作品展览"。

1999年　担任第九届全国美展山东总评委员会委员;

作品参加中国美协中国版协举办的"中国优秀版画家作品展",获中国版画最高奖"鲁迅版画奖";

《晨光》入选"第九届全国美术作品展览";

《鱼系列》参展"青岛国际美术邀请展"(中国美协、中国版协主办)。

2000年　向国家知识产权局申报的"拓彩版画及其制造方法"审查获批,获国家专利局授予的发明专利权(文件号CN1034333A);

《载月归》入选文化部项目"中国百年版画展览",并作世界各地巡展;

《流动的墙》入选中国版协主办的"2000青岛国际版画双年展"(中国首届)并获金奖;

赴美国举办个展"张白波艺术展",应邀访问德国参展"青岛美术联展"。

2001年　赴埃及访问并举办个展"中国艺术家——张白波版画展"(文化部外展公司办)。

2002年　《守望》入选"纪念《讲话》发表60周年——全国美术作品展览"并获银奖;

赴香港参展"传承与拓展——拓彩版画交流展"并参加学术交流,发表论文《拓彩版画与创新》;

赴韩国专访,作品《比目鱼》参展韩国"韩中文化交流——中国优秀版画家作品展";

论文《谈拓彩版画》入编《20世纪中国版画文献》(中国美协版画艺委会、中国版协主办);

作品《流动的墙》入编大型画集《今日中国美术》；
举办个展"汉传延续——张白波拓彩版画展"（湛江）。

2003年 赴法国个展"法国·中国年——张白波版画展"（法国巴黎 CHAVILLE 版画协会主办）；
在青岛举办个展"木刻与拓彩——张白波版画作品展"（中国美协版画艺委会主办）。

2004年 《红晴日》入选"第十届全国美术作品展览"获优秀奖；
画院退休；
获山东省文化厅、山东省文联颁发的"山东省美术创作荣誉奖"，获中共青岛市委、青岛市政府颁发的"文艺精品创作突出贡献个人奖"；
12幅作品参展韩国"中国版画展"（韩国大邱市主办）并应邀访韩。

2005年 赴美国举办个展"张白波版画展"（新墨西哥州圣菲）；
《红晴日》参展日本"现代中国之美术展"（茨城县、新泻、福冈等四市巡展，中国美协等主办）。

2006年 中央电视台"美术星空"栏目为我录制专题节目。

2007年 《新月》参展"实践的力量——中国当代版画文献展"（南京）入编画集；
《唐诗系列》入选"2007观澜国际版画双年展"入选画集并收藏；
出访美国，作品参展美国"中国艺术家联展"（美国西雅图）并为协和促进会捐赠作品；
《红晴日》《穿过栅栏》等参展"当代中国版画名家作品展"（哈尔滨）；
书法《宋词·李煜词》获第二届"唐诗、宋词、元曲"全国书画大赛金奖；

2011年，作者与广军先生在青岛市美术馆常设的作者画展展厅里。

2013年，作者在山东日照市举办画展留影。

2016年，作者在日本西宫市由日中艺苑举办《中国水印版画展》。左起依次为：张天星、丁立松、周新如、陆建洛、张白波。

2008年,作者陪母亲和姊妹参观作者的个人版画展。

2011年,作者在版画展开幕式后与妻佟天翔、儿子张帆合影。

2015年,作者在个人版画展上与朋友张铭联、隋志强、林建业、郝麒、李见闻合影。

《经济导报》（山东）专版发表《"拓彩版画"开拓者张白波访谈》；

出版散文集《伴绿阁絮语》。

2008年　举办个展"拓·彩——张白波版画展"（青岛）。

2009年　作品《夜渔》入选庆祝新中国成立60周年出版的大型经典画集《春华秋实1949—2009——新中国版画集》；

参展"中国水印版画名家展"（广东观澜版画基地）；

作品参展"中国水印版画名家邀请展"（广东江门）。

2010年　作品参展"中国水印版画名家作品展"（广东佛山展、深圳展），"中国水印版画五人作品展"（浙江杭州）。

2011年　为纪念中国辛亥革命百年，创作组画《共和之梦》（九幅），举办"辛亥百年·张白波拓彩版画展"（国内第六次个展）；

青岛电视台录制专题片《拓彩白波》《花木白波》并播放。

2012年　应邀参加"自信与坚守——2012中国当代画院版画展暨学术研讨会"（中国深圳），5幅作品参展并入选画集。

2013年　作为中国文化部批准的特邀画家，作品《长城祭》参展第十届中国艺术节"全国优秀美术作品展览"（济南）；

担任《中国艺术家》"当代中国版画名家作品经典"学术主持，并策划展览；

应邀日照市举办"松风波影——窦世魁、张白波书画艺术展"。

2014年　赞一美术馆举办"张白波版画精选展"（国内第七次个展）；

参与策划"姜宝星纪念展"并为文集、画集撰写专文和序言。

2015年　青岛市美术馆举办"童颜——张白波版画作品展"（国内第八次个展）；

作品二件参加中国美协版画艺委会主办的"继往开来——2015中国版画家邀请展"；

策划参展"九生万象、艺术沧桑——青岛九中校友展"并为画册撰写专文及序言；

应聘为国家艺术基金专家委员会评委并参评本年度相关项目，作为中国文化部特邀画家，作品《琵琶行》参展"第十一届中国艺术节画展"（西安）；

作品参加日中艺苑举办的"中国水印版画展"（日本西宫市）；

应邀参加"杜罗2016全球版画展及第8届国际版画双年展"（葡萄牙）；

书法作品参展"画心意书——郭士海、窦世魁、张白波书法作品展"并由北京大学出版社出版作品集。

2016年作者在书法作品展上接受记者采访。

2017年 42件作品参加山东美术馆主办的"回顾与拓展——周东申、陈川、张白波版画展"（济南）；

担任国家艺术基金专家委员会评委并参评本年度相关项目。

2018年 书法作品应邀入选中央电视台主办的"纪念赵朴初先生110周年诞辰主题书法大展"并入编作品集；

在青岛太平湾美术馆推出《木刻追忆》《海风乡情》《文化关怀》系列版画展；

作品《唐诗·琵琶行》参加第九届亚洲国际美术作品展。

2017年，作者在山东省美术馆版画三人展开幕式上致辞。

2019年 主创推出《乐汇版画》民族器乐音乐会；

参与主编《青岛美术百年美术史》。

2020年 参与青岛市美协"我市党的历史题材主题美术创作观摩培训"指导专家；

经日本日中艺苑由"亚马逊"出版电子画册，并制作有五种文字在世界网络平台发布。

2021年，《乐汇版画》音乐会剧照。

（注：作品被国内外美术馆收藏、刊物发表，及省、市级部分相关活动经历，该年表从略）

版画作品

教堂初雪 木刻版画 25 cm×16 cm
1970 年

采贝 木刻版画 33.5 cm×47 cm
1979 年

添新船 木刻版画 38 cm × 53 cm
1981 年

华罗庚在旅途上　木刻版画　42 cm×57 cm
1978 年

新妆 木刻版画 43 cm × 39 cm
1979 年

298 | 田首亂山橫

山行之二梨雪 木刻版画 23 cm×24 cm
1980年

崂山行之五归帆 木刻版画 23 cm×24 cm
1980 年

300 | 田首乱山横

岛城雪 木刻版画 28 cm×34 cm
1978 年

满潮 木刻版画 27 cm×30 cm
1979 年

302 | 田首乱山横

崂山小村 木刻版画 36 cm×40 cm
1978 年

版画作品 | 303

岛城秀色 木刻版画 28 cm×34 cm
1980 年

304 | 田苔亂山橫

雪之舟 拓彩版画 40 cm×50 cm
1994 年

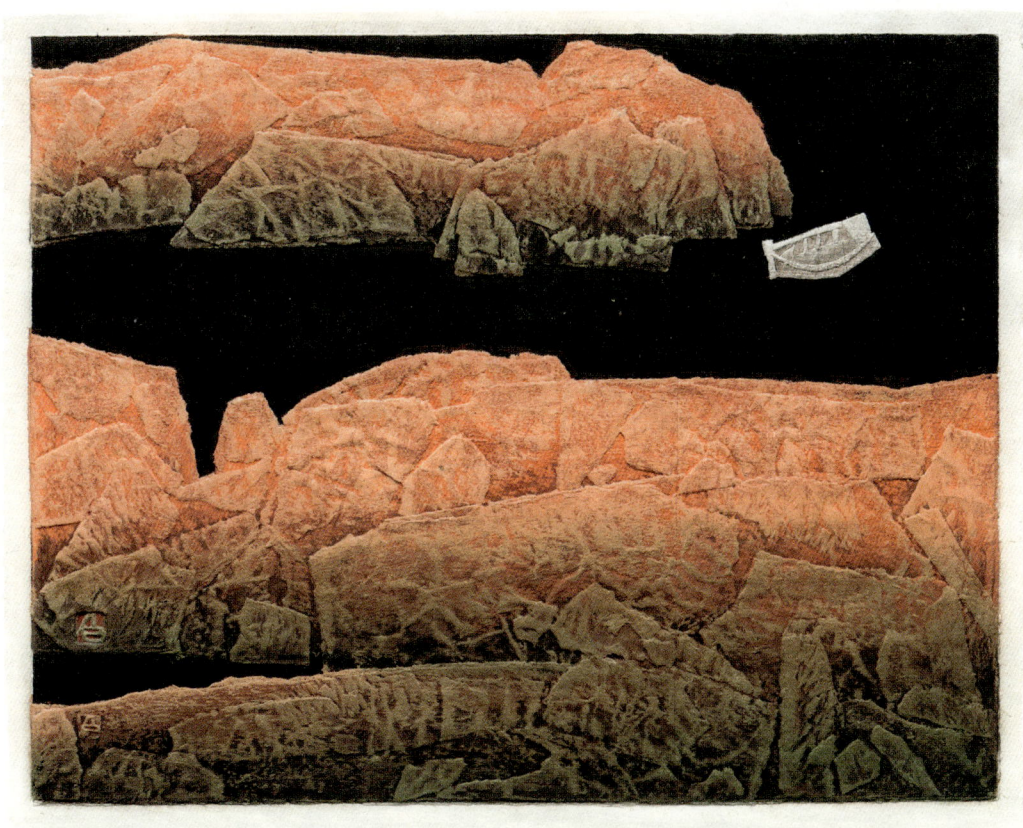

夕之舟 拓彩版画 40 cm×50 cm
1994 年

306 | 田首亂山橫

晚潮 拓彩版画 40 cm × 45 cm
1984 年

版画作品 | 307

雪村 拓彩版画 37 cm×42 cm
1988 年

308 | 田首亂山橫

渔忙 拓彩版画 43 cm×50 cm
1983 年

暮归 拓彩版画 54 cm×45 cm
1985 年

310 | 田首亂山橫

夜漁 拓彩版画 40 cm×50 cm
1984 年

小岛晨 拓彩版画 72 cm×84 cm
1987 年

312 | 田首乱山横

载月归 拓彩版画 53 cm×75 cm
1984 年

新月 拓彩版画 52 cm×67 cm
1989年

渔女之一 拓彩版画 40 cm×45 cm
1994 年

版画作品 | 315

渔女之二 拓彩版画 40 cm×45 cm
1995 年

316 | 田首乱山横

比目鱼·寂 拓彩版画 40 cm×50 cm
1995 年

比目鱼·汛 拓彩版画 40 cm×50 cm
1995 年

佛梦・风 拓彩版画 36 cm×40 cm
1989 年

佛梦·雪 拓彩版画 36 cm×40 cm
1989 年

岁月·黄昏 拓彩版画 40 cm×46 cm
1995 年

岁月·长夜 拓彩版画 40 cm×46 cm
1995 年

322 | 田首瓤山横

战马长啸 拓彩版画 40 cm×46 cm
1999 年

战马踟躅 拓彩版画 40 cm × 46 cm
1999 年

唐诗·孟浩然·春晓 拓彩版画 40 cm×46 cm 2006年

唐诗·王之涣·登黄鹤楼 拓彩版画 40 cm×46 cm
2006 年

共和之梦三·喋血中华 拓彩版画 55 cm×63 cm
2011 年

共和之梦六·清帝逊位 拓彩版画 55 cm×63 cm
2011 年

328 | 田首乱山横

流动的墙 拓彩版画 75 cm×90 cm
1998 年

红晴日 拓彩版画 95 cm×120 cm
2004 年

作者工作室

后记

  这些年写了不少文字，原想出一本散文集，但我写的东西涉猎面太广，放在一起会显得很杂乱。一般读者选择读物都会有一个大致的范围，或有一个趣味指向，如果一本集子没有明显的内容倾向，姥姥不亲舅舅不爱，不会有读者的。

  因此我就想将文章分类结集出版，以面向不同的读者群。

  这一集名曰《回首乱山横》，里面主要是一些回忆往事的文字。这些往事多有牵扯青岛美术教育和美术创作活动的历史片断，它不仅对关注社会文化艺术的人来说会有一定的阅读兴趣，还会有些历史文献价值。

  另一本集子我暂定名为《花落知多少》。因为我喜欢莳养花木盆景，平时写了不少相关文字，另外我还写有一些杂感、诗歌之类的东西，就一并收在那里面。上一集附有版画作品，这一集会附上我的书法作品。这样此集就纯属闲情逸致的读物了。

  写作本是我的业余爱好，所写文字除专业方面的论文以外，这些散文竟然还得到读者认可，并能在专业文学刊物上发表，甚至有个别篇章被教育部收编在小学课本中，这对我是极大的鼓励。书画与文学本是一家，有共同的创作规律和审美经验，从这个意义上说，我的写作也就无所谓业余不业余了。

张白波

2022 年 5 月